# सुनो बच्चो,
# मेरी प्रिय कहानियाँ

# सुनो बच्चो,
# मेरी प्रिय कहानियाँ

रस्किन बॉण्ड

प्रभात
प्रकाशन

*प्रकाशक*

**प्रभात प्रकाशन प्रा. लि.**

4/19 आसफ अली रोड, नई दिल्ली–110002

फोन : 011–23289777 • हेल्पलाइन नं. : 7827007777

इ–मेल : prabhatbooks@gmail.com ❖ वेब ठिकाना : www.prabhatbooks.com

*संस्करण*

2026



*अनुवाद*

वीणा शर्मा

*मूल्य*

चार सौ रुपए

*मुद्रक*

यश प्रिन्टोग्राफिक्स, नोएडा

---★---

**SUNO BACHCHO, MERI PRIYA KAHANIYAN**
*by* Ruskin Bond
(Hindi translation of COLLECTED SHORT STORIES)

Published by **PRABHAT PRAKASHAN PVT. LTD.**
4/19 Asaf Ali Road, New Delhi-110002
by arrangement with Penguin Random House India

ISBN 978-93-5521-409-6

₹ 400.00 (PB)

# अनुक्रम

# 1

# एक मृत व्यक्ति का उपहार

"एक मृत व्यक्ति का उपयोग नहीं होता।" बूढ़े शिकारी ने आग के सामने निहारते हुए अपने कंधे के चारों तरफ कंबल ओढ़कर कहा।

हल्द्वानी के तराई के जंगलों में हमने लाभदायक एवं थका हुआ दिन व्यतीत किया था, जहाँ पर मैंने हिरन की कुछ तसवीरें खींचीं। जंगल के उस घर में ठहरने के बाद जब हम वापस आए तो नाथू ने बरामदे के पास आग जला दी थी और हम एक साथ उसके चारों तरफ बैठ गए—नाथू, मैं और घनश्याम चौकीदार, पड़ोस के गाँव में हुई आत्महत्या पर बातचीत कर रहे थे। यह मामला दूल्हा की नाराजगी से जुड़ा हुआ था—परंतु यह बातचीत धीरे से घनश्याम के साथ हुई मजेदार घटना की तरफ मुड़ गई।

हम सभी नाथू की मृत व्यक्ति के लिए कही गई बात से सहमत थे, परंतु तभी घनश्याम ने बीच में टोक दिया, "मुझे वह सब नहीं पता, परंतु मैंने एक ऐसा मृत व्यक्ति देखा है, जिसने मेरे दोस्त को उपहार प्रदान कर दिया।"

"वो कैसे?" मैंने प्रश्न किया।

"आज से बीस वर्ष पहले?" घनश्याम बताने लगा, "मैं पुलिस में था। पहाड़ियों के नजदीक अहिरपुर गाँव में एक छोटी सी चौकी में मैं छह कॉन्स्टेबल में से एक था। गाँव के पास से एक नदी बहती थी। यहाँ तक कि गरमियों में भी उसमें कुछ फीट पानी जरूर होता था, बारिश के बाद यह बहुत भर जाती थी। हमारी चौकी का चौकी इनचार्ज दिलावर सिंह था, जो अच्छे परिवार से था, पर बुरे दिनों की चपेट में आ गया था। वह रूपवान, अच्छे कपड़े पहननेवाला और खूब खर्च करनेवाला व्यक्ति था। वह अच्छे घोड़े का शौकीन था। वह जिस सुंदर घोड़ी की सवारी करता था, उसका नाम लीला था। उसने वह घोड़ी दो सौ पचास रुपए देकर

और बाकी बचे हुए दो सौ पचास रुपए छह महीने में देने का वादा करके खरीदी थी। अगर वह पैसे देने में असमर्थ होता है तो उसे घोड़ी वापस करनी पड़ेगी और उसके द्वारा जमा किया गया धन जब्त हो जाएगा, परंतु दिलावर सिंह ने अहिरपुर के धनवान बनिया लाला रामदास से उधार लेने की उम्मीद की थी।

"अहिरपुर का वह बनिया बहुत मतलबी है। सारा दिन अपनी दुकान में बैठे रहने और अधिक भोजन करने के कारण वह मोटा और छोटा था, परंतु धनवान था। गाँव से थोड़ी दूर नदी के किनारे उसका एक बड़ा सा घर बना हुआ था।"

"वह गाँव के बाहर क्यों रहता था, अपने ग्राहकों से दूर?" मैंने प्रश्न किया।

"इससे उसे कोई फर्क नहीं पड़ता था," घनश्याम ने बताया, "हर कोई उसका कर्जदार था और भले ही वे उसे पसंद करते हों या न करते हों, परंतु उन्हें उससे मतलब रखना ही था। उसके पिता गाँव में ही रहते थे और उन्हें डकैतों ने लूट लिया था। उनके बुरे व्यवहार का परिणाम था कि गाँव का एक भी व्यक्ति मौका-ए-वारदात पर उनकी मदद के लिए नहीं पहुँचा। वह इस बात को भूला नहीं था। उसने खुद के लिए गाँव से बाहर एक और घर बना लिया, जिसमें ऊँची-ऊँची दीवारें थीं और घर में प्रवेश करने का एकमात्र रास्ता था। दीवारों के अंदर एक बड़ा सा अहाता था, जहाँ पर घोड़े के लिए अस्तबल और दो गायों के लिए गौशाला थी। जब अहाते का बड़ा सा दरवाजा बंद हो जाता था, बनिया का धन उस छोटे से किले के अंदर सुरक्षित हो जाता था। उस बूढ़े व्यक्ति की मृत्यु के बाद ही अहिरपुर में एक पुलिस चौकी बनाई गई थी।

"तो क्या रामदास के पुलिस चौकी और किला दोनों चीज थीं?"

"पुलिस ने उन्हें कोई सुरक्षा प्रदान नहीं की थी। वह इतना कंजूस था कि उसने कभी एक लीटर तेल या फिर एक मुट्ठी नमक तक पुलिस को नहीं पहुँचाया था। इसलिए हम उस पर कोई दिलचस्पी नहीं दिखाते थे। अहिरपुर के लोग उससे घृणा करते थे और भयभीत रहते थे। अधिकतर उसके कर्जदार थे या फिर ऐसे कई नौकर थे।

"जब दिलावर सिंह को दो सौ पचास रुपए देने का वक्त आया तो वह रामदास के पास कर्ज लेने गया। उसने सोचा था कि रामदास उसे कम ब्याज पर कर्ज दे देगा, परंतु बनिया ने किसी तरह से भी दिलावर सिंह को कर्ज देने से मना कर दिया। ऐसा लग रहा था, जैसे दिलावर को यह घोड़ी लौटानी पड़ेगी और उसका पैसा भी जब्त हो जाएगा।

"पैसा जमा करने की अंतिम तिथि के ठीक पहले दिलावर सिंह को गाँव से पाँच मील किसी केस के सिलसिले में जाना पड़ा। वह अपने साथ मुझे लेकर गया था। वापसी के वक्त खूब ओले पड़ने के कारण हमें जंगल में एक छोटी सी झोंपड़ी में शरण लेनी पड़ी। जब ओले गिरने बंद हो गए तो हम अपने रास्ते निकल पड़े। मैं पैदल और दिलावर सिंह 'लीला' पर बैठकर। पूरे रास्ते भर वह लीला के लिए अपने दुर्भाग्य को कोस रहा था और रामदास को गालियाँ बक रहा था। हम बनिया के घर से अधिक दूर नहीं थे, जब आसमान में पूरा चाँद दिखने लगा था। तभी 'लीला' नदी के किनारे किसी सफेद वस्तु को देखकर भड़क गई।

"यह एक मृत व्यक्ति का नग्न शरीर था। उस शरीर को नदी में बहा दिया गया था, जो किनारे लग गया था। मैं उसे फिर से नदी में डालनेवाला था, परंतु दिलावर ने मुझे रोक दिया।

"हमने उस शरीर को ऊपर तक खींचा। फिर हम उस घोड़ी को पेड़ से बाँधने के बाद उसे बनिया के घर तक ले गए। उसके मुख्य द्वार के सहारे रख दिया और हम वापस जंगल में आ गए। गाँव के हर व्यक्ति की तरह हमें भी पता था कि बनिया सुबह सबसे जल्दी जगता है, वह हमेशा सबसे पहले घर छोड़ता है।

हम बैठ गए और इंतजार करने लगे। सुबह की धुँधली रोशनी होने लगी थी, तभी हमने बनिया के घर का दरवाजा खुलने की आवाज सुनी। आवाज हुई, फिर लंबी शांति छा गई।

"क्या हुआ?"

"रामदास ने वह दरवाजा खोला ही था कि वह शव उसके ऊपर गिर गया। वह डर गया। उसे तुरंत समझ आ गया, कोई उसके शत्रु की ही चाल है, परंतु वह इससे छुटकारा कैसे पाए? वह नदी में उसे बहाना चाहता था, परंतु यह कहावत है, "हर वक्त कोई हमें देख रहा है या फिर दीवारों के भी कान होते हैं," वह शव को खींचकर नदी की तरफ ले जाने लगा। वह लगभग नदी के पास पहुँच गया था, जब हम दोनों ने उसे दबोच लिया।

"आह! बनियाजी आप सुबह-सुबह जाग गए!" दिलावर ने कहा, "वैसे ये क्या है? तुमने अपने किसी कर्जदार को मार डाला? क्या तुमने उसकी जिंदगी के साथ कपड़े भी ले लिए?"

"रामदास अपने घुटने के बल बैठ गया। उसकी आवाज रुँध गई थी। वह हाथ जोड़े हुए था।

"थानेदार साहब, मैं आपको पैसे दूँगा" दयाराम ने निवेदन किया।

"कौन सा पैसा?"

"दो सौ पचास रुपए, जो तुमने पिछले हफ्ते माँगे थे।"

"जल्दी करो फिर," दिलावर ने कहा, "इससे पहले कोई आए और मुझे पकड़ना पड़े।"

दुर्भाग्यवश रामदास को यह एहसास हो गया कि उसे फँसाया गया है। यह बात सत्य है कि वह निर्दोष था, इससे पहले वह सिद्ध करे, वह पुलिस के हत्थे चढ़ जाएगा। वकीलों को बहुत अधिक धन देना पड़ेगा। सबसे बुरी बात कि उसके ग्राहक और कर्जदार उसे पैसा देने में वक्त लगाएँगे। कुछ हिचिकिचाहट के बाद वह तुरंत घर भाग कर गया और दो सौ पचास रुपए लेकर आ गया तथा उसने दिलावर सिंह को पकड़ा दिए। जहाँ तक मुझे पता है, जब तक मैं अहिरपुर में रहा, उसने दिलावर सिंह से कभी अपने रुपए वापस नहीं माँगे।"

"शव का क्या हुआ?" मैंने प्रश्न किया।

"हमने उसे नदी में बहा दिया," घनश्याम ने बताया, "उसने अपना काम कर दिया था। तो नाथू क्या आप अभी भी सोचते हो कि मृत व्यक्ति किसी काम का नहीं होता?"

"कतई सही नहीं है," नाथू ने बताया, "तुम्हारे तबादले के बाद मैं अहिरपुर आया था। थानेदार से मेरी अच्छी मुलाकात हुई थी और मैंने उसकी सुंदर घोड़ी देखी थी। यह बात सत्य है कि बनिया से उसने पैसे लिये थे और वापस भी नहीं लौटाए थे, परंतु दिलावर सिंह एक दिन उस घोड़ी पर सवारी कर रहा था और उस घोड़ी ने उछलकर अपने मालिक को गिरा दिया। दिलावर सिंह की गरदन टूट गई और वह मर गया। आखिरकार वह एक मृत व्यक्ति का उपहार जो थी।"

"वह बनिया इस घटना के बाद बहुत खुश हुआ होगा।" मैंने कहा।

"कुछ लोग कहते हैं, उसने घोड़ी के चारे में जहर मिला दिया था। खैर, दिलावर सिंह की मृत्यु के बाद उसके अंतिम संस्कार में पुलिस को तेल वगैरह से मदद की थी और उसका कोई भुगतान लेने से मना कर दिया था।"

□

# 2

# सबसे शक्तिशाली दवा

अधिकतर लोगों की तरह वांग चेई खुद का डॉक्टर था। वह जब अस्वस्थ होता तो पुराने समय के फिजीशियन लू फी की पुस्तक पढ़ा करता था। क्या वह सच में अपने पाचन के लक्षण जान गया था, अगर ऐसा होता तो वह मसालेदार झींगा खाने से परहेज करता! परंतु वह पहले मसालेदार झींगा खाता, फिर वह लू फी की किताब पढ़ता था।

बारहवीं शताब्दी के दौरान लू की यूनान में बहुत प्रसिद्धि था। उसने पेट के विकार पर आठ अध्याय लिखे थे, आज भी उसके इलाज को पश्चिमी चीन में अपनाया जाता है।

उस महान् फिजिशियन को ओटर्स टेल्स की शक्ति पर बहुत विश्वास था। झींगा खाने के बाद वह हर सुबह ओटर्स टेल्स के डोज लिया करता था, जिससे उसके दर्द और ऐंठन चली जाया करती थी।

परंतु ओटर्स टेल्स बहुत ही दुर्लभ और महँगे होते हैं। एक पूँछ प्राप्त करने के लिए हमें एक ओटर पकड़ना पड़ेगा। एक ओटर पकड़ने के लिए हमें एक नदी ढूँढ़नी पड़ेगी और वांग चेई ऐसी जगह पर रहता था, जहाँ पर कोई नदी नहीं थी।

वांग बारह किलोमीटर दूर बाजार में आलू बेचने जाया करता था और कई बार अफीम का भी व्यापार करता था; परंतु सबसे ज्यादा उसकी रुचि दवाइयों का अभ्यास करने में थी और गाँव के लोगों के बीच उसकी एक डॉक्टर के रूप में पहचान थी।

ओटर टेल्स के अभाव में वह भालू का पित्त, अजगर का वसा, बाघ के कवच, राइनो का खून और सींग का प्रयोग किया करता था। उसने उन सबका उपयोग किया—ठीक वैसे ही मिश्रित करके जैसे लू फी की किताब में 'In the water of melted hailstones' में बताया गया है।

वांग इन सब दवाइयों को ढंग से लेता और शरीर में उनकी प्रतिक्रिया पर नजर रखता था। दुर्भाग्यवश, न ही वह और न ही उसके मेंटर लू फी ने इलाज के बारे में कुछ नहीं बताया कि इन समस्याओं को मसालेदार झींगा के भोजन से कैसे बचाया जाए?

वांग की पत्नी बहुत अच्छे अचार और मसाले बनाया करती थी। उसके अचार और मसाले ऐसे होते थे, कोई उसे मना नहीं कर सकता है।

वह वांग के प्रति समर्पित थी और उसे स्वादिष्ट भोजन खिलाने के लिए दृढ़प्रतिज्ञ थी। उसी की तरह उसकी पत्नी भी लू फी के पन्नों में कभी-कभार उलझ जाया करती थी। उसी से उसने सीखा कि मटन भौंहों के लिए सही होता है। रसभरी की पत्तीवाली चाय गर्भवती माँ के लिए लाभकारी होती है।

अपने पति की तरह ही पुराने डॉक्टर में उसका विश्वास काफी मजबूत था।

उसे ऐसा महसूस हुआ था कि वांग अत्यधिक बीमार है और वह इस बीमारी को पुरानी बीमारी से जोड़ नहीं पा रही है। वह दो दिन से बीमार था। अगर उसे ठीक होना होता तो उसने अजगर की चरबी या फिर रिआनो के खून से अगली सुबह ही ठीक कर लिया होता। वह इतना बीमार था कि वह अन्य मिश्रण बनाने में समर्थ नहीं था। परंतु सौभाग्यवश, उसकी पत्नी थी, जो उसके लिए दवाई बना सकती थी।

वह एक साधारण महिला थी, जो दबे पाँव घर में घूमती-फिरती रहती थी। यह विश्वास करना मुश्किल हो रहा था कि इस महिला ने ग्यारह बच्चों को जन्म दिया है। उसका पति एक वक्त बहुत मजबूत और सुंदर नौजवान था, परंतु अब उसकी आँखों के नीचे झुर्रियाँ पड़ गई थीं, उसके गाल लटक आए थे। एक समय का सुदृढ़ शरीर अब झुकने लगा था।

फिर भी वांग की पत्नी उसे बहुत प्रेम करती थी। ठीक उसी तरह, जिस तरह बीस वर्ष पहले वह एक दिन उसके प्रेम में डूबी थी। चिंतित अवस्था में उसने लू फी के पन्ने पलटने शुरू कर दिया।

वांग उतना गंभीर रूप से बीमार नहीं था, जितना उसने कल्पना की थी, परंतु वह उसके शरीर और शरीर से निकलनेवाले पसीने, मानसिक तनाव को देखकर भयभीत थी। असहज लेटे हुए व्यक्ति को देखकर वह उस पतले-दुबले काम करते हुए नौजवान को याद करती। वह किसी तरह इस दया और करुणा से बाहर निकली।

उसने लू फी की किताब में एक ऐसी दवा का पता लगा लिया, जो सभी दवाओं के असफल हो जाने के बाद काम करती थी।

यह लगभग मध्यरात्रि का वक्त था, जब उसने मिश्रित औषधि बनाई, जिसमें उसने प्रेम और करुणा को मिश्रित किया हुआ था। सुबह हो चली थी, जब वह कमजोर और हारे हुए वांग के लिए वह मिश्रित औषधि लेकर आई।

वांग 5 बजे सुबह एक कटोरा औषधि नहीं पीना चाहता था। उसने मुश्किल से कुछ घंटों की नींद ली थी और उसकी पत्नी ने उसे जगा दिया था।

"क्या यह पीना जरूरी है?" उसने शिकायत की, "आखिर यह है क्या?"

"तुम फिक्र मत करो," उसने विश्वास दिलाया, "यह तुम्हें बहुत मजबूती देगा और तुम्हारे दर्द को दूर भगा देगा।"

"पर है क्या इसमें?" उसने जोर दिया, "ये किससे बनी है?"

"प्रेम से," उसकी पत्नी ने कहा, "यह लू फी की किताब में बताई गई दवा है कि जब कोई अन्य दवा काम न करे तो यह दवा कभी असफल नहीं हो सकती है।" उसने वह कटोरा पकड़े हुए अपने पति के होंठों पर लगा दिया।

वह जल्दी से उसे पीने लगा और जब आधा पी पाया था तो उसके मन में शंका घर कर गई कि कुछ तो गलत है! यह उसकी पत्नी की बुरी स्थिति थी, जिसकी वजह से उसे बिस्तर से उठकर बैठना पड़ा।

"मुझे धोखा मत दो," उसने कहा, "एक बार सच बताओ, इस औषधि में क्या मिला है?"

उसने बताया और वांग वह रहस्य सुन ही पाया था कि उसकी पत्नी नीचे जमीन पर गिर गई। लालटेन से देखने पर पता चला कि उसका शरीर एक तौलिए से ढका हुआ था, परंतु उसके बाएँ स्तन, जिधर हृदय होता है। वहाँ से खून निकल रहा था, जो उसके पूरे शरीर में बह रहा था।

उसने लू फी की किताब में पढ़ा था कि उसका मांस और खून ही उसके पति को ठीक कर सकता है, जो उसने अपने छाती के सबसे नर्म भाग से निकाला था।

तुम ठीक तो हो लू फी! प्रेम और करुणा से अधिक शक्तिशाली कोई दवा नहीं होती।

□

# 3

# कहानी मधु की

मधु से मेरी मुलाकात कई वर्ष पहले हुई थी, जब मैं हिमालय की घाटियों के नजदीक एक कस्बे में रहता था। मैं तीस की उम्र छूनेवाला था। मेरा जीने का तरीका अभी भी रोमांटिक था, जो तीस की उम्र में उदासी आ जाती थी, वह अभी तक नहीं आई थी।

मुझे बड़े शहरों की सामाजिक जिंदगी की बजाय छोटे कस्बों की शांति पसंद है और मुझे अपनी किताब तथा लिखने में खोया रहना पसंद है।

एक गरम सुबह मैं आम के पेड़ के नीचे बैठा हुआ, अपने घुटनों पर एक लिखनेवाला रजिस्टर लिये हुए था। मैंने जो कमरा किराए पर लिया था (वह बहुत ही कम दाम में था), वह कस्बे से बाहर था और बगीचे की दीवार से कुछ झोंपड़-पट्टियाँ तथा एक बड़ा सा तालाब दिखाई पड़ता था। उस दीवार की बगल से एक छोटा सा रास्ता गया हुआ था।

एक सुबह, जब मैं आम के पेड़ के नीचे बैठा हुआ था, मैंने देखा, एक नौ वर्ष की बच्ची फटे हुए कपड़े पहने हुए उसी रास्ते से गुजरते हुए तालाब की तरफ जा रही थी।

कई बार उसने मुझे देखना चाहा और जब उसने देख लिया कि मैं उसे देख रहा हूँ तो उसने मुझे एक शर्म से भरी हुई मुसकान दी। अगले दिन मैंने देखा कि वह दीवार के पास टेक लिये हुए खड़ी थी और मेरे क्रियाओं का अनुसरण कर रही थी।

कुछ दिनों तक ऐसा ही होता रहा। वह रोज ऐसा ही करती थी। एक दिन वह दरवाजे के सामने से गुजरी, मैंने उसे बुलाया।

"तुम्हारा क्या नाम है?" मैंने प्रश्न किया, "तुम कहाँ रहती हो?"

"मधु!" उसने अपने लंबे बालों को सँवारने के अंदाज में कहा और अपनी

सुंदर एवं बड़ी आँखों से देखते हुए मुसकरा दी। उसने सड़क की तरफ हाथ करते हुए बताया, "मैं अपनी दादी के साथ रहती हूँ।"

"क्या वे बहुत बूढ़ी हैं?" मैंने प्रश्न किया।

मधु शांतिपूर्वक सिर हिलाते हुए बुदबुदाई—"हाँ, सौ साल की।"

"हम कभी भी इतनी लंबी उम्र नहीं जी सकते हैं," मैंने कहा। वह बहुत कमजोर हो गई थी, जैसे चट्टान में उग रहा फूल, जो हवा या बारिश में भी गिर सकता है।

मैंने बाद में खोजा कि वह बूढ़ी महिला असल में दादी नहीं थी, परंतु वह नि:संतान महिला थी, जिसने इस लड़की को तालाब के नजदीक पाया था। मधु के असली माता-पिता का कोई पता नहीं था, परंतु उस महिला ने उसे अपने बच्चे की तरह ही पाला-पोसा था।

एक बार मेरे दरवाजे में प्रवेश करने के बाद मधु ने बगीचा को अपनी जिंदगी में शामिल कर लिया था। वह हर सुबह आती और मक्खियों, गिलहरी और मैना को पकड़ने की कोशिश करती। उसकी आवाज हँसते हुए निकलती थी। उसका शरीर कभी-कभी दो जुड़े हुए पेड़ों के बीच से निकल जाता था।

अकसर नहीं, पर कभी-कभार मैं उसे खिलौना या फिर नए कपड़े दे देता था और एक दिन उसने अपनी शर्म छोड़कर मुझे गेंदे के फूल और कपास के फूल से भरा हुआ गुलदस्ता भेंट किया।

"आपके लिए।" उसने यह कहकर फूल मेरी गोद में रख दिया।

"बहुत सुंदर हैं," मैंने गेंदे के फूल उसके बालों पर लगाते हुए कहा, "परंतु तुमसे सुंदर नहीं हैं।"

एक वर्ष बीत जाने के बाद मेरे अंदर मधु के लिए अधिक वात्सल्य प्रेम जाग गया था।

ऐसा लगा कि मुझे उसे लिखना और पढ़ना सिखाना चाहिए और मैंने एक पास के ही अध्यापक से उसे पाठ पढ़ाने के लिए आग्रह किया कि वह बगीचा में ही उसे प्रतिदिन एक घंटा पढ़ाया करे। उसने खुशी से लबरेज होकर हाथों से ताली बजा दी।

कुछ ही हफ्तों में मधु ने अपनी क्षमता अनुसार बहुत ज्ञान प्राप्त कर लिया। वह हमेशा पाठ को दोहराने के लिए मेरे पास आया करती थी और कई विषयों पर मुझसे प्रश्न किया करती थी। यह दुनिया कितनी बड़ी है? क्या तारे अपनी दुनिया की तरह

ही हैं? क्या वे सूर्य और चंद्र में बेटे और बेटियों की तरह हैं?

मधु के प्रति मेरी रुचि बढ़ने लगी थी। अपनी जिंदगी, जो मुझे खाली-खाली लगती, अब वह नए उद्देश्य से भरी जा रही थी। वह घास पर मेरे बगल में बैठती थी, बहुत तेज आवाज में पढ़ती थी या फिर मुझे बहुत ही विश्वास के साथ सुना करती थी। प्रेम, जो मेरे जिंदगी से गायब हो गया था, वह एकदम से भर गया था। समय तेज रफ्तार में भाग रहा था और तेरह वर्ष की उम्र में मधु युवती बनने की ओर कदम रख चुकी थी। मैं उसके प्रति जिम्मेदारी समझने लगा था।

मुझे पता था कि यह बहुत खतरनाक है कि इतनी सुंदर बच्ची अकेले और बिना सुरक्षा के रहे! इसलिए मैंने उसे दूसरे जिला के एक स्कूल में भरती कराने के लिए विचार किया। जहाँ पर मैं समय-समय पर देख आया करूँगा।

"पर क्यों?" मधु ने कहा, "मैं आपसे और जो अध्यापक पढ़ाने आते हैं, उनसे बहुत कुछ सीख सकती हूँ। मैं बहुत खुश हूँ।"

"तुम वहाँ पर अन्य लड़कियों से मिलोगी और तुम कई दोस्त बनाओगी।" मैंने समझाया।

"मैं तुम्हें देखने आया करूँगा और जब तुम घर आया करोगी तो मुझे अधिक खुशी हुआ करेगी। अच्छा ही है, अगर तुम वहाँ चली जाओ।"

यह जून के मध्य का समय था, शिवलिक के पास बहुत गरमी और उमस थी। मधु बाहर जाने के लिए तैयार हो गई थी कि एक शाम मैंने उसे बगीचे में नहीं देखा। मैंने उस दिन तो कुछ नहीं सोचा, परंतु अगले दिन मुझे तक खबर आई कि वह बीमार है और घर से नहीं आ सकती।

बीमारी ऐसी थी, जिसका इसके पहले मधु ने कभी एहसास नहीं किया था और इस कारण मैं भयभीत था। मैं रास्ते से होकर उस महिला की झोंपड़ी तक पहुँचा। यह बहुत विचित्र था कि इतनी लंबी मित्रता के बाद भी मैंने इसके पहले कभी उस कुटिया में प्रवेश नहीं किया था।

यह मिट्टी की बनी झोंपड़ी थी, छत इतनी बड़ी थी कि मैं आराम से खड़ा हो सकता था। कमरे में अँधेरा था, परंतु साफ था। मधु एक चारपाई में थकी हुई, आँखें बंद किए हुए लेटी हुई थी। उसका एक हाथ एक तरफ लटका हुआ था।

मुझे इस बात का एहसास हुआ कि मैंने आज तक उसके आराम के बारे में नहीं सोचा। वहाँ एक भी कुरसी नहीं थी। मैं झुक गया और उसका हाथ पकड़ लिया। वह सच में गंभीर रूप से बीमार थी।

उसने मेरे स्पर्श को पहचान लिया था और अपने चेहरे पर मुसकराहट लाकर उसने अपनी आँखें खोल दीं। उसने मेरे हाथ को पकड़कर अपने गालों के पास रख लिया।

मैंने उस कमरे के चारों तरफ देखा, जहाँ पर वह बड़ी हुई थी। दो चारपाई के अलावा उस कमरे में एक फर्नीचर था, जिस पर वह बूढ़ी महिला बैठी थी।

कॉर्नर में मधु का खजाना रखा हुआ था। पिछले चार सालों में दिए गए उपहारों को मैं पहचान गया था। उसने सबकुछ सँभालकर रखा था। उसने अपनी साँवली बाँह में एक रिबन पहन रखा था, जिसे एक साल पहले मैंने खेल-खेल में बाँध दिया था। उसने एक अजनबी को उस वक्त दिल दे दिया था, जब वह समझदार भी नहीं हुई थी।

जैसे शाम हुई, हवा के झोंके के साथ दरवाजा खुल गया और सूर्य की थोड़ी सी रोशनी अंदर प्रवेश करने लगी। यही वह वक्त था, जब वह हर शाम आम के पेड़ के नीचे मुझसे मिलने आया करती थी। वह एक घंटे तक शांत रही और थोड़े सा दबाव ने मुझे उसके चेहरे की तरफ नजरें करने पर मजबूर किया।

"अब हम क्या करेंगे?" उसने पूछा, "आप मुझे स्कूल कब भेजोगे?"

"ज्यादा दिन नहीं बचे हैं। बस तुम ठीक हो जाओ, फिर तुम्हें स्कूल ले चलूँगा।"

ऐसा लगा, जैसे वह मुझे सुन ही न रही हो। मुझे लगता है, उसे पता चल गया हो, जैसे वह मृत्यु की गोद में सोने जा रही हो, परंतु वह कतई फिक्रमंद नहीं थी।

"उस आम के पेड़ के नीचे कौन पढ़ेगा?" वह बोले जा रही थी, "आपका ध्यान कौन रखेगा?" उसने एक समझदार युवती की तरह प्रश्न किया।

"तुम मधु! अब तुम बड़ी हो गई हो। अब मेरा खयाल रखने के लिए तुम्हारे सिवाय कोई नहीं आएगा।"

वह बूढ़ी महिला मेरे कंधे पर हाथ रखे खड़ी हुई थी। एक सौ वर्षीय महिला—छोटी सी मधु जिंदगी से हार मानने जा रही थी। उस महिला ने मेरे हाथ से मधु का हाथ ले लिया और उसे आराम से रख दिया। मैं चारपाई के पास कुछ देर बैठा रहा, फिर कुछ देर बाद उठा और जिंदगी के इस अकेलेपन को अपने हृदय में लेकर चल दिया।

□

# 4

# मेरा पहला प्रेम

आया बचपन में मेरी देखभाल किया करती थी, वह मेरा पहला प्रेम थी। वह तीस वर्ष की थी और मैं छह साल का। वह लंबी-चौड़ी महिला थी और मेरे नजरिए से खूबसूरत भी। वह जिस पश्चिमी तट के लोगों से जुड़ी हुई थी और अरब तथा अफ्रीका का खून उसमें बहता था। जिस वजह से उसके शरीर की बनावट बहुत बढ़िया और रंगीन थी। हमारे रिश्तेदारों में से एक जब उसे अकसर बदसूरत कहा करती थीं, तो बिना उनकी तरफ देखे मैं आया के बारे में चिल्लाता था, "वह बहुत खूबसूरत है!" मेरे जवाब से वह अतिथि घबरा जाती और मेरे माता-पिता को शर्मिंदा होना पड़ता।

भारत के छोटे से प्रदेश में काठियावाड़ तट पर रहता था, जहाँ महाराजा के बच्चों को पढ़ाने के लिए मेरे पिताजी एक अध्यापक थे। वह महल के कोने में एक छोटा सा स्कूल चलाते थे, जहाँ पर बच्चे पढ़ने के लिए आते थे। मेरी माताजी दूसरे आंग्ल-भारतीयों के परिवारों में जाया करती थीं और मैं दूसरों के घरों के लिए खतरा माना जाता था, इसलिए मुझे आया की देख-रेख में छोड़ दिया जाता था।

अधिकतर बच्चे आया को देखकर भयभीत हो जाते और दूर चले जाते। उसकी लंबाई, उसकी पहलवान जैसी बाँह, उसके बड़े-बड़े नितंब किसी भी बच्चे को डरा देते थे। उसके मोटे घुँघराले बाल और पान खाने के कारण दाँत लाल थे। उसके हाथ भारी और खुरदुरे थे। जब वह नाराज हुआ करती थी तो उसका चेहरा गरजते हुए बादल की तरह हो जाया करता था, परंतु जब वह मुसकराया करती थी तो इसका सुख ऐसे प्राप्त होता, जैसे सूर्य अभी-अभी उगा हो। आया अकसर मुझे मारा करती थी, परंतु कुछ ही वक्त में वह क्रोध से उबरकर अपने भारी हाथों में लेकर मेरी आँखों तथा गालों एवं मुँह को चूमने लगती। वह मेरी सफेद, मुलायम

त्वचा से प्रेम करने लगी थी और अकसर ऐसा विश्वास करती थी, जैसे मैं उसका ही बच्चा हूँ! वह अपना स्तन पान करने के लिए मुझे दबाती, मुहे नहलाती और मुझे काफी उत्सुकता से तैयार करती तथा हर किसी से मेरा बचाव करती, यहाँ तक कि मेरे माता-पिता से भी।

कभी-कभी मेरे माता-पिता बाहर रहते थे तो मैं उसको जोर देता था कि वह मेरे साथ स्नान करे। हम दोनों एक लंबे संगमरमर के टब में लोटते। मैं छोटा, गुलाबी रंग का और आया एक दरियाई घोड़े की तरह लेटी हुई होती थी, जिससे टब का पानी नीचे गिर रहा था। उन्होंने मेरे शरीर पर साबुन मलना शुरू किया। जबकि मैं आरामदायक मुद्रा में उसके खुरदुरे हाथों का आनंद ले रहा था, जो मेरी पीठ तथा पेट पर चल रहे थे। इससे पहले वह टब से उठकर जाती, मैं टब से बिना कपड़े पहने हुए बाहर निकलता। आया अपनी कमर में तौलिया लपेटकर मेरे पीछे-पीछे आती, फिर हम दोनों कमरे की तरफ दौड़कर कपड़े पहनते।

आया ने मुझे बहुत सारी चीजें सिखाईं। उनमें से एक यह थी कि पान कैसे चबाएँ!

पान चबाने से लाल रंग का जो रस निकलता था, वह मुझे बहुत आकर्षित करता था। मुझे उस कड़वे स्वाद से कोई मतलब नहीं था, परंतु आया लाल रंग का रस जब थूकती थी तो मुझे बहुत आकर्षण होता था। हम रसोई में बैठ जाते और रसोइए के साथ बतकही करने लगते। इससे पहले मेरे माता-पिता आते, आया गरम पानी से मेरा मुँह धोती और उँगली से मेरे दाँत साफ करती थी।

हमारे बँगला और महल की दीवारों के बीच में बहुत सारे साँप रहते थे। वे कभी-कभी घर में घुस आते थे, परंतु जब वे घर में घुस आते थे तो आया उन्हें मारने के बजाय ऐसा करती थी कि वे हमें बिना नुकसान पहुँचाए निकल जाएँ।

उन्होंने एक बार मुझे साँप की कहानी सुनाई, जिसने एक गरीब लड़की से शादी कर ली थी। पहले तो वह लड़की उससे शादी नहीं करना चाहती थी, जिस साँप से वह जंगल में मिली थी। परंतु साँप ने जोर देकर कहा, "अगर तुम मेरी बात को नजरअंदाज कर दोगी तो मैं तुम्हें मार डालूँगा।" इसके बाद उस लड़की के पास कोई उपाय नहीं बचा। फिर वह साँप अपनी दुलह को लेकर बहुत गुप्त जगह पर चला गया, "मैं पिछले जन्म में एक राजकुमार था।" उस साँप ने बताया, "और यह मेरा खजाना है। अब यह सब तुम्हारा है।" उसके बाद वह हमेशा के लिए गायब हो गया।

"इससे यह सिद्ध होता है, साँप के भी अच्छा दिल होता है।" आया ने बताया।

कभी-कभार वह पीपल के पेड़ के नीचे एक कटोरा दूध रख दिया करती थी और एक बार मैंने एक कोबरा साँप को उस कटोसे से दूध पीते हुए देखा था। जब मैंने आया को इस बारे में बताया तो वह थोड़ा व्यग्र हो गई और उसने बताया कि वह दूध पीपल में रहनेवाली आत्माओं के लिए रखती है।

"मैंने कभी पेड़ के पास कोई आत्मा नहीं देखी।" मैंने बताया।

"मैं आशा करती हूँ कि तुम कभी न देखो, बेटा!" आया ने कहा, "परंतु वे हमेशा रहते हैं। रात होने के बाद अगर तुम पीपल के पेड़ के नीचे खड़े रहो और ऊँघने की तरह महसूस करो तो अपनी उँगली को काटना मत भूलो, वरना आत्मा तुम्हारे गले से शरीर में प्रवेश कर जाएगी।"

"अगर उसने ऐसा कर दिया?" मैंने प्रश्न किया।

कुछ देर तो आया ने सोचा, परंतु फिर आँखें चौड़ी करके बोली, "यह तुम्हारे पेट को खराब कर देगा।"

पीपल के नीचे बैठने पर ठंड का एहसास होता था। उसके दिलनुमा पीपल के पत्ते सर्द हवा चलाया करते थे।

एक दिन हम उस जीर्ण महल में प्रवेश कर गए, जिसमें टावर और घुमावदार मार्ग थे। हमने वहाँ पर छोटी-छोटी खिड़कियों वाला एक कमरा देखा, हर खिड़की में रंगीन काँच लगा हुआ था। हम उस कमरे में अकसर घंटों व्यतीत करने लगे थे और महल तथा झील एवं बगीचे को उस रंगीन खिड़की से देखा करते थे। जब सूर्य की रोशनी उस खिड़की से आया करती थी तो कमरे में लाल और सुनहरी तथा हरा एवं बैगनी रंग से भरा हुआ प्रकाश पूरी दीवारों और हमारे चेहरे पर पड़ा करता था।

उस प्रदेश में एक व्यस्त बंदरगाह था और अरब के लिए जहाज जाया करते थे। मेरे पिताजी का स्टीमर के कप्तान से अच्छा व्यवहार था। कप्तान जोविअल शराब पीनेवाला स्कॉटलैंड का निवासी था। उसने मुझे चॉकलेट दी थी और मुझे जहाज ज्वॉइन करने के लिए भी आग्रह किया था। यह विचार मुझे अच्छा लगा था और मैंने भी एक दिन उसके साथ निकल जाने का इरादा कर लिया था।

आया मुझे दुःखी नहीं देख सकती थी, जब मैंने कप्तान की बात उन्हें बताई तो उन्होंने तुरंत कहा कि वह मुझे ताँगे में सैर करवाएगी। उन्होंने तुरंत अपने दोस्त से कहकर दो पहियोंवाला ताँगा मँगवाया।

बड़ी-बड़ी मूँछें रखे हुए एक व्यक्ति संतरी रंग का वेस्टकोट पहने हुए अगले

दिन ही आ गया था। उसका नाम बंसीलाल था। आया ने मुझे आगे की सीट पर बैठा दिया, जबकि वह पीछे बैठकर संतुलन बनाए हुए थी। हम दोनों मुख्य द्वार की तरफ चल पड़े, जैसे ही हम झील के चारों तरफ के खुले हुए रास्ते पर पहुँचे, बंसीलाल ने घोड़े को सड़क चीरते हुए सरपट दौड़ा दिया। आया ने अपने दोस्त को धीरे चलने की हिदायत दी और मैं उसे तेज चलने के लिए कह रहा था।

अंततः जब हम गाँव पहुँचे, उसने घोड़ा धीरे किया और ताँगे को आम के पेड़ के नीचे खड़ा किया। आया बंसीलाल को गालियाँ देती हुई नीचे उतरी। पेड़ पर फल अभी अधपके थे, परंतु कौवों ने आमों पर चोंच लगानी शुरू कर दी थी। मैं कुछ देर घूमता रहा, फिर अलग रास्ते से वापस आया। पीठ मेरे तरफ थी, परंतु ताँगा चालक अलग ही चेहरा बनाए हुए था, मजाकिया सा। जब उन दोनों ने मुझे घूरते हुए देखा तो तुरंत उठ खड़े हुए और अपना पायजामा सुधारने लगे। मैंने कौतूहलवश आया से पूछा कि वह क्या कर रही थी, परंतु उन्होंने ऐसा-वैसा ही कोई जवाब दे दिया। मुझे नहीं लगता कि उस घटना से मेरी नादानी में कोई फर्क पड़ा था, परंतु जैसे-जैसे बड़ा हो रहा था तो कुछ बातें समझ आनी शुरू हुई थीं।

हमारे और आया के अलग-अलग कारण थे, परंतु हम दोनों ताँगे की सैर पर में हर हफ्ते जाने लगे थे। बंसीलाल हमें एकांत जगहों पर ले जाने लगा था…घने जंगल या फिर टूटे हुए खँडहर में। और उसे तथा आया को मेरे इधर-उधर घूमने से उस वक्त कोई फर्क नहीं पड़ता था।

परंतु ताँगे की यात्रा मेरे और आया के प्रेम का अंत था। एक दिन उसने मेरे माता-पिता को बताया कि वह बंसीलाल से शादी करने जा रही है और उसके साथ कहीं दूर चली जाएगी। मेरे माता-पिता को यह ठीक लगा। परंतु मुझे यह धोखाधड़ी का मामला लग रहा था। कई दिनों तक मैं दुःखी और शांत मन से बाहर जाया करता था और आया से किसी भी बारे में बात करने से मना कर देता था।

हमारे साथ आया के अंतिम दिन बंसीलाल ताँगा लेकर उसे लेने पहुँच गया था। उसने ताँगे की लकड़ी को पोत दिया था और घोड़े के बालों को काट दिया था तथा अपनी संतरी रंग की सदरी की जगह हरे रंग की सदरी पहन ली थी। उसने मुझे उत्साह से भरा हुआ एक सलाम दिया, परंतु मैं बरामदे की सीढ़ियों पर खड़ा हुआ बुरा चेहरा बनाए और उसे अपराधबोध महसूस कराते हुए दूसरी तरफ देखने लगा।

आया ने ताँगे में अपना सामान रख लिया और फिर मेरे पास मुझे अलविदा कहने के लिए आई। मैं चमेली की झाड़ियों के पीछे छुपा हुआ था। उसने मुझे

बुलाया तथा मुझे ढूँढ़ने लगी, परंतु मैं नहीं निकला। दु:खी होकर वह ताँगे पर चढ़कर बैठ गई और पीछे की तरफ हाथ हिलाकर विदा करने लगी। बंसीलाल ने अपने घोड़े पर चाबुक का प्रहार किया और चिल्लाते हुए ताँगे को आगे बढ़ा दिया। आया अभी भी बाएँ और दाएँ देख रही थी। उसे उम्मीद थी शायद मैं कहीं दिख जाऊँ! मैं झाड़ियों से निकल आया और ताँगे की तरफ भाग खड़ा हुआ और उसे हाथ हिलाकर विदा कहा। बंसी ने अपने घोड़े को रोक दिया। आया ने नीचे उतरकर मुझे अपनी गोद में उठा लिया और जब ताँगा उसे लेकर गया तो उसके चेहरे पर संतुष्टि की मुसकान थी। ऐसे प्रेमी का चेहरा मेरी नजरों से ओझल हो रहा था, जिसे मैं आज के बाद कभी नहीं देख पाऊँगा।

□

# 5

# सबसे सुंदर बच्चा

मुझे खुद ही नहीं पता कि मैंने उस विशेष कस्बे को इतना संवेदनहीन क्यों पाया! शायद उसके भीड़, क्लॉस्टेरोफोबिया, वातावरण, भीड़-भाड़दार और पागलपन गलियों की वजह से, इसके थके हुए लोगों की वजह से···। मैंने एक दिन बाजार में एक विकृत, मंद बच्चे को परेशान होते हुए देखा।

यही कोई आठ से चौदह वर्ष उम्र के बच्चे उसे परेशान कर रहे थे। उस बच्चे के चेहरे को देखकर ऐसा लग रहा था, जैसे बारह या तेरह वर्ष का रहा होगा, परंतु उस बच्चे की लंबाई देखकर ऐसा लग रहा था, जैसे आठ या नौ वर्ष का हो। उसके पैर बहुत मोटे, छोटे और झुके हुए थे। उसका सीना छोटा सा था, परंतु उसके हाथ लंबे थे। उसका शरीर एक बंदर की तरह लग रहा था। उसके माथे और गाल पर चेचक के निशान थे। वह सामान्यतया बदसूरत लग रहा था और निराश होने के कारण उसने अपने को हतोत्साहित करनेवाले के लिए कुछ नहीं किया। वे उस पर मिट्टी और पत्थर फेंक रहे थे। कुछ लोग इन स्कूली लड़कों से अधिक निर्दयी हो सकते थे।

मैं दूर से ही असहजतापूर्वक देख रहा था। मुझे ऐसा लग रहा था कि इसे रोकने के लिए मुझे कुछ करना चाहिए, परंतु इसे रोकने के लिए मैं साहस नहीं जुटा पाया। तभी एक लड़के ने एक पत्थर फेंका और वह उसके गालों को छीलता हुआ निकल गया। इसे देखकर मेरा सामान्य विवेक गायब हो गया और मैं चिल्लाता हुआ उन लड़कों के पास पहुँच गया। वे पराजित सैनिकों की तरह भाग खड़े हुए।

मैं अपनी निर्भीकता में अचंभित था और जब वे बच्चे वापस नहीं आए तो मैंने राहत की साँस ली। मैंने उस भयभीत और नाराज बच्चे का हाथ पकड़कर

पूछा कि वह कहाँ रहता है ? वह मुझसे दूर हट गया, परंतु मैं उसकी मोटी उँगलियों को पकड़े रहा और उसे दिलासा दी कि मैं उसे उसके घर तक छोड़ आऊँगा। वह बुदबुदाया और मुझे एक पतली गली की तरफ इशारा किया। मैं उसे बाजार से दूर ले गया।

मैंने उससे बहुत कम बात की, क्योंकि मैं समझ गया था कि उसे बोलने में कोई दिक्कत है। जब वह एक बड़ी दीवार के दरवाजे के नजदीक रुक गया, तो मुझे यह ज्ञात हो गया कि यही उसका घर है।

दरवाजा एक जवान महिला द्वारा खोला गया। वह लड़का तुरंत उस महिला से लिपट गया और फफक-फफककर रोने लगा। मैं उस बच्चे के माँ के लिए नहीं तैयार था। वह न सिर्फ शरीर से ही सामान्य दिख रही थी, बल्कि वह सुंदर भी थी। वह अवश्य पैंतीस वर्ष की रही होगी।

उसने मुझे अपने बच्चे को घर तक पहुँचाने के लिए धन्यवाद कहा और घर में आने के लिए कहा। वह लड़का बैठक के कोने में चला गया और वहाँ उदास चुप्पी में सवार होकर बैठ गया। उसके झुके हुए पैर, इस मुद्रा में उभरकर नजर आ रहे थे। उसकी माँ ने मुझे चाय के लिए पूछा, परंतु मैंने एक गिलास पानी की माँग की। उसने उस लड़के से पानी लाने के लिए कहा और उसने वही किया, बिना मेरी तरफ देखे, मुझे पानी का गिलास पकड़ा गया।

"सुरेश मेरा इकलौता बेटा है।" उसने बताया, "मेरे पति इसकी वजह से बहुत दुःखी हैं, परंतु मैं अपने बच्चे को बहुत प्यार करती हूँ। क्या तुम सच में सोचते हो कि वह बदसूरत है ?"

"बदसूरत सिर्फ एक शब्द है," मैंने कहा, "जैसे सुंदरता। इन दोनों का मतलब अलग-अलग लोगों के लिए अलग-अलग है। एक कवि ने कहा है··· 'सुंदरता ही सत्य है, सत्य ही सुंदर है', अगर सत्य और सुंदर एक ही चीज है तो दो अलग नाम क्यों ? जन्म और मृत्यु के सिवाय कुछ भी सत्य नहीं है।"

वह बच्चा उस महिला के पैरों के पास बैठ गया और उसकी गोद में अपना सर रगड़ने लगा। उसके साड़ी के पल्लू से अपना चेहरा साफ करने लगा।

"आपने उसे ढंग से बात करना सिखाने की कोशिश की है ?" मैंने पूछा।

"वह बचपन से ही ऐसा है। डॉक्टर भी कुछ नहीं कर पाए।"

जब हम बात कर रहे थे तो उसके पापा आ गए और वह लड़का तुरंत रसोई में चला गया। उस व्यक्ति ने मुझे उस बच्चे को घर तक सुरक्षित पहुँचाने के लिए

धन्यवाद कहा और इस मामले को वहीं रफा-दफा करके अपने काम में लग गए। ऐसा लग रहा था, उनके मन में पहले से ही व्यापार की कई उलझनें चल रही हों। मुझे यह भाँपते देर नहीं लगी कि वह अपने विकृत बच्चे से बहुत दु:खी हैं। और उनका यह दु:ख अब उनके व्यवहार में नजर आने लगा है। जब मैं चलने को हुआ तो उनकी पत्नी मुझे दरवाजा तक छोड़ने आई।

"मेरे पति की बातों का बुरा मत मानना। अब वह ऐसे हो गए हैं।" उसने कहा, "उनका व्यापार इस वक्त अच्छा नहीं चल रहा है, अगर फिर कभी तुम आना चाहो तो आ सकते हो। सुरेश उन लोगों से अधिक नहीं मिल पाता, जो उसे एक सामान्य व्यक्ति समझते हैं।"

मुझे पता था कि मुझे वहाँ एक बार और जाना पड़ेगा...उसकी माँ की सहानुभूति से अलग उस बच्चे के लिए। मुझे यह एहसास हो गया था, वह मुझमें व्यक्तिगत रूप से कोई रुचि नहीं रखती थी, बल्कि मुझमें वे अपने बच्चे का संभावित मेंटर देख रही थी।

एक हफ्ते बाद मैं फिर से उस घर में गया।

सुरेश के पिताजी व्यापार के सिलसिले में बाहर गए हुए थे और मैंने वहाँ दोपहर का भोजन किया। उस बच्चे की माँ ने बहुत स्वादिष्ट पराँठे बनाए हुए थे, जिसे दही और अचार के साथ परोसा था। अगर सुरेश जानवरों की तरह उस भोजन का आहार कर रहा था तो मैं भी उससे बहुत पीछे नहीं था। उसकी माँ ने उसे अधिक भोजन करने के लिए प्रोत्साहित किया। वह जब भी भोजन करता तो उदास हो जाता और कम बात करता। जब मैंने उससे बाहर टहलने चलने के लिए पूछा तो वह तुरंत तैयार हो गया। उसी वक्त उसकी माँ के चेहरे पर भय की लकीरें खिंच गईं।

"क्या यह ठीक रहेगा?" उसकी माँ ने पूछा, "तुम्हें पता है, दूसरे बच्चे उससे कैसा व्यवहार करते हैं? उस दिन यह बिना किसी को बताए घर से निकल गया था।"

"हम लोग बाजार की तरफ नहीं जाएँगे।" मैंने बताया, "मैं खेतों की ओर टहलने के लिए सोच रहा हूँ।"

सुरेश ने उत्साहित स्वर में आवाज निकाली और मेज को थपथपाया, जिसका मतलब यह हुआ कि वह घूमने के लिए तैयार है। अंतत: उसकी माँ मान गई और उस बच्चे को साथ जाने की अनुमति दे दी।

अपने अजीब पैरों की वजह से वह बहुत तेज नहीं चल सकता था, परंतु इसने मुझे यह मौका दिया कि मैं कुछ उस तरफ इंगित करूँ, जिससे उसकी रुचि जाग्रत् हो। तोते बरगद के पेड़ पर चहचहा रहे थे; मिट्टी के एक तालाब में भैंसें लोट रही थीं; उभयलिंगी संगीतकार सड़क से निकल रहे थे। सुरेश उन उभयलिंगी लोगों को देखने में बहुत रुचि ले रहा था, क्योंकि वे अपने आप में विचित्र लग रहे थे। उनका लंबा कद, मजबूत शरीर था, परंतु वे एक महिला के वस्त्रों में ढके हुए थे। हाथों में चूड़ियाँ और पैरों में पायल खनक रहे थे। उनके बड़े चेहरे में काजल लगा हुआ था। पहली बार मैंने सुरेश को हँसते हुए देखा था। उसने यह देख लिया था कि कुछ लोग उससे भी भिन्न हैं और अन्य लोगों की तरह उसने भी उनका उपहास उड़ाने का काम कर दिया था।

"हँसो मत," मैंने समझाया, "वे इसी तरह जनमे हैं, जैसे तुमने अपनी तरह जन्म लिया है।"

परंतु उसने मेरी बात को गंभीरता से नहीं सुना और अपने दाँत निकालकर खीसें निपोर दीं।

हम लोग कस्बे की नदी के किनारे पहुँच गए थे। बीच में खेतों पर सरसों के पीले फूल दिखाई पड़ रहे थे। दूर से पेड़ देखकर सुरेश उनकी तरफ भागने, चिल्लाने और अपने हाथों से तालियाँ बजाने लगता। वह इससे पहले कभी कस्बे से बाहर नहीं आया था। अपने घर की चाहरदीवारी और कभी-कभार सड़क या बाजार तक गया था। यही उसकी दुनिया थी। अब पेड़ ने उसे इशारों से बुलाया था।

हमने पाया कि जंगल में नदी की धारा बह रही है और मैं कपड़े उतारकर उस ठंडे पानी में कूद गया। फिर मैंने सुरेश को बुलाने की कोशिश की। वह कपड़े उतारने में हिचक रहा था, परंतु मुझे देखने के बाद अपने चेतन मन को जीतकर वह भी मेरे साथ शामिल हो गया।

वह अनाड़ी की तरह से मेरे नजदीक आया। पानी मेरे घुटनों तक था, उसके सीने तक पहुँच रहा था।

"आओ, मैं तुम्हें तैरना सिखाता हूँ।" मैंने कहा। मैंने उसे कमर से उठाकर तैरने के अंदाज में पकड़ लिया। वह पूरी ताकत से हाथ-पैर मार रहा था, परंतु तब उसने हाथ-पैर मारना बंद कर दिया, जब उसे लगा कि वह ऐसा कुछ नहीं कर सकता।

कुछ देर बाद हम दोनों नदी के किनारे बैठ गए। उसने एक कछुए को देखा, जो जमीन पर बने बिल के पास था, जहाँ पर उसने अंडे दिए थे। इससे पहले उसने कभी कछुआ नहीं देखा था और वह उसे बड़ी ही गंभीरता से देख रहा था, जब वह अपने खोल में सिर अंदर कर लेता, फिर कुछ देर बाद बाहर कर लेता। उसने कछुआ को समयानुसार अपने आकार को परिवर्तित करते देख लिया था। उसके चौड़े पैर, गोल पीठ और अपने सर को दुनिया से छुपा लेने की कला!

उसके पश्चात् मैं लड़के के घर पर दो हफ्ते में एक बार चला जाता और हर बार हम नदी के किनारे जरूर जाते। धीरे-धीरे सुरेश ने थोड़ी देर तैरना सीख लिया था। तैरना सीखना उसके लिए कुछ ऐसा था, जिसे बाजार के बच्चे नहीं जानते थे। इस वजह से उसके आत्मविश्वास में वृद्धि हुई। वह अपने जीवन को दूसरे नजरिए से भी देखने लगा।

जितना मैं सुरेश से मिलता, उतना ही उसकी विकृति के लिए चेतना कम होती जा रही थी। मेरे लिए वह अब एक सामान्य इनसान दिखने लगा था, जबकि बाजार के बच्चे एक-दूसरे से इतनी संपन्नता होने के बावजूद असामान्य नजर आते थे, परंतु वह अभी भी अपनी बदसूरती के लिए सचेत था...इस बात का अंदाजा मुझे उससे मिलने के दो महीने बाद पता चला।

हम लोग सरसों के खेत से घर वापस आते थे, जो पीले से हरे होते जा रहे थे। जब हमने यह बात नोटिस की कि एक बकरी का बच्चा हमारा पीछा कर रहा है। ऐसा लगता था, जैसे वह अपनी माँ से बिछुड़ गया है और खुद को हम लोगों से जोड़ लिया है। हालाँकि मैं उस बच्चे का उस बकरी से ध्यान हटाना चाहता था, परंतु वह हमारा पीछा करती रही। जब सुरेश ने उसे देखा तो वह उसे पकड़कर अपने घर ले आया।

वह बकरी का बच्चा ही कुछ दिनों तक उसका मुख्य जुनून बन गया। वह उसे अपने हाथों से खिलाता और अपने बिस्तर के पैरों की तरफ सुलाता था। यह एक छोटा बच्चा था, जिसके सफेद सींग थे और पूरे घर में उछलने-कूदने की आदत थी। हर कोई उस बच्चे की तारीफ करता था और वह लड़का तथा उसकी माँ उस बकरे की सुंदरता की तारीफ करते थे।

जानवरों के प्रति उसका रोष तब दिखा, जब लोग उस बकरे की तारीफ करने लगे। उसे लगा कि लोगों को उसके मालिक से अधिक वह बकरी पसंद है। मैंने उसे शीशे के सामने उस बकरे को अपनी बाँहों में पकड़कर निहारते हुए देखा

था। जब उसने मुझे उसकी तरफ देखते हुए पाया तो उसने तुरंत बकरी को झटक दिया और उस कमरे से उठकर बिना मेरी तरफ देखे हुए चला गया।

दो दिन बाद, जब मुझे उसके घर बुलाया गया तो उसकी माँ बहुत दुःखी थी। मैं देख सकता था, वह रो चुकी थी, परंतु वह मुझे देखकर सुकून महसूस कर रही थी और मुझे अतिथि-कक्ष में ले गई। जहाँ सुरेश ने मुझे देखा और वह जमीन से उठकर बरामदे में पहुँच गया।

"हुआ क्या?" मैंने पूछा।

"वह जो छोटी सी बकरी थी," उन्होंने कहा, "सुरेश ने उसे मार डाला।"

उन्होंने बताया कि सुरेश ने किस तरह से एकदम से बेकाबू होकर उस बच्चे पर एक ईंट का पत्थर फेंककर उसकी खोपड़ी फोड़ डाली। एक जानवर की हत्या के अलावा जो दुःखी करनेवाली बात है, वह यह कि सुरेश को अपने किए गए कृत्य पर कोई पछतावा नहीं है।

"मैं उससे बात करता हूँ।" मैंने कहा और उसके पास बरामदे में पहुँच गया, परंतु वह वहाँ से गायब हो गया था।

"वह अवश्य ही बाजार गया होगा!" उसकी माँ ने चिंतित शब्दों में उत्तर दिया।

"जब वह नाराज होता है तो यही करता है। कई बार मुझे लगता है कि उसे मार खाना और चिढ़ना अच्छा लगता है।"

वह बाजार में नहीं था। मैंने उसे नदी के किनारे पाया, जहाँ पर वह रेत में अपने पेट के बल लेटा हुआ था।

"तुमने उस बकरी को क्यों मारा?" मैंने प्रश्न किया।

उसने अपना कंधा हिला दिया।

"क्या तुम्हें मारने में मजा आता है?"

उसने मेरी तरफ देखा और मुसकराकर अपना सर हिला दिया।

"कितने हत्यारे हो?" मैंने जवाब दिया। परंतु मेरा वह मतलब नहीं था। मुझे पता था कि उसकी निर्दयता मुझसे कतई भिन्न नहीं है। बस उसकी क्रूरता दिख गई, जो समाज ने उसे अलग करके पैदा की थी।

उसने अपनी शर्ट की जेब से एक चाकू निकाला और ब्लेड खोलकर मेरे सामने दिखाने लगा। उसने अपने पेट पर उस चाकू को लगा दिया और ऐसे प्रतिक्रिया दी, जैसे मैं उसके पेट में चाकू भोंक दूँ। उसने कुछ ऐसा उदास चेहरा

बना लिया था (यह उस बात की प्रतिक्रिया नहीं थी कि उसने बकरी की हत्या की, बल्कि इस बात के लिए थी कि उसने मुझे दु:खी किया)।

"तुम बहुत मजाकिया व्यक्ति हो।" उसके पेट से चाकू हटाकर नदी में फेंकते हुए मैंने कहा, "आओ तैरते हैं।"

हम दोनों पूरी दोपहर तैरते रहे और सुरेश हँसते हुए अपने घर गया। उसकी माँ और मैंने इस पूरी घटना को अपने तक ही सीमित रखने और उसके पिता को न बताने का निश्चय किया, जिसे उस बकरी की उपस्थिति के बारे में पता ही नहीं था।

सुरेश आनेवाले कुछ हफ्तों में संतुष्ट होने लगा था और तभी मुझे दिल्ली से नौकरी का प्रस्ताव मिल गया तथा मुझे यह बात पता थी कि मुझे यह नौकरी हासिल ही करनी है, क्योंकि उस वक्त लेखन से मुझे बहुत कम धन प्राप्त होता था।

जब मैंने बच्चे की माँ को बताया कि मैं बाहर जा रहा हूँ तो बच्चे की माँ बहुत दु:खी हुई, यहाँ तक कि निराश भी। परंतु उस लड़के में हमेशा की तरह अपेक्षा के विपरीत चेहरे पर कोई प्रतिक्रिया नहीं दिखी। मुझे इस भिन्नता से थोड़ा बुरा लगा। क्या कुछ हफ्तों की हमारी यह दोस्ती उसके लिए कुछ भी मायने नहीं रखती है? मैंने खुद को सांत्वना देने के लिए समझाया कि शायद उसे इस बात का पता न हो कि वह जिंदगी में फिर कभी मुझसे न मिल पाए।

शाम के वक्त ट्रेन छूटनेवाली थी, मैं उसके घर पर उसे अलविदा कहने के लिए गया। सुरेश की मम्मी ने मुझसे वादा लिया कि मैं उन्हें चिट्ठियाँ लिखा करूँगा, परंतु सुरेश मुझसे दूर शांत खड़ा हुआ था और उसने मेरे नजदीक बैठने से भी इनकार कर दिया। वह मुझे ऐसे दिखा रहा था, जैसे मैं कोई अजनबी हूँ, जैसे मैं कोई ऐसा व्यक्ति हूँ, जो भिन्न लोगों पर पत्थर फेंकता हूँ।

उस शाम आठ बजे अपने तृतीय श्रेणी के डिब्बे में कई यात्रियों के साथ संघर्ष करते हुए किसी तरह सीट पाकर खिड़की के पास बैठ गया। खिड़की के पास बैठे होने की वजह से मैं पूरे प्लेटफॉर्म को देख सकता था।

गार्ड ने अपनी सीटी बजा दी थी और ट्रेन बस चलनेवाली ही थी, जब मैंने सुरेश को स्टेशन के प्लेटफॉर्म पर खड़े हुए मेरी तरफ देखते हुए पाया।

"सुरेश!" मैं चिल्लाया और उसने मेरी आवाज सुन ली, और प्लेटफॉर्म पर दौड़ते हुए मेरे पास आ गया।

"मैं अगले साल फिर आऊँगा।" मैंने उससे कहा।

ट्रेन आगे बढ़ने लगी और जैसे ही मैंने सुरेश से हाथ हिलाया, वह टूट गया, वह पागलों की तरह खुद को रोकते हुए हाथ हिलाने लगा। मैंने उसे किसी के बिस्तर से ठोकर खाते देखा और वह जमीन पर फैल गया। इंजन ने गति पकड़ ली और प्लेटफॉर्म पीछे छूट गया।

और उस दिन मैंने अंतिम बार सुरेश को देखा था, विश्व के उस महान् अंधकार में अकेला भीड़-भाड़ वाले प्लेटफॉर्म में पड़ा हुआ था। दुनिया का सबसे सुंदर बच्चा—वक्राकार, झुका हुआ और मुड़ा हुआ पड़ा था।

□

# 6

# प्लेटफॉर्म नं. 8 की महिला

बोर्डिंग स्कूल में मेरा यह दूसरा वर्ष था और मैं अंबाला स्टेशन के प्लेटफॉर्म नंबर-8 पर बैठा हुआ, उत्तर की तरफ जानेवाली ट्रेन का इंतजार कर रहा था। मुझे लगता है। उस वक्त रात्रि के 12 बजे होंगे। मेरे माता-पिता मुझे इतना बड़ा समझने लगे थे कि मेरे अकेले यात्रा करने पर उन्हें विश्वास हो गया था। मैं बस से अंबाला शाम को ही पहुँच गया था, अब मध्य रात हो चुकी थी। अधिकतर समय का उपयोग मैंने पूरे प्लेटफॉर्म के चक्कर लगाने, पुस्तकों की दुकानों और टूटे हुए बिस्कुट आवारा कुत्तों को बाँटने, ट्रेन का आना-जाना देखने में ही किया था। जब कोई ट्रेन आती तो बहुत शोरगुल और अफरा-तफरी का माहौल हो जाता। मैं यह सब देखकर थक गया था, अब अपने सूटकेस के पास बैठ गया था और रेलवे ट्रैक निहारने लगा था।

पहिए वाली ट्रॉली मेरे सामने से गुजर गई और मुझे सभी विक्रेताओं का शोर सुनाई पड़ रहा था—जो लोग दही और नीबू, समाचार-पत्र बेच रहे थे, परंतु मैं इन सब से बोर हो चुका था। मैं अकेला और बोर होता हुआ सिर्फ रेलवे की पटरियों को निहार रहा था।

“क्या तुम अकेले हो, बेटा?” मेरे पीछे से एक प्यारी आवाज आई। मैंने पलटकर देखो तो पाया, एक महिला मेरे पास खड़ी है। मैंने उसका चमकदार चेहरा और गहरी काली आँखें देखीं। वह कोई आभूषण नहीं पहने हुए थी और बहुत ही साधारण सफेद साड़ी में थी।

“हाँ, मैं स्कूल जा रहा हूँ।” मैंने जवाब दिया और सम्मानपूर्वक खड़ा हो गया। वह गरीब मालूम पड़ रही थी, परंतु उसके अंदर मर्यादा थी, जिस वजह से वह सम्मान की हकदार थी।

"मैं कुछ देर से तुम्हें देख रही हूँ।" उसने कहा, "तुम्हारे मम्मी-पापा छोड़ने के लिए नहीं आए क्या?"

"मैं यहाँ नहीं रहता हूँ," मैंने बताया, "मुझे ट्रेन बदलनी है। खैर, मैं अकेला यात्रा कर लूँगा।"

"मुझे भी विश्वास है कि तुम्हें अकेले कोई दिक्कत नहीं होगी।" उसने मुझ पर विश्वास जताया और मुझे यह बहुत अच्छा लगा। मुझे उसके कपड़ों की सादगी बहुत अच्छी लगी और उसकी प्यारी एवं गहरी आवाज भी तथा उसके चेहरे की शांति।

"तुम्हारा नाम क्या है?" उसने मुझसे पूछा।

"अरुण।" मैंने उत्तर दिया।

"तुम और कितने वक्त तक ट्रेन का इंतजार करोगे?"

"लगभग एक घंटा, ऐसा मुझे लगता है। यह 12 बजे आती है।"

"मेरे साथ आओ, तुम्हें कुछ खिलाती हूँ।"

मैं उसे शर्म और संदेह की वजह से मना करनेवाला ही था, परंतु वह मुझे मेरा हाथ पकड़कर ले गई और मुझे उसका हाथ झिड़का देना मूर्खतापूर्ण लगा। उसने एक कुली को मेरा सूटकेस, जो प्लेटफॉर्म में ही रह गया था, देखते रहने के लिए कहा। उसके हाथ बहुत नरम थे और उसने मुझे न तो बहुत मजबूती से और न ही बहुत हलके से पकड़ा हुआ था। मैंने उसकी तरफ एक बार फिर से देखा, वह नौजवान नहीं थी और न ही बूढ़ी महिला थी। वह अवश्य ही तीस की उम्र को पार कर चुकी होगी या फिर पचास के आस-पास होगी, मुझे लगता है, वह ऐसी ही दिखती थी।

वह मुझे स्टेशन के भोजनालय में ले गई, मेरे लिए चाय, समोसा और जलेबी ऑर्डर कर दी। मैं एक भूखा और स्कूल में पढ़नेवाला बच्चा था। मैंने उतना खा लिया, जितना मैं आराम से खा सकता था। वह मुझे खाता हुआ देख आनंद ले रही थी और मुझे लगता है, यह भोजन ही था, जिसने हम दोनों के बीच अच्छी दोस्ती को मजबूत कर दिया था। जलेबी और चाय की मिठास में मैं खुलकर उसके साथ बात करने लगा था तथा मैंने अपने स्कूल, अपने दोस्तों, मेरे पसंदगी और नापसंदगी सब बता दी। वह बीच-बीच में मुझसे प्रश्न कर रही थी, पर अधिकतर उसे सुनना ही अधिक पसंद था। परंतु उसने मुझसे मेरे परिवार के बारे में नहीं पूछा, या फिर मैं कहाँ रहता हूँ तथा मैंने भी यह नहीं पूछा कि वह कहाँ रहती है। मैंने

उसको ठीक उसी तरह स्वीकार कर लिया, जिस तरह वह मेरे साथ बरताव कर रही थी—एक शांत, दयालु और बेहतरीन महिला, जिसने रेलवे स्टेशन पर एक अकेले बच्चे को मिठाई खिलाई।

आधा घंटे के बाद हम भोजनालय से निकले और प्लेटफॉर्म की तरफ बढ़ चले। एक इंजन प्लेटफॉर्म पर लग रहा था और प्लेटफॉर्म नंबर-8 की तरफ जैसे बढ़ा, एक लड़का रेलवे की पटरियों से उतारकर एक प्लेटफॉर्म से दूसरे प्लेटफॉर्म की तरफ शॉर्टकट लेने लगा। इंजन उसके बिल्कुल नजदीक था, परंतु वह इंजन से सुरक्षित दूरी पर था। जैसे ही वह पटरियों से होकर गुजर रहा था, उस महिला ने मेरे बाँह को जोर से दबा लिया। उसकी उँगलियाँ मेरी त्वचा में गड़ गईं और मुझे दर्द महसूस हुआ। मैंने उसकी उँगलियाँ पकड़कर उसकी तरफ देखा और उसके चेहरे पर दर्द, भय और दुःख की परछाईं पाई। वह उस प्लेटफॉर्म पर चढ़नेवाले लड़के को देखती रही, जब तक वह भीड़ में गायब नहीं हो गया। तब जाकर कहीं उसने मेरी बाँह को छोड़ा। वह मेरी तरफ देखकर मुसकराई और मेरा हाथ फिर से पकड़ लिया, परंतु उसकी उँगलियाँ काँप रही थीं।

"वह सुरक्षित है।" मैंने उसे निश्चिंत करने के लिए कहा।

वह आनंदपूवर्क मुसकराई और मेरे हाथ को दबा बैठी। हम दोनों साथ-साथ शांत उस जगह पर पहुँच गए, जहाँ मैंने अपना सूटकेस छोड़ा था। मेरे साथ पढ़नेवाला एक सहपाठी सतीश, जो कि हमउम्र था, अपनी माँ के साथ वहाँ पहुँच गया।

"हेलो, अरुण!" उसने मेरा अभिवादन किया, "ट्रेन हमेशा की तरह लेट है। तुम्हें पता है, इस साल हमारे नए प्रधानाध्यापक कौन होंगे?"

हम दोनों ने हाथ मिलाए और फिर वह अपनी मम्मी की तरफ मुड़ा और बोला, "मम्मी, यह अरुण है। यह मेरा दोस्त है और कक्षा का सबसे बढ़िया गेंदबाज है।"

"अरे वाह! ये जानकार बहुत अच्छा लगा।" उसकी मम्मी, जो बड़ा सा चश्मा लगाए हुए थीं, उन्होंने उस महिला की तरफ देखा, जो मेरा हाथ पकड़े हुए थी और बोली, "मुझे लगता है कि आप अरुण की मम्मी हैं?"

मैं इससे पहले अपनी पूरी बात बताने के लिए मुँह खोलता, उन्होंने जवाब दिया, "हाँ, मैं ही अरुण की मम्मी हूँ।"

मैं एक भी शब्द बोलने में असमर्थ हो गया। मैंने उस महिला की तरफ तुरंत

देखा, लेकिन उसे अपने इस बरताव पर कतई शर्मिंदगी नहीं थी और ऊपर से वह सतीश की मम्मी के साथ मुसकरा रही थी।

सतीश की मम्मी बोलीं, "इस मध्य रात्रि में ट्रेन का इंतजार करना कितना कठिन है! परंतु कोई अपने बेटे को अकेले छोड़ भी तो नहीं सकता है। इस तरह के बड़े स्टेशन में कुछ भी हो सकता है"। यहाँ पर ऐसे बहुत संदेहास्पद लोग टहलते रहते हैं। इस वक्त अनजान लोगों से बहुत सतर्क रहने की जरूरत है।"

"अरुण फिर भी अकेला यात्रा कर लेता है।" उस महिला ने, जो मेरे बगल में खड़ी थी, बोली और मुझे उसका यह बोलना बहुत अच्छा लगा। मैंने उसे पहले ही झूठ बोलने के लिए माफ कर दिया था।

"ठीक है, पर बहुत ध्यान से यात्रा किया करो, अरुण।" सतीश की मम्मी ने मेरी तरफ चश्मे से बड़ी गंभीर मुद्रा में देखते हुआ समझाया। "बहुत सतर्क रहो, जब भी तुम्हारी माँ तुम्हारे साथ न हों और कभी अजनबियों से बात मत करो।"

मैंने सतीश की मम्मी से उस महिला की तरफ देखा, जो बगल में खड़ी थी और जिसने मुझे चाय और मिठाई खिलाई थी, फिर मैंने सतीश की मम्मी की तरफ मुहँ मोड़ लिया।

"मुझे अजनबी पसंद हैं।" मैंने उत्तर दिया।

सतीश की मम्मी जरूर ही नाराज हुई होंगी, क्योंकि इससे पहले उन्हें एक बच्चे से अपनी बात के विरोधा का सामना नहीं करना पड़ा होगा। "अभी आप हो, देख लीजिए! अगर आप नहीं होंगी तो ये बच्चे सीधा परेशानी में पड़ जाएँगे। हमेशा अपनी माँ की सुनो।" सतीश की मम्मी अपनी मोटी उँगली घुमाते हुए बोलीं, "और कभी मतलब कभी अजनबियों से बात मत करो।"

मैंने व्यग्र मुद्रा में उसकी तरफ देखा और उस महिला के नजदीक चला गया, जिसके साथ मेरी मित्रता हुई थी। सतीश अपनी मम्मी के नजदीक खड़ा था, मेरी तरफ नजरें गड़ाए हुए अपनी मम्मी से मेरी बहस को देख रहा था। कहीं-न-कहीं वह मेरी तरफ ही था।

स्टेशन की घंटी बजी और जो लोग प्लेटफॉर्म पर शांतिपूर्वक बैठे हुए थे, एकदम से कोलाहल मचने लगा।

"आखिर आ गई गाड़ी।" सतीश चिल्लाया, जैसे इंजन ने हॉर्न बजाया, उस ट्रेन की आगे की बत्तियाँ दिखने लगीं।

ट्रेन धीरे-धीरे स्टेशन पर आ रही थी और इंजन धीरे-धीरे आवाज कर रहा था तथा धुआँ छोड़ रहा था। जैसे ही वह रुकी, सतीश एक खाली से कंपार्टमेंट में चढ़

गया और चिल्लाया, "अरुण, अंदर आओ, यह खाली है।" मैंने अपना सूटकेस उठाया और अंदर चला गया।

दो महिलाएँ, जो बाहर प्लेटफॉर्म पर खड़ी थीं, वे हम तक खिड़कियों से सामान पहुँचा रही थीं और हमसे बातें कर रही थीं। सतीश की माँ ने अधिकतर बातें कीं।

"ज्यादा उछलना-कूदना नहीं और चलती हुई ट्रेन से मत उतरना, जैसा अभी किया था।" उन्होंने हिदायत दी, "अपने सिर को खिड़की से बाहर मत निकालना और कुछ भी फालतू का मत खाना।" वे हमें सभी तरह के फायदेमंद सुझाव दे देना चाहती थीं, जैसे वे यह समझ चुकी हों कि यह ज्ञान देने में मेरी माँ असमर्थ हैं। उन्होंने सतीश को एक थैला फल, एक क्रिकेट बैट और चॉकलेट्स का बड़ा पैकेट पकड़ाते हुए बताया कि वह खाना मेरे साथ साझा कर ले। तब वह पीछे हटकर यह देखने लगी कि मेरी माँ मुझसे क्या बरताव करती हैं!

मैं सतीश की मम्मी के विचारों के अंदर विचरण कर रहा था, जिन्हें ऐसा लग रहा था कि मैं बहुत गरीब घर से हूँ। मैंने भी उन्हें ऐसा कुछ बताने की कोशिश नहीं की। मैंने अपना हाथ उस महिला के हाथों में थमाए रखा, परंतु वे कुछ कह नहीं रही थीं। मैं इस बात से अवगत था कि सतीश की मम्मी मुझे अपनी बड़ी-बड़ी आँखों से देख रही हैं और मैंने खुद के अंदर उनके लिए घृणा का विचार जगा लिया था। यह नहीं पता कि ऐसा क्यों था, पर था। गार्ड प्लेटफॉर्म पर पहुँच गया और अपनी सीटी बजाकर ट्रेन को चलने का निर्देश दे दिया। मैंने सीधा उस महिला की आँखों में देखा, जो मेरा हाथ पकड़े हुए थी, उसने एक साधारण सी मुसकान दी। मैंने खिड़की से सिर निकाला और उसके गालों को चूम लिया।

डिब्बा आगे बढ़ चला और उसने अपना हाथ दूर कर लिया।

"बाय मम्मी!" सतीश ने ट्रेन चलते ही कहा। सतीश और उसकी मम्मी ने एक-दूसरे से हाथ हिलाया।

"गुडबाय!" मैंने दूसरी महिला से कहा, "गुडबाय मम्मी!"

मैंने हाथ नहीं हिलाया और न ही चिल्लाया, परंतु खिड़की के पास अभी भी बैठा हुआ उस महिला की तरफ निहार रहा था। सतीश की माँ उससे बात कर रही थी, परंतु वह उनकी बातें सुनती हुई नहीं प्रतीत हो रही थी। उसकी निगाहें सिर्फ मेरी तरफ थीं। वह उस व्यस्त प्लेटफॉर्म पर खड़ी थी। सफेद साड़ी में एक सुंदर महिला, और मैंने उसे तब तक देखा, जब तक वह मेरी नजरों से ओझल नहीं हो गई।

□

# 7

# तसवीर

मैं उस वक्त दस वर्ष का था। मेरी दादी माँ आम के पेड़ के नीचे एक चारपाई पर बैठी हुई थीं। कड़ी गरमी का मौसम था, बगीचे में सूरजमुखी खिले हुए थे और गरम हवा चल रही थी। मेरी दादी माँ सर्दियों के लिए स्वेटर बुन रही थीं। वे बहुत बूढ़ी हो गई थीं। उन्होंने सफेद साड़ी पहन रखी थी। उनकी आँखें अब उतनी तेज नहीं थीं, परंतु उनकी उँगलियाँ सुई के साथ बहुत तेज चलती थीं। दादी माँ के बाल सफेद थे, परंतु उनके चेहरे पर झुर्रियाँ बहुत कम थीं।

मैं मैदान से क्रिकेट खेलने के बाद वापस आया था। मैंने भोजन ग्रहण कर लिया था और किताबों के पुराने बक्से तथा परिवार की विरासत को खँगाल रहा था, जो हाल-फिलहाल ही दादी माँ ने बाहर निकालकर रखा था। उस बक्से में कुछ भी मुझे प्रभावित नहीं कर सका, सिवाय चिड़ियों और मक्खियों की तसवीर की बनी एक रंगीन किताब के। मैं उस किताब को देख रहा था, उसकी रंगीन तसवीरों से गुजर रहा था। तभी मैंने एक पेज के बीच में एक तसवीर को पाया, यह पीली और थोड़ा भद्दी तसवीर थी। यह छायाचित्र एक लड़की का था, जो दीवार में टेक लगा के खड़ी थी और दीवार के पीछे आसमान छोड़कर कुछ नहीं था। परंतु दूसरी तरफ एक जोड़ी हाथ दिखाई पड़ रहे थे। वे कुछ इस तरह थे, जैसे कोई दीवार चढ़ने की कोशिश कर रहा हो। उस लड़की के नजदीक कुछ फूल उग रहे थे, पर मैं पहचानने में असमर्थ था कि वे किसके फूल है!

मैं बगीचे में दौड़कर गया। "दादी!" मैं चिल्लाया, "इस फोटो की तरफ देखो, मैंने इसे पुराने बक्से में पाया। यह किसकी फोटो है?"

मैं दादी माँ के बिस्तर पर उनके बगल में कूदकर बैठ गया। उन्होंने प्यार से मेरे पीठ पर धौल मार दिया और बोलीं, "अब मेरी याददाश्त उतनी अच्छी नहीं

रही और अगली बार तुमने ऐसा किया तो यह पूरा स्वेटर तुमसे ही सिलवाऊँगी।"

दादी माँ मुझे हमेशा इस बात की धमकी दिया करती थीं कि वह मुझे बुनना सिखा देंगी, जो मैं समझा करता था कि एक लड़के के लिए यह शर्मनाक चीज है। उनका यह बढ़िया तरीका था, मुझे शैतानियों से दूर रखने के लिए। एक बार मैंने ड्राइंग-रूम के परदे फाड़ डाले थे और दादी माँ ने मुझे सुई एवं धागा पकड़ाकर उन परदों को सिलने के लिए दे दिया, हालाँकि मैंने बहुत बेहूदा तरीके से सिलाई की थी, जिसकी वजह से मेरी दादी माँ को एक बार फिर से सिलाई करनी पड़ी।

उन्होंने मेरे हाथ से तसवीर ले ली और हम दोनों उस तसवीर को काफी लंबे समय तक निहारते रहे। उस लड़की के लंबे, खुले बाल थे और उसने लंबी ड्रेस पहनी हुई थी, जो उनके घुटनों तक को ढके हुए थी और आस्तीन, जो हथेलियों तक थी। उसके हाथों में ढेर सारे कंगन थे। इन सबके बावजूद लड़की पूर्णरूप से स्वतंत्र लग रही थी। वह कमर पर हाथ रखे हुए खड़ी थी और चेहरे पर एक चौड़ी तथा शैतानी वाली मुसकान थी।

"यह किसकी फोटो है?" मैंने पूछा।

"बेशक, एक छोटी लड़की का है।" दादी ने बताया, "तुम्हें नहीं दिख रहा है?"

"वह तो दिख रहा है, पर इस लड़की को आप जानती हैं?"

"हाँ, मैं जानती थी," दादी ने बताया, "परंतु वह बहुत शैतान लड़की थी और मुझे उसके बरे में तुम्हें नहीं बताना चाहिए; परंतु मैं इस फोटोग्राफ के बारे में बताऊँगी। यह तुम्हारे बाबा के घर में साठ साल पहले ली गई थी और वह बगीचे की दीवार है। दीवार के पीछे कस्बे की ओर एक सड़क जाती है।"

"ये किसके हाथ हैं?" मैंने पूछा, "जो दूसरे तरफ से दीवार पर चढ़ रहे हैं?"

दादी माँ ने भौंहें सिकोड़ीं और बहुत नजदीक से तसवीर को देखा तथा अपना सिर हिला दिया, "इन्हें तो मैं पहली बार देख रही हूँ।" उन्होंने बात जारी रखी, "ये जरूर ही सफाई करनेवाले लड़के के हाथ होंगे या फिर तुम्हारे बाबा के।"

"ये मेरे बाबा के हाथ नहीं लग रहे हैं।" मैंने तुरंत नकार दिया, "उनके हाथ पतले थे।"

"परंतु यह फोटो साठ साल पहले की है।"

"इस फोटो को लेने के बाद वे दीवार पर चढ़े थे या नहीं?"

"जहाँ तक मुझे याद है, नहीं, कोई दीवार पर नहीं चढ़ा था।"

"आपको सब याद है, दादी माँ?"

"हाँ, मुझे याद है···। हाँ, मुझे वह भी याद है, जो इस फोटो में नहीं है। यह बसंत का मौसम था और ठंडी-ठंडी हवा चल रही थी। इस तरह की गरम हवा नहीं थी। जो फूल लड़की के पैरों के पास है, वह गेंदे का फूल है। आजकल तुम्हें ऐसे पेड़ नहीं दिखाई पड़ेंगे, न ही इस तरह के फूलों की महक प्राप्त कर पाओगे।"

"और उस लड़की के बारे में?" अपनी बात पर फिर आ गया, "मुझे इस लड़की के बारे में बताओ।"

"हाँ, वह बहुत शैतान लड़की थी।" दादी माँ ने कहा, "तुम्हें नहीं पता, उस कपड़े को पहनने में उसे कितनी परेशानी हो रही थी।"

"मुझे लगता है, वे भयानक कपड़े हैं।" मैंने भी सहमति जताई।

"वह इस तरह के कपड़े पहनती ही नहीं थी। अधिकतर समय वह मटमैले तालाब में गंदे बच्चों के साथ तैरा करती और भैंस की पीठ पर सवारी किया करती थी। कोई बच्चा कभी उसे परेशान नहीं करता था, क्योंकि वह जब-तब उन्हें लात-घूँसा मार दिया करती थी।"

"वह ऐसी दिखती भी है?" मैंने कहा, "कोई भी उसकी मुसकराहट देखकर ही बता सकता है। अगले क्षण कुछ भी हो सकता है।"

"ऐसा ही कुछ हुआ!" दादी माँ ने बताया, "उस दिन मैं मम्मी से नाराज होकर मिट्टी में लोट गई और आधे घंटे तक मिट्टी में लोटती रही।"

मैं जोर से हँसा और मेरी दादी माँ भी उतनी ही तेजी से हँसने लगीं।

"यह लड़की कौन थी?" मैंने पूछा, "आपको बताना पड़ेगा, यह कौन है?"

"मैं नहीं बता सकती।" दादी माँ ने असमर्थता जताई। परंतु मैंने भी ऐसा बरताव किया, जैसे मैं भी नहीं जानता, क्योंकि दादी माँ अभी भी वैसे ही मुसकराती हैं, हालाँकि अब उनके पास दाँत नहीं बचे हैं।

"बताओ दादी," मैंने कहा, "बताओ न! बताओ न!"

परंतु दादी माँ ने अपना सिर हिला दिया और स्वेटर बुनना जारी रखा। मैंने उस तसवीर को दादी माँ से अपने हाथ में पकड़ लिया तथा यह देखने लगा कि इस लड़की और दादी माँ में क्या-क्या समानता है! एक नीबू के रंग की मक्खी दादी माँ की सुई में दब गई, जिसे उन्होंने हाथ से उड़ा दिया। मैंने उस मक्खी को पकड़ने की कोशिश की, परंतु वह बहुत तेजी से उड़कर सूरजमुखी पर जा बैठी।

"ये किसके हाथ होंगे?" उस गरम दोपहर मैंने दादी माँ के कान में जाकर कहा।

□

# 8

# खिड़की

मैं बसंत के मौसम में आया था और छत पर कमरा लिया था। यह लंबी और निचली इमारत थी, जिसमें कई परिवार एक साथ रहते थे। छत पर मेरा कमरा और एक चिमनी छोड़कर कुछ नहीं था, सपाट था। मुझे नहीं पता, किसकी छत पर वह चिमनी आती थी, परंतु मेरे ऊपर सिर्फ छत थी और अपनी खिड़की से मैं अपनी दुनिया देख सकता था।

सिर्फ खिड़की से ही देख सकता था।

ठीक सामने एक बरगद का पेड़, वह मेरी अपनी दुनिया है, साथ-ही-साथ उसके निवासी भी हमारे अपने हो गए थे। उसमें दो गिलहरी, कुछ मैना, एक कौवा और रात्रि में एक जोड़ा चमगादड़ उड़ा करते थे। दोपहर में गिलहरियाँ व्यस्त रहती थीं, सुबह और शाम चिड़ियाँ, चमगादड़ रात में। मैं उस वर्ष बहुत व्यस्त नहीं था, कम-से-कम बरगद में रहनेवाले जीव-जंतुओं से तो कम ही व्यस्त था।

वहाँ एक आम का पेड़ भी था, परंतु उस पर बाद में ध्यान गया, जब गरमियों में मैं कोकी से मिला और आम के फल पक गए थे।

शुरुआत में मुझे अपने कमरे में अकेला महसूस होता था, परंतु तभी मैंने खिड़की की असली शक्ति पहचानी। मैं बरगद के पेड़ की तरफ, बगीचे की तरफ, चौड़ी सड़क, जो इमारत के बगल से गुजरती थी, दूसरे घरों की छत, सड़क एवं मैदान, जहाँ तक नजरें जा सकती थीं, मैं देख सकता था। रास्ता बहुत व्यस्त नहीं था, परंतु इसमें विविधता थी। एक आया बच्चे को लिये, पोस्टमैन, फल विक्रेता, खिलौने बेचनेवाला अपने सामान को तेज आवाज में बेच रहे थे। किराया लेनेवाला, साइकिल चलानेवाले, स्कूल की छात्राओं की लंबी लाइन, एक लँगड़ा भिखारी... सभी मेरे रास्ते से गुजरे, मेरी खिड़की के रास्ते से...।

गरमी के प्रारंभ में टक-टक करता हुआ एक ताँगा आया और सीधा घर के सामने रुक गया। एक लड़की और एक वृद्ध महिला उस ताँगे से उतरीं और नौकर ने सारा सामान उतारा। फिर वे घर में प्रवेश कर गए और ताँगा आगे बढ़ गया।

अगले दिन सुबह बगीचे से उस लड़की ने मुझे खिड़की के पास देखा।

उसके लंबे काले बाल थे, जो उसकी कमर तक लटके थे, जो एक लाल रिबन से बँधे हुए थे। उसकी आँखें बिल्कुल बालों की तरह काली थीं। वह अवश्य ही दस या ग्यारह साल की थी।

"हेलो!" मैंने दोस्ताना अंदाज में कहा।

उसने मुझे संदेहास्पद तरीके से घूरा, "आप कौन हैं?"

"मैं एक भूत हूँ।"

वह हँसने लगी और हँसते हुए मुझे चिढ़ाने के अंदाज में बोली, "हाँ, आप लगते भी वैसे ही हैं।"

मैंने इस बारे में अधिक कुछ सोचा नहीं, परंतु मैंने मुसकराना बंद कर दिया। कई बच्चों को बड़ों की मुसकराहट हमेशा पसंद नहीं होती।

"आपके पास वहाँ क्या है?" उसने प्रश्न किया।

"जादू!" मैंने जवाब दिया।

वह फिर से हँसी, परंतु इस बार उसने बिना मुझे चिढ़ाए हुए कहा, "मुझे आप पर विश्वास नहीं है।"

"तुम आकर यहाँ पर खुद ही देख क्यों नहीं लेतीं?"

वह पहले हिचकिचाई, परंतु फिर धीरे से सीढ़ियों की तरफ आई और धीरे-धीरे सतर्कता से चढ़ने लगी। जब उसने कमरे में प्रवेश किया तो उसके आने मात्र से वह जादू लेकर आई।

"आपका जादू कहाँ है?" उसने मेरी आँखों की तरफ देखते हुए पूछा।

"यहाँ आओ।" मैं उसे खिड़की के पास ले जाकर उसे अपनी दुनिया दिखाते हुए बोला।

वह कुछ नहीं बोली, परंतु खिड़की के बाहर एकटक देखती रही और फिर कुछ रुचि लेकर देखने लगी। कुछ देर बाद वह मुड़ी और मुसकराकर बोली, इसके बाद हम दोनों मित्र बन गए।

सिर्फ मुझे पता था कि उसका नाम कोकी है और वह अपनी चाची के साथ गरमी की छुट्टियाँ मानाने के लिए आई है। इससे अधिक मुझे कुछ नहीं जानना था

और उसे भी इससे अधिक जानने की जरूरत नहीं थी कि मैं एक भूत हूँ, जो डराता नहीं है।

वह हर दिन मेरे कमरे में आ जाती और मेरे साथ खिड़की के बाहर देखा करती। हमारी दुनिया में गजब का उत्साह रहा करता था, खासकर तब, जब बारिश हुआ करती थी।

बारिश की पहली झड़ी में महिलाएँ अपने कपड़े उठाने के लिए भागती थीं। एक साइकिल चालक अपनी साइकिल की रफ्तार बढ़ा देता और वृद्ध लोगों को थोड़ी दिक्कत हुआ करती थी, वे छाता खोल लेते थे तथा छोटे-छोटे नंगे बच्चे बारिश में नाचा करते थे। कभी-कभी कोकी कमरे से बाहर दौड़कर छत पर आ जाया करती थी और चिल्ला-चिल्लाकर बारिश में नाचा करती थी। खिड़की-दरवाजा खुले होने के कारण बारिश की बूँदें कमरे में आ रही थीं। जिस वजह से बिस्तर और जमीन द्वीप बने जा रहे थे।

परंतु उस खुली खिड़की से अधिक आनंददायक कुछ भी नहीं था। हम लोग अपने आस-पास की दुनिया में बहुत अनुरक्त थे, परंतु उसमें शामिल नहीं थे।

"यह एक फिल्म की तरह है," कोकी ने कहा, "खिड़की एक स्क्रीन की तरह है, बाहर की दुनिया फिल्म है।"

जल्द ही आम पक गए थे और कोकी आम के पेड़ की शाखाओं को देखा करती थी, जब भी वह हमारे कमरे में रहती थी। खिड़की से मैं पेड़ को भलीभाँति देख सकता था और हम दोनों एक ही ऊँचाई से एक-दूसरे से बात भी कर सकते थे। हम दोनों ने कई आम अब तक खाए, शायद प्रतिदिन के हिसाब से पाँच आम।

"आओ, छत पर एक बगीचा बनाते हैं।" कोकी के मन में खयाल आया। उसके मन में इस तरह के बहुत खयाल आया करते थे।

"पर यह तुम कैसे करोगी ?" मैंने उससे पूछा।

"बहुत आसान है ! हम मिट्टी और पत्थर लाएँगे तथा उनसे फुलवारी बनाएँगे। उनमें हम बीज बो देंगे। हम हर तरह के पेड़ उगाएँगे।"

"छत ढह जाएगी।" मैंने अनुमान लगाया।

परंतु ऐसा नहीं हुआ। हमने दो दिन बाल्टी भर-भरकर सीढ़ियों से छत तक मिट्टी लाने में लगाए, फिर उससे फुलवारी के लिए जमीन बनाई। कोकी ने बहुत मेहनत की। जब जमीन तैयार हो गई, हमने शुरुआत की। नीचे के बगीचे से कुछ पेड़ के अलावा हमारे पास कुछ सब्जियों के बीज भी थे, जैसे कद्दू।

हमने कद्दू के बीज मिट्टी में बो दिए और खुद पर गर्व करने लगे।

परंतु उस रात बहुत तेज बारिश हुई और अगली सुबह मैंने पाया कि ईंट छोड़कर सबकुछ बरबाद हो गया। इसलिए हम फिर से खिड़की के पास आ गए।

एक मैना का शायद कौवे से झगड़ा हो रहा था। गिलहरी खिड़की से होकर पेड़ पर चढ़ रही थी।

कोकी ने मना किया, "हम खिड़की नहीं बंद करेंगे।"

"हम फिर कभी खिड़की बंद नहीं करेंगे।" मैंने सहमति जताई।

फिर वह गिलहरी कमरे में आ गई।

बारिश का मौसम बीत गया और उस बरगद के पेड़ से होकर खिड़की से सर्द हवाएँ आने लगीं। जमीन पर लाल पत्तियाँ पड़ी थीं और हवा के कारण ऐसे उड़ रही थीं, जैसे मक्खियाँ। मैं रोज सुबह सूर्य का उगना देखता, सूर्य की लाल किरण खिड़की से कमरे तक बिखर जाती थीं और फिर शाम को कोकी और मैंने सूर्य का ढलना देखा, सूर्य बादलों की ओट में छिप जाता। कई बार बादल गुलाबी दिखते और कई बार संतरी रंग के। खिड़की से हमेशा रंगीन बादल ही दीखते थे।

"मैं कल जा रही हूँ।" एक शाम कोकी ने कहा।

मैं यह सुनकर अचंभित था।

"आप हमेशा यही रहोगे न, हैं न?" उसने पूछा।

मैं शांत रहा।

"जब अगले साल मैं आऊँगी, तो भी आप यहीं रहना, क्यों?"

"मुझे नहीं पता।" मैंने जवाब दिया, "परंतु खिड़की तो यहीं रहेगी।"

"यहीं रहो न अगले साल तक," उसने जोर दिया, "वरना कोई दूसरा यह खिड़की बंद कर देगा।"

अगली सुबह दरवाजे पर ताँगा और वह नौकर आ गया। चाची और कोकी उसमें बैठ गए। कोकी ने खिड़की की तरफ हाथ हिलाकर मुझसे विदा ली। तभी चालक ने ताँगे की गति बढ़ा दी, पहिए सामान उठाकर चल पड़े। ताँगा दरवाजे से आगे बढ़ गया और हर वक्त कोकी हाथ हिलाती रही तथा उस दरवाजे से जरूर मैं भूत ही दीखता होऊँगा। खिड़की पर से अकेला निहारता व्यक्ति!

जब ताँगा मेरी नजरों से दूर हो गया, तब मैंने उस गिलहरी को पकड़कर खिड़की से बाहर पेड़ की शाखा पर रख दिया। फिर मैंने खिड़की बंद कर दी। यह अब तभी खुलेगी, जब बसंत का मौसम आएगा या फिर जब, अगली बार कोकी आएगी।

□

# 9

# एक लड़का जिसने पूरे बैंक को दिवालिया बना दिया

नाथू जैसे सेठ गोविंद राम के पीपलनगर बैंक की सीढ़ियों को साफ करते हुए खुद से शिकायत कर रहा था। वह छोटा सा झाड़ू जल्दी-जल्दी लापरवाही से चला रहा था और धूल सिर के ऊपर उड़ने के बाद फिर से उन्हीं सीढ़ियों पर गिर जा रही थी। जैसे नाथू कूड़ेदान की तरफ बढ़ रहा था, तभी सीताराम धोबी का बेटा वहाँ से गुजरा।

सीताराम सभी के कपड़े घर तक पहुँचा रहा था। वह एक गठरी धुले हुए कपड़े सर पर रखे हुए था।

"ऐसी धूल मत उड़ाओ," वह नाथू राम से बोला, "क्या तुम इस बात से नाराज हो कि उन्होंने तुम्हें दो रुपए महीना का अधिक भुगतान करने से मना कर दिया?"

"मुझे उस बारे में बात ही नहीं करनी है," उस सफाईवाले लड़के ने अपनी बात रखी, "मुझे अपना पहलेवाला ही वेतन अब तक नहीं मिला है और यह महीने की बीस तारीख हो गई। कौन इस बात पर विश्वास करेगा कि बैंक एक गरीब व्यक्ति की तनख्वाह रोक रहा है? जैसे ही मुझे पैसा मिलेगा, मैं सब काम छोड़कर चला जाऊँगा। उसके बाद हफ्ता भी यहाँ नहीं रुकूँगा।" और नाथू ने अपनी बात समझाने के लिए उस कूड़ेदान को दस बार पटका।

"मैं तुम्हें ढेरों शुभकामनाएँ देता हूँ।" सीताराम ने कहा, "मैं देखता हूँ, अगर तुम्हारे काम की किसी को जरूरत हो तो।" और वह नंगे पाँव सड़क पर चल दिया। वह कपड़ों की बड़ी सी गठरी उसका अधिकतम सिर और कंधा छुपाए हुए थी।

चौथा घर जिससे वह गुजरा, सीताराम ने एक महिला को यह कहते हुए सुना कि उसे सफाईकर्मी की जरूरत है। अपनी गठरी को बाँधता हुआ वह बोला, "मैं सफाई करनेवाले एक ऐसे लड़के को जानता हूँ, जिसे काम की तलाश है। वह अगले ही महीने से काम शुरू कर देगा। इस वक्त वह बैंक में काम कर रहा है, परंतु वे उसे तनख्वाह ही नहीं दे रहे हैं! जिस वजह से वह छोड़ना चाहता है।"

"ऐसा है?" श्रीमती श्रीवास्तव ने कहा, "उससे कहो कि कल मुझसे मिल ले।"

सीताराम बहुत प्रसन्न था कि वह एक जरूरतमंद और दूसरा अपने दोस्त को काम दिलवाने के काम आ पाया! उसने गठरी अपने सिर पर रखी तथा अपने रास्ते चल पड़ा।

श्रीमती श्रीवास्तव को खरीददारी करने जाना था। उन्होंने आया को बच्चे की देखभाल के निर्देश दिए और रसोइए को दोपहर के भोजन के लिए देर न करने का आदेश दिया। फिर वह कपड़ों की खरीद के लिए पीपल नगर बाजार की तरफ चल दीं।

बाजार के एक तरफ एक बड़ा सा इमली का पेड़ खड़ा था, वहाँ पर श्रीमती श्रीवास्तव ने अपनी सहेली श्रीमती भूषण को गरमी से बचने के प्रयास में छाया में खड़ा पाया। श्रीमती भूषण खुद की एक बड़े रुमाल से हवा कर रही थीं। उन्होंने गरमी की शिकायत की और यह भी बता दिया कि आज पीपल नगर का सबसे गरम दिन है। फिर उन्होंने श्रीमती श्रीवास्तव को उन कपड़ों के सैंपल दिखाए, जो उन्हें खरीदने हैं। फिर उन दोनों ने उन कपड़ों के रंग और डिजाइन पर बात की। इन सब बातों से बोर होने के पश्चात् श्रीमती श्रीवास्तव ने बताया, "सुनो! क्या तुम्हें पता है, सेठ गोविंद राम का बैंक अपने कर्मचारियों को तनख्वाह तक नहीं दे पा रहा है? आज सुबह ही मैंने सुना। मैंने यह शिकायत उनके सफाई कर्मचारी से सुनी, जिसे एक महीना के बाद भी तनख्वाह नहीं मिली।"

"यह तो अचंभित करनेवाला है," श्रीमती भूषण अचंभित हो गईं, "अगर वह सफाई कर्मचारी को तनख्वाह नहीं दे पा रहे हैं, मतलब वे बुरी परिस्थिति से गुजर रहे हैं तो किसी को तनख्वाह नहीं मिल रही होगी।"

वह श्रीमती श्रीवास्तव को इमली के पेड़ के नीचे छोड़कर अपने पति को खोजने निकल पड़ी, जो कमल किशोर फोटोग्राफर की दुकान पर बैठे हुए उसके मालिक से बात कर रहे थे।

"तुम यहाँ हो?" श्रीमती भूषण चिल्लाईं, "मैं तुम्हें कितनी देर से ढूँढ़ रही हूँ! कहाँ खो गए थे?"

"कहीं नहीं," श्रीमान भूषण ने जवाब दिया, "तुम एक दुकान पर सामान छोड़ आई थीं। मैं उठा लाया, परंतु तुम्हें तो एक दुकान से दूसरी दुकान जाने से ही फुरसत नहीं है। जैसे एक भौंरा फूलों के बगीचे में घूमता रहता है।"

"शिकायत करना बंद करो। बहुत गरमी है। मुझे नहीं पता कि पीपल नगर में क्या हो रहा है? यहाँ तक कि बैंक दिवालिया होने जा रहा है।"

"क्या?" कमल किशोर भौचक्का होकर खड़ा हो गया, "कौन सा बैंक?"

"पीपल नगर बैंक, और कौन? मैंने सुना है, उन्होंने अपने कर्मचारियों को वेतन देना बंद कर दिया है। यह मत कहना कि तुम्हारा बैंक अकाउंट भी वहीं है!"

"नहीं, मेरा नहीं है। परंतु पड़ोसी का है," उसने बताया, और उसने बगल की विभाजित की हुई नाई की दुकान में आवाज लगाई—"दीपचंद, क्या तुमने ताजी खबर सुनी? पीपल नगर बैंक ढहनेवाली है। बेहतर है, अपना पैसा जितनी जल्दी हो सके, निकाल लो।"

दीपचंद, जो एक वृद्ध व्यक्ति के बाल काट रहा था, उसके हाथ काँपने लगे और उसने हिलते हुए हाथों से उसका दाहिना कान काट दिया। ग्राहक दर्द और फिक्र में चीख पड़ा। दर्द इसलिए, क्योंकि उसका कान कट गया और फिक्र इसलिए, क्योंकि उसने हाल-फिलहाल ऐसी खबर सुन ली थी। उसके एक तरफ के बाल कट गए थे और दूसरी तरफ के बचे थे। वह तुरंत उठकर दुकान गया और फोन उठाकर सेठ गोविंद राम का नंबर मिला दिया। सेठ शहर में है ही नहीं। वह कहाँ है, फिर? सेठ कश्मीर में छुट्टियाँ मनाने गया था। उस वृद्ध व्यक्ति को विश्वास ही नहीं हुआ। वह उस नाई की दुकान में वापस आ गया और दीपचंद से कहा, "चिड़िया उड़ गई। सेठ गोविंद राम शहर छोड़कर भाग गया। पक्का, इसका मतलब बैंक दिवालिया हो गया।" फिर दुकान से निकलकर वह चैकबुक लेकर ऑफिस की लाइन में लग गया।

यह खबर पूरे बाजार में बहुत तेज गति से आग की तरह फैल गई। उस दुकानदार ने अपने सभी ग्राहकों, बेचनेवाले, टेलर, सड़क के विक्रेता, जौहरी को बात फैला दी।

पुराना गणपत, एक भिखारी, जिसका एक पैर टूटा हुआ था, वहाँ कई वर्षों से पालथी मारकर बैठकर भीख माँग रहा था। शाम को कोई लेने आता और उसे लेकर

जाता। उसे कभी चलते हुए नहीं देखा गया, परंतु अब यह बात पता चलते ही कि बैंक दिवालिया हो गया है, गणपत ने सभी को आश्चर्यचकित कर दिया। वह अपने पैरों पर चलकर या यों कहें, तेज गति में बैंक की ओर भागने लगा। यह जल्द ही पता चला गया कि उसने एक हजार रुपए की बचत कर रखी थी।

लोग गलियों में ग्रुप में खड़े होकर इस स्थिति के बारे में बातें कर रहे थे। पीपल नगर में कभी ऐसा संकट नहीं आया, कभी बाढ़ नहीं आई, भूकंप के झटके भी नहीं लगे, बैंक ने सभी को बात करने और उसकी तरफ भागने पर विवश कर दिया था। कुछ लोगों को अपनी दूरदर्शिता पर बहुत अभिमान हुआ और उन्होंने खुद को पहले ही पैसे निकाल लेने या कभी पैसा न जमा करने के लिए शुभकामनाएँ दीं। कुछ लोगों ने बैंक के ढह जाने पर अटकलें लगाईं, सेठ गोविंदराम की सारी फिजूल-खर्ची को इसके लिए जिम्मेदार ठहराया। पहले ने कहा, सेठ प्रदेश छोड़कर ही भाग गया है। दूसरा बोला, वह देश छोड़कर ही भाग गया है। तीसरे ने कहा, वह पीपल नगर में ही कहीं छुपा हुआ है। उसने इमली के पेड़ पर लटककर जान दे दी और उस दिन सफाई करनेवाले बच्चे ने उसे पाया, चौथे ने अनुमान लगाया।

दोपहर तक बैंक का सारा धन खाली हो गया था और बौखलाया हुआ मैनेजर दुविधा में था। आपातकालीन फंड तीस मील दूर दूसरे बैंक से लिया जा सकता था। वह इसके लिए निश्चिंत नहीं था कि उतनी देर भीड़ को इंतजार करने के लिए कहा जाए और सेठ गोविंद राम को संपर्क करने का भी कोई साधन नहीं था, क्योंकि वह कश्मीर के नाव के घर में थे।

लोग काउंटर से वापस आ गए और उनसे अगले दिन आने के लिए कहा गया। उन्हें यह बात अच्छी नहीं लगी। इसलिए वे सभी बाहर इकट्ठे हो गए, बैंक की सीढ़ियों में खड़े होकर चिल्लाने लगे, "हमें हमारा धन दो या फिर बैंक तोड़ डालेंगे।" और "सेठ को बाहर निकालो, हमें पता है, वह यहीं कहीं बिल में छुपा हुआ है।" उपद्रव करनेवाले लोग, जिनका बैंक में एक पैसा भी जमा नहीं होगा, वे भी भीड़ के साथ जुड़ गए और इस आग में घी डालने का काम किया। मैनेजर दरवाजे पर खड़ा होकर उन्हें शांत करने का प्रयास करने लगा। उसने बताया कि बैंक के पास प्रचुर मात्रा में धन है, परंतु इस वक्त देने के लिए कुछ नहीं है। उसने सभी से आग्रह किया कि आज घर जाइए और अगले दिन वापस आइए।

"हमें अपना पैसा अभी चाहिए।" कुछ लोग भीड़ में से चिल्लाए, "अभी-अभी-अभी!"

और एक पत्थर हवा में उछाल दिया तथा पीपल नगर बैंक की खिड़की के एक शीशे को तोड़ दिया।

नाथू अगली सुबह सफाई करने बैंक में पहुँचा। उसने सीढ़ियों पर टूटे हुए शीशे और ईंट-पत्थर पड़े हुए देखे। अपने हाथों को भयभीत स्वर में उठाते हुए वह चिल्लाया, "सालो, गधे की औलादो! देरी से तनख्वाह देने में कोई बुराई नहीं थी। तुम लोगों ने मेरा काम बढ़ा दिया।" उसने धीरे-धीरे झाड़ू से सफाई करना शुरू कर दिया।

"राम-राम नाथू।" धोबी के लड़के ने साइकिल से उतरते हुए कहा, "क्या तुम अगले महीने से नई नौकरी के लिए तैयार हो? लगता है, तुम्हें होना ही पड़ेगा, क्योंकि इस बैंक का व्यापार ही चौपट हो चुका है।"

"वो कैसे?" नाथू अचरज में था।

"तुमने नहीं सुना! अच्छा है, तुम तब तक इंतजार करो, जब तक पीपल नगर की आधी जनसंख्या अपने पैसे लेने आ जाए।" उसने अनादरपूर्वक हाथ हिलाया और चल दिया⋯आखिर उसके बैंक में उसका कोई खाता नहीं था।

नाथू फिर से सफाई करने में लग गया। जब वह सफाई कर चुका तो वह सबसे ऊँची सीढ़ी पर बैठकर मैनेजर के आने का इंतजार करने लगा। वह अपनी तनख्वाह लेने के लिए दृढ़प्रतिज्ञ था।

'किसने सोचा होगा कि बैंक ढहने के कगार पर है?' उसने अपने मन में ही दूर देखते हुए सोचा, 'मैं अचरज में हूँ, यह कैसे हुआ⋯!'

□

# 10

# एक मृत व्यक्ति को श्रद्धांजलि

थान की मृत्यु हो चुकी है। मुझे लगता है, मेरे लिए उसके बारे में लिखना इतना कठिन नहीं है। वह मुझसे एक साल बड़ा रहा होगा। अपने बाईसवें वर्ष में उसकी मृत्यु पेरिस में हुई। प्रवीण ने लंदन से एक खत में मुझे लिखकर उसके बारे में बताया। मैं प्रवीण से और जानकारी प्राप्त करूँगा, जब वह भारत वापस आएगा। अभी तक मुझे सिर्फ इतनी जानकारी है कि थान की मृत्यु हो चुकी है।

इसे बहुत बुरा माना जाता है कि किसी व्यक्ति के पीठ पीछे उसकी बात करना, और एक मृत व्यक्ति की आलोचना करना उससे भी बुरा माना जाता है। परंतु थान के अंदर पीठ पीछे बुराई करने की आदत थी और अब उसे यह बात बुरी नहीं लगनी चाहिए, अगर मैं उसके भारी अहंकार का पर्दाफाश कर दूँ।

थान एक झूठा व्यक्ति था, परंतु ऐसा किसी को भी नहीं पता था। उसकी सुंदर गोल आँखें थीं, दिलकश मुसकान थी और वह सुंदर आवाज का धनी था एवं हर कोई कहता था कि वह दिलकश व्यक्ति है। मुझे लगता है कि मुझे ही उसका मित्र बनने और उसके अकेलेपन के नजदीक जाने का मौका मिला था। उसकी जिंदगी में दाखिल होना बहुत मुश्किल था।

मैं उससे लंदन की गरमियों में 1954 में मिला था। मैं लेखक बनने की कोशिश कर रहा था, जबकि साथ-साथ मैं कई नौकरियों के लिए पार्टटाइम नौकरी करता था। मैं दो साल लंदन में रहा और मुझे भारत की नदी और पहाड़ियों को देखने की तड़प उठ चली थी। थान वियतनाम से था। उसका परिवार अच्छा कर रहा था और कम्युनिस्टों ने उसके कस्बे हनोई पर कब्जा कर लिया था। उसका अधिकतर परिवार फ्रांस में आकर रहने लगा था। और वे लोग बहुत ही अच्छे रेस्टोरेंट के व्यापार में लग गए थे। थान को उस तरह की किसी वित्तीय कठिनाई का

अनुभव नहीं हुआ, जैसे कुछ विद्यार्थी, जो उत्तरी वियतनाम से थे, उन्हें हुई थी। वह किसी विशेष तरह की पढ़ाई नहीं कर रहा था, परंतु वह पियानो सीख रहा था और एक चीज, जो वह सबसे अच्छे से बजा लेता था, वह चोपिन फ्यूनरल मार्च था।

मेरा एक गुजराती मित्र प्रवीण, जो बहुत खुश रहता था, ने मुझे थान से मिलया। प्रवीण एक अच्छा भारतीय था। वह सभी एशिया और भारत के लोगों को बहुत समझदार समझता था, परंतु वह थान को बहुत अच्छे से नहीं जानता था। यहाँ तक कि यह भी नहीं जानता था कि थान को एशिया का होना पसंद नहीं है।

पहली बार थान मुझसे मिलकर खुश हुआ। उसने मुझे बताया कि उसे काफी लंबे समय से एक अंग्रेज दोस्त का इंतजार था। एक सच्चे अंग्रेज का, न कि किसी प्रवासी या फिर यहूदी अंग्रेज का। वह अपनी अंग्रेजी सुधारने के लिए दृढ़ प्रतिज्ञ था। वह ठीक बीबीसी के मिस्टर ग्लेंडेनिंग की तरह बात करना चाहता था। प्रवीण को यह बात पता थी कि मेरा जन्म और पालन-पोषण भारत में हुआ है, यहाँ तक कि मेरे माता-पिता का जन्म और लालन-पालन भी भारत में हुआ है। वह यह सुनकर किसी तरह अपनी मुसकराहट को सँभाल पाया, परंतु कुछ ही क्षण में थान को यह बात पता चल गई कि मेरा बोलने का तरीका अंग्रेज की तरह नहीं है। वह इसे छिह-छिह कहकर पुकारा करता था।

"तुम भारतीय तरीके से बोलते हो!" थान ने अचरज में पूछा, "तुम भारतीय हो?"

"ये वेल्स से हैं।" प्रवीन ने आँख मारते हुए कहा।

थान को थोड़ी तसल्ली हुई। वेल्स से होना, अंग्रेज के बाद अगली अच्छी चीज थी। बस उसे मेरे बोलने के तरीके से संदेह हो रहा था।

बाद में जब प्रवीण हमें छोड़कर चला गया और मैं थान के कमरे में बैठा हुआ चीनी चाय पी रहा था, उसने मुझे बताया कि वह भारतीयों को नापसंद करता है।

"प्रवीण तुम्हारा दोस्त नहीं है?" मैंने प्रश्न किया।

"मैं उस पर विश्वास नहीं करता," उसने जवाब दिया, "बस मैं मित्रवत् बना रहता हूँ, परंतु मैं उस पर कतई विश्वास नहीं करता हूँ। मैं किसी भारतीय पर विश्वास नहीं करता हूँ।"

"भारतीयों में तुम्हें क्या बुरा लगता है?"

"वे बहुत जिज्ञासु होते हैं," थान ने शिकायत की, "उनमें से किसी भी व्यक्ति से आप मिलो तो देर नहीं लगेगी, वे आपसे पूछने लगेंगे कि आपके पापा कौन हैं,

और आप नौकरी कहाँ करते हो तथा आपके बैंक में कितना धन जमा है ?"

मैं हँसा और उसे समझाते हुए बताने लगा कि भारत में जिज्ञासा मित्रता बढ़ाने का एक साधन है। आपसे जब ऐसे सवाल पूछे जाएँ तो आपको खुश होना चाहिए। मैंने उसे बताया कि मैं भी एक भारतीय हूँ और अगर ऐसा है तो उसे मुझ पर भी विश्वास नहीं करना चाहिए।

परंतु ऐसा लगता था, जैसे वह मुझे पसंद करता हो और अकसर मुझे अपने कमरे में बुलाया करता था। वह कई अद्भुत चाइनीज और फ्रेंच व्यंजन बनाया करता था। जब हम भोजन कर लेते, तब वह अपने पुराने पियानो को बैठकर बजाने लगता।

उसने हमेशा शिकायत की कि मैं ध्यान से सुनता नहीं हूँ। उसने मेरे एकरूपता और अनुचित आत्मविश्वास की शिकायत की। यह सत्य है कि मैं तब बहुत अधिक आत्मविश्वास में नजर आता हूँ, जब किसी बात के बारे में मुझे अधिक जानकारी नहीं होती। मैंने लंदन के भूगोल के अंतरंग ज्ञान का दावा किया और जब मुझे अपनी हार दिखने लगती तो मैंने ठीकरा दूसरे के सिर पर फोड़ देता।

"तुम बेकार के आदमी हो," थान ने कहा, जब मैं चोप्स्तिच्क से पार्क और फ्राइड राइस को मुँह में प्रवेश करा रहा था। "तुम अपना जुगाड़ हर जगह फिट कर लेते हो। तुम ढंग से अंग्रेजी भी नहीं बोल सकते हो। तुम्हें भारतीय छोड़ के दूसरे व्यक्तियों के बारे में भी नहीं पता है। तुम एक लेखक कैसे बनोगे ?"

"अगर मैं इतना बुरा हूँ," मैंने कहा, "तो तुम मुझसे दोस्ती क्यों रखे हुए हो ?"

"मुझे तुम्हारी मूर्खता समझनी है।" उसने बताया।

शायद इसीलिए वह कभी सच्ची दोस्त नहीं बना पाया। वह हमेशा आपकी कमियों को देखता था और आपकी अपरिपक्वता का परीक्षण करता था। 'सच्चे दोस्त जैसी दुनिया में कोई चीज नहीं होती,' उसने कहा। वह हर जगह तलाश करता रहा, परंतु एक परफेक्ट दोस्त नहीं ढूँढ़ पाया।

"परफेक्ट दोस्त का तुम्हारा क्या विचार है ?" मैंने उससे पूछा, "क्या उसे परफेक्ट अंग्रेजी बोलना जरूरी है ?"

परंतु यह व्यंग्य भी थान के ऊपर व्यर्थ ही गया···उसने स्वीकार किया कि अच्छी अंग्रेजी बोलना अपेक्षित गुण में से एक है।

"मेरे सीने में दर्द है," उसने शिकायत की, "कुछ है, जो मेरे सीने में हमेशा टिक-टिक करता रहता है, तुम सुन सकते हो ?"

उसने अपना सीना मुझे सुनाने के लिए खोल दिया और मैंने अपने कान उस पर रख दिए, परंतु मुझे कोई आवाज नहीं सुनाई दी।

"अस्पताल जाओ," मैंने सुझाव दिया, "वे तुम्हारा एक्स-रे करेंगे और तुम्हारा चेकअप करेंगे।"

"मैंने एक्स-रे करवाया है," उसने झूठ बोला, "उसमें कुछ दिखाई नहीं पड़ता।"

तब वह आत्महत्या की बात करता। यह उसका रोज का गाना था कि उसके कोई दोस्त नहीं है, वह एक संगीतकार के रूप में फेल हो चुका है, उसके लिए कोई कॅरियर नहीं बचा है, उसने अपने परिवार को पाँच साल से नहीं देखा है और वह इंडो-चाइना उन कम्युनिस्ट के पीछे जा भी नहीं सकता है। वह अपनी समस्याओं को बढ़ाकर बताया करता था, दूसरों की समस्याओं को कम आँकता था। जब मैं पेचिश के कारण अस्पताल में भरती था तो प्रवीण प्रतिदिन मुझे देखने के लिए आया करता था। थान, जो बहुत अधिक व्यस्त नहीं था, वह सिर्फ एक बार मिलने आया था, उसके बाद फिर कभी नहीं। उसने बताया कि अस्पताल में आकर वह दुःखी महसूस करने लगता है।

"तुम्हें छुट्टी की जरूरत है," जब मैं अस्पताल से बाहर आ गया तो मैंने उसे समझाया, "तुम विद्यार्थियों को ज्वॉइन क्यों नहीं कर लेते हो? विद्यार्थी संघों के साथ जुड़कर हफ्ते-दो हफ्ते काम करो। वे तुम्हें मजबूत कर देंगे।"

मेरे आश्चर्य के लिए यह विचार उसे जँच गया और वह इस ट्रिप के लिए तैयार हो गया। अचानक वह अच्छाई से भर गया। इस विश्वास का सबूत यह था कि उसने एक दिन अपने कमरे की चाभी मुझे पकड़ा दी थी। (परंतु वह बहुत खुश हो जाता, अगर मैंने उसका पियानो या फिर चोपस्टिक चुरा लेता तो उसे यह कहने का मौका मिल जाता कि कभी भारतीय व्यक्ति पर विश्वास न करो) और उसने एक लड़की, जो कद में छोटी, खूबसूरत लड़की, जिसका नाम वू-फुओंग था, उससे उसने मेरी मित्रता करवाई। वह पोली-टेकनिक करती थी। सुश्री वू ने मुझे बताया कि उसे अपना रहने का स्थान एक या दो हफ्ते में छोड़ना है। उसने मुझसे उसके रुकने के लिए स्थान ढूँढ़ने का आग्रह किया। मुझे एक बिस्तर का कमरा ढूँढ़ने का अनुभव पहले से ही था और पिछले छह महीने में मैंने पाँच बार कमरा बदला था। मैंने सुश्री वू को जब देखा तो पाया वह खूबसूरत थी। मैंने उसे कमरा ढूँढ़ने का वादा कर दिया। कमरा मेरे कमरे से दूर नहीं था। वह इसलिए कि कभी भी जरूरत पड़े तो मेरा कमरा दूर न रहे।

बाद में जब उसे मुझ पर विश्वास हो गया तो थान ने मुझे वू-फुओंग से दूर रहने का आग्रह किया, क्योंकि उस पर अधिक विश्वास नहीं किया जा सकता था।

जैसे ही वह अपने काम पर गया, मैं वू को देखने के लिए उसके कमरे में गया। वह मुझे देखकर खुश हो गई और वह भी बहुत अच्छे चाइनीज और फ्रेंच भोजन बनाया करती थी। मैंने उसका लंच करने का आग्रह स्वीकार कर लिया। हमने चिकन, नूडल, सोया सॉस और फ्राइड राइस खाया। वू "रस्किन मेरे साथ ताश खेलोगे?" उसने मीठी आवाज में मुझसे पूछा।

"मैं ताश खेलने के बारे में अधिक नहीं जानता।" मैंने बताया।

"कोई बात नहीं, मैं तुम्हें खेलना सिखाऊँगी।"

उसने मुझे ताश के पत्तों को फेंटना सिखा दिया। उसके बाद वह उन्हें बिस्तर पर कई तरीके से बाँट देती थी। मैं बहुत धनी बन जाऊँगी, उसने कहा। जब मैं चालीस की उम्र में पहुँच जाऊँगी तो मैं बहुत यात्रा करूँगी। मुझे यह जानकार अच्छा लगा।

यह जून का महीना था और हैंपस्टेड हेल्थ बस दस मिनट की दूरी पर था। बच्चे पहाड़ियों से पतंग उड़ाते थे और तालाब में नाव चल रही थी। हम पहाड़ी की ढलान पर घास पर बैठ गए और मैंने वू का हाथ पकड़ लिया।

तीन दिन तक मैंने वू के हाथ का भोजन खाया और हम दोनों ने एक-दूसरे से बताया कि हैंपस्टेड हेल्थ की इस घास में हमारा भाग्य बसता है। और चौथे दिन मैंने बताया, "वू, मैं तुमसे शादी करना चाहता हूँ!"

"मैं सोचकर जवाब दूँगी।" उसने उत्तर दिया।

छठे दिन थान वापस आया और बोला, "रस्किन जानते हो, मैं सोच रहा था कि वू इतनी बुरी भी नहीं है। मैं उससे शादी के लिए पूछूँगा। मुझे ऐसी ही पत्नी चाहिए थी।"

"तुमने ऐसा पहले क्यों नहीं सोचा?" मैंने पूछा, "तुम कब पूछोगे?"

"आज रात," उसने बताया, "मैं उसके बाद तुम्हारे पास आऊँगा और अगर सफल हो गया तो बताऊँगा।"

मैंने अपना कंधा कुछ इस तरह हिलाया, जैसे मैं उसका इंतजार करूँगा। थान छह बजे निकला और मैंने दस बजे तक इंतजार किया। हर वक्त बस उसके लिए दुःख महसूस होता रहा। बेचारा थान!

वह दस बजे मेरे पास आया, उसका चेहरा चमक रहा था। उसने मेरे पिछवाड़े

पर हाथ मारा और मुझे अपना सबसे पक्का यार घोषित कर दिया।

"तुमने उससे पूछा?" मैंने प्रश्न किया।

"हाँ, उसने कहा है कि सोचकर जवाब देगी। यह तो 'हाँ' ही हुआ।"

"ऐसा नहीं है," मैंने बताया, "दोनों लोगों को उसने यही उत्तर दिया है।"

थान ने मेरी तरफ ऐसे देखा, जैसे मैंने उसकी पीठ में पीछे छुरा भोंक दिया हो। उसकी भावना ऐसी थी, जैसे कि तू रस्किन··· !

हमने टैक्सी ली और वू के कमरे की तरफ चल दिए। उसके अनिश्चित जवाब ने हम दोनों को सोच में डाल दिया था। बिना किसी निश्चित जवाब के हम दोनों को आज नींद नहीं आनेवाली थी।

वू घर पर नहीं थी। दरवाजे पर मकान मालकिन ने बताया कि वू एक भारतीय सज्जन के साथ फिल्म देखने के लिए गई है। थान ने मेरी तरफ तिरस्कार भरी नजर से देखा।

"कभी एक भारतीय पर विश्वास मत करो।" उसने कहा।

"कभी एक महिला पर विश्वास मत करो।" मैंने कहा।

बारह बजे मैंने प्रवीण को जगाया। जब मैं सो नहीं पाता तो प्रवीण के यहाँ चला जाया करता था। वह मेरी सभी बीमारियों की दवा जानता था। मेरे पहुँचते ही वह अलमारी से कॉन्यैक उठा लाया। हम दोनों ने पी ली। वह सत्रह वर्ष का था और मैं उन्नीस तथा हम दोनों को चढ़ गई थी।

तीन हफ्ते बाद मैं भारत वापस आ गया। थान अपनी बहन के रेस्टोरेंट के कामकाज में मदद करने के लिए पेरिस चला गया था। मैंने फिर से वू-फुओंग को कभी नहीं सुना।

एक साल बाद, प्रवीण से मुझे यह खत प्राप्त हुआ। वह सिर्फ एक ही बात बता पाया कि थान की किसी बीमारी के कारण मृत्यु हो गई। मुझे आश्चर्य होगा, अगर इसका कुछ हृदय पर टिक-टिक होने से कुछ लेना-देना होगा, या फिर उसके आत्महत्या करने के विचार से! मुझे संदेह है कि सच्चाई का कभी पता लग पाएगा! मैं कभी यह भी नहीं बता पाऊँगा कि मैं थान से कितनी घृणा करता हूँ और उसे कितना प्यार करता हूँ!

□

# 11

# जिन्न की परेशानी

मेरे मित्र जिमी के पास सिर्फ एक बाँह ही थी। उसने दूसरी बाँह तब खो दी, जब वह मात्र पच्चीस वर्ष का नौजवान था। उसने अपना दाहिना हाथ कैसे खोया, इसकी कहानी पर विश्वास करना बहुत कठिन है, परंतु मैं कसम खाकर कहता हूँ कि यह पूरी तरह सत्य है।

प्रारंभ करने से पहले यह बता दें कि जिमी पहले जिन्न (शायद अभी भी है) था। जिन्न हम मनुष्यों की तरह नहीं था। जिन्न दूसरी दुनिया से बनाया गया आत्मीय प्राणी है, जिसे पूरी जिंदगी के लिए एक मनुष्य का शरीर प्राप्त हो जाता है। जिमी एक सच्चा जिन्न था और उसके पास यह शक्ति थी कि वह अपने हाथ को लंबा कर सकता था। अधिकतर जिन्न अपनी बाँह को बीस से तीस फीट तक ही लंबा कर सकते हैं। जिमी अपने हाथ को चालीस फीट तक बढ़ा सकता था। वह अपनी बाँह हवा में उड़ते हुए साँप की तरह लहराकर या फिर दीवारों से होकर या फिर जमीन पर बढ़ा सकता था। मैंने उसे आम के पेड़ से हाथ बढ़ाकर पेड़ के सबसे ऊपरी भाग से पके हुए आम तोड़ते हुए देखा था। उसे आम बहुत पसंद था। उसका लालच ही था, जिसने उसके गिफ्ट को गलत तरह से प्रयोग करने के लिए प्रेरित किया।

उस वक्त हम उत्तर भारत के एक हिल स्टेशन के स्कूल में पढ़ते थे। जिमी विशेषकर बास्केटबॉल खेलने में बहुत अच्छा था। वह बहुत चालाक था, वह कभी अपनी बाँह इतनी नहीं बढ़ाता था, जिससे लोगों को यह पता चल सके कि वह एक जिन्न है। मुक्केबाजी में अकसर वह जीत जाता था। उसका विरोधी कभी उसके पास नहीं फटक पाता था। वह लगातार उनकी नाक पर मारता रहता था, जब तक सामनेवाला खिलाड़ी चोटिल होकर रिंग से बाहर नहीं चला जाता था।

यह अर्धवार्षिक परीक्षा का वक्त था, जब मुझे जिमी के रहस्य का पता चला। हम लोगों का बीजगणित का पेपर बहुत कठिन आया था, परंतु मैंने दो शीट सही उत्तरों से भर दी थी और अगली शीट लेने के लिए तैयार था। तभी मेरा ध्यान गया कि किसी का हाथ मेरी मेज पर है। पहले तो मुझे ऐसा लगा, जैसे निरीक्षक का हाथ होगा, परंतु जब मैंने ध्यान से अपनी बगल में देखा तो मेरी बगल में कोई नहीं था, क्या यह बिल्कुल पीछे बैठा हुआ लड़का हो सकता है ? नहीं, उसका हाथ पूरी तरह से प्रश्नपत्र हल करने में लगा हुआ था और उसका हाथ भी उसके पास था। इतनी देर में मेरी मेज पर रखा हाथ मेरी उत्तर-पुस्तिका बड़ी सावधानी से उठाकर चल दिया। इसका पीछा करते हुए मुझे पता चला कि यह काफी लंबाई का हाथ है। थोड़ी देर बाद वह जाकर अपनी सामान्य लंबाई में पहुँच गया। इसका मालिक असल में वह था, जो बीजगणित में अच्छा नहीं था।

मुझे वे जवाब दूसरी बार लिखने पड़े, परंतु परीक्षा के बाद मैं सीधा जिमी के पास गया और उसे बताया कि उसकी कलाकारी मुझे पसंद नहीं आई, मैं यह बात सबको बता दूँगा। वह मुझसे गिड़गिड़ाने लगा और किसी से भी न बताने के लिए रोकने लगा तथा मुझसे वादा किया कि किसी दिन वह मेरी मदद जरूर करेगा। जिमी जैसा मित्र होना प्रलोभन देने की तरह था, उसकी लंबी पहुँच सच में कभी-न-कभी फायदेमंद जरूर होगी। मैंने उसकी बात मान ली और परीक्षा में उसके द्वारा की गई हरकत को माफ कर दिया तथा हम दोनों अच्छे दोस्त बन गए।

मुझे यह पता करने में अधिक वक्त नहीं लगा कि उसका यह गिफ्ट उसके जीवन में बाधा अधिक था, बजाय उसकी सहायता करने के। वह इसलिए कि जिमी को अपनी शक्तियों का सही प्रयोग करना नहीं आता था। वह अपने तुच्छपन से कभी ऊपर नहीं उठ सका। वह अपनी बाँह का उपयोग मिठाई की दुकान, कक्षा और छात्रावास में किया करता था। जब वह सिनेमा देखने जाया करता था तो हॉल के अँधेरे में अपनी बाँह का प्रयोग दूसरों को परेशान करने के लिए किया करता था।

हर जिन्न के साथ एक समस्या होती है कि काले लंबे बालोंवाली महिलाएँ उनकी कमजोरी होती हैं। जितने लंबे काले बाल होंगे, उतना ही जिन्न आकर्षित होते हैं। जिन्न जिस महिला की चाहत कर लेता है, उसकी सुंदरता का क्षय होने लगता है। सबकुछ खराब हो जाता है, सिवाय उसके लंबे काले बालों के।

जिमी अभी भी बहुत युवा था कि वह इस तरह का पागलपन रख सके, परंतु वह लंबे काले बालों को छूने से खुद को रोक नहीं पाता था।

सिनेमा उसकी इन भावनाओं को पूरा करने की सबसे बेहतर जगह होती थी। उसके बाँह लंबे होने शुरू हो जाते, उसकी उँगलियाँ धीरे-धीरे अपने रास्ते बढ़ जातीं और तब तक बढ़ती रहतीं, जब तक उसका उसकी चाहत की सीट के पीछे न पहुँच जाता। उसका हाथ उस लंबे काले बालों को जोर से पकड़ लेता और अगर उस महिला को पता चल जाता तो वह हाथ तुरंत गायब हो जाता।

दो-तीन साल बाद जिम्मी की इस हरकत की वजह से एक महिला मृत्यु का शिकार हो गई थी। वह अर्थशास्त्र की प्रवक्ता थी। देखने में बहुत सुंदर नहीं थी, परंतु उसके बाल काले और लंबे थे। बाल उसके घुटने तक पहुँचते थे। वह हमेशा बाँधकर रखती, पर एक सुबह जब वह नहाकर निकली तो उसने खुले बाल देख लिये थे। जिमी खुद को रोक नहीं सका और अपनी पूरी ताकत से वह उस महिला के शरीर में प्रवेश कर गया और अगले दिन वह बीमार और थकी हुई लगने लगी। उसने भोजन करना बंद कर दिया, कोमा में चली गई और कुछ ही दिनों में मृत्यु के साए में चली गई। जब वह मर गई तो सबकुछ बरबाद हो चुका था, सिवाय उसके बालों के, उनमें कोई कमी नहीं आई थी।

उस घटना के बाद मैं जिमी से दूर रहने लगा। मैं यह सिद्ध नहीं कर सकता था कि उस महिला के मृत्यु के पीछे जिमी का हाथ है, परंतु अपने मन में मैं इस बात के लिए आश्वस्त था। जिमी से मिलने के बाद मुझे जिन्न के बारे में कई बातें पता चलीं और उनके तौर-तरीके पता चले।

हम दोनों एक-दूसरे को कई सालों तक नहीं देख पाए। पिछले वर्ष छुट्टियों के वक्त मैंने पाया कि वह उसी होटल में रुका हुआ है, जिसमें मैं रुका हुआ था। मैं उसे नजरंदाज नहीं कर सका। कुछ बियर पीने के बाद मुझे लगा कि मैंने जिमी को गलत तरीके से समझा है। वह गैर-जिम्मेदार जिन्न नहीं था। हो सकता है, कॉलेज की उस प्रवक्ता की किसी अन्य रहस्यमयी कारण से मृत्यु हुई हो, जिसका जिमी से कोई लेना-देना न हो।

हमने अपना लंच कुछ बियर के साथ किया, घास के एक टीले में मुख्य सड़क के किनारे किया। यह दोपहर का वक्त था और मेरे ऊपर बियर का नशा चढ़ रहा था। कुछ देर बाद मैं जगा और पाया कि जिमी कुछ ज्यादा ही उत्तेजित है।

"क्या हुआ ?" मैंने प्रश्न किया।

"वहाँ देखो, देवदार के पेड़ के नीचे," उसने इशारा किया, "सड़क के ऊपर। उन्हें नहीं देख पा रहे हो ?"

"हाँ, दो लड़कियाँ हैं," मैंने देखने पर पाया, "तो क्या हुआ?"

"एक लड़की, जो बाएँ तरफ है, उसके बाल नहीं दिखाई दे रहे हैं?"

"हाँ, बहुत लंबे और सुंदर हैं, पर सुनो जिमी, अपने ऊपर कंट्रोल करो।" परंतु तब तक उसका हाथ बढ़ चुका था, उसका हाथ साँप की तरह पहिद्दयों पर चढ़ता हुआ सड़क पर जा पहुँचा था।

अभी मैं देख पा रहा था कि उसका हाथ झाड़ियों से निकलकर लड़कियों के पास पहुँचा था और फिर चुपके से वह लड़की के बालों तक पहुँच गया था। वह उसे देखने में इतना व्यस्त था कि वह सड़क पर बज रहे हॉर्न को नहीं सुन पाया। सड़क के मोड़ पर मर्सडीज बेंज का ट्रक तेज रफ्तार में आ रह था।

जिमी ने उस ट्रक को देखा, पर उसके पास इतना वक्त नहीं था कि वह अपने हाथ को सामान्य आकार में ला पाए। यह पूरे सड़क पर बिछा हुआ था और ट्रक उस पर चढ़कर निकल गया। उसका हाथ एक अजगर की तरह मुड़ गया और टूट गया।

जब तक ड्राइवर समझ पाता, तब तक वह हाथ सिकुड़कर सामान्य अकार में आ गया। हम जिमी को अस्पताल ले गए और डॉक्टर ने उस अंग को काट डालना ही जरूरी समझा। उस ट्रक ड्राइवर, जो यह बता रहा था कि उसने दस फीट लंबा हाथ देखा है, उसे शराब पीने और गाड़ी चलाने के जुर्म में गिरफ्तार कर लिया गया।

कुछ हफ्तों बाद मैंने जिमी से पूछा, "तुम इतने निराश क्यों हो? अभी तुम्हारे पास एक हाथ है। क्या यह उस तरह से काम नहीं करता है?"

"मैंने कभी कोशिश नहीं की।" उसने जवाब दिया, "अब मैं कोशिश करनेवाला नहीं हूँ।"

अभी भी वह दिल से एक जिन्न ही है। जब भी वह लंबे काले बाल देखता होगा तो उसका मन उसे छूने को जरूर करता होगा! परंतु उसने अपनी गलती से पाठ सीख लिया है। किसी मनुष्य को एक जिन्न की तरह कोई शक्ति नहीं मिलनी चाहिए।

□

# 12

# टेढ़ा-मेढ़ा पेड़

आपको अवश्य ही परीक्षा में पास होकर कॉलेज में प्रवेश लेना चाहिए, पर अगर आप असफल हो जाते हैं तो यह मत सोचिए कि आप कुछ नहीं कर सकते हैं।

शाहगंज में मेरा कमरा बहुत छोटा था। मैं इतने दिन वहाँ पर रुक चुका था कि मुझे पता चल गया था कि लंबाई-चौड़ाई कितनी है, बारह गुणा दस। मेरी चारपाई की नेवाड़ को टाइट करने की जरूरत थी। बीच में गहराई काफी ज्यादा हो गई थी, जिस वजह से जब मैं सुबह जागा तो मेरी पीठ में दर्द हो रहा था, पर मैं चारपाई को टाइट करने के लिए हतोत्साहित हो गया था।

चारपाई के नीचे मेरा संदूक रखा था। इसके अंदर पुरानी नकारी गई पांडुलिपियों से लेकर कपड़े और पत्र एवं फोटोग्राफ थे। मैंने यह निर्णय लिया था कि जिस दिन मैं पुस्तकों से धन कमा लूँगा, उस दिन मैं इस संदूक और सभी चीजें खिड़की से बाहर फेंक दूँगा और शाहगंज को हमेशा के लिए छोड़ दूँगा। तब तक मैं एक कैदी की तरह हूँ। कमरे का किराया भी बहुत नगण्य था, खिड़की से बस स्टॉप और रिक्शा स्टैंड दिखाई पड़ता था तथा मुझे कहीं और जाने की जरूरत नहीं थी।

मैं पूरी तरह अकेला नहीं रहता था। कई दफा भीख माँगनेवाले भी बालकनी में रात गुजारते थे और सर्दी एवं बारिश के मौसम में चायवाला, जो सड़क के किनारे सोता था, वह भी कमरे के अंदर आ जाता था।

मैं सुबह-सवेरे ही जग जाता था, जैसे कि नींद चंचल, बेचैन सपनों की भीड़ से भरी हुई होती थी। पाँच बजे जब मुझे गाँव जानेवाली बस का हॉर्न सुनाई पड़ता था, तब मैं उठ जाता था और रेलवे ट्रैक होते हुए खेतों पर सुबह सैर के लिए निकल जाता था।

एक सुबह जब मैं खेतों पर टहल रहा था, मैंने किसी को सड़क पर पड़ा हुआ देखा। उसके सर के पास एक गट्ठर पड़ा हुआ था। जब मैं नजदीक पहुँचा तो मैंने पाया कि उसकी उम्र लगभग सोलह बरस होगी। उसका चेहरा गेहुँआ था। उसके मुँह से खून निकल रहा था। उसके पैर अकड़ और हिल रहे थे।

"तुम्हें क्या हुआ?" मैंने झुकते हुए प्रश्न किया।

पर वह अभी भी बेहोश था और कोई जवाब नहीं दे पाया।

मैं फुटपाथ से कुएँ तक गया और अपनी शर्ट को पानी में भिगोकर ले आया तथा उसके चेहरे पर छिड़क दिया। उसका हिलना बंद हो गया था, वह अभी भी साँस ले रहा था। उसका हाथ स्थिर हो गया था और चेहरा शांत। उसने आँख खोलकर मेरी तरफ देखा।

"तुमने अपनी जीभ काट ली है," उसके मुँह से खून गिर रहा था, "फिक्र मत करो, जब तक तुम अच्छा महसूस नहीं करते हो, मैं यहीं पर रुकूँगा।"

वह अब बैठ गया और बोला, "शुक्रिया! मैं अब ठीक हूँ।"

"क्या हुआ?" मैंने उसके बगल में बैठते हुए पूछा।

"कुछ खास नहीं, मेरे साथ यह अकसर होता है, मुझे नहीं पता कि ऐसा मेरे साथ क्यों होता है?"

"क्या डॉक्टर को दिखाया?"

"मैं शुरुआत में अस्पताल गया था। उन्होंने मुझे कुछ दवाइयाँ दीं, जो मुझे रोज खानी थीं। दवाइयों से मुझे थकान और नींद महसूस होने लगती थी, जिस वजह से मैं ढंग से काम नहीं कर पाता था। अब यह महीने या दो महीने में होता है, पर इससे फर्क नहीं पड़ता है। कुछ देर बाद मैं ठीक हो जाता हूँ और मुझे यह एहसास नहीं होता कि मेरे साथ कुछ घटित हुआ था।"

वह अपने कपड़ों को झाड़ते एवं मुसकराते हुए अपने पैरों पर खड़ा हो गया। वह पतला और लंबा था। उसके गाल फूले हुए थे और उसकी मूँछों में रेखें निकल आई थीं।

"आप रहते कहाँ हो?" मैंने पूछा, "मैं तुम्हें वहाँ छोड़ देता हूँ।"

"मैं कहीं नहीं रहता हूँ," उसने जवाब दिया, "कभी मैं मंदिर में सो जाता हूँ, कभी गुरुद्वारा में। गरमियों के महीनों में मैं पार्क में सोता हूँ।"

"ओके, फिर आओ, मैं तुम्हें पार्क तक छोड़ देता हूँ।"

उसने मुझे बताया कि उसका नाम कमल है, वह शाहगंज हाई स्कूल में पढ़ता

है और उम्मीद कर रहा है कि इस बार वह परीक्षा में पास हो जाएगा। वह कठिन परिश्रम कर रहा था और अगर वह अच्छी श्रेणी से पास हो जाता है तो वह कॉलेज में पढ़ाई कर सकेगा। अगर वह फेल हो जाता है तो उसके पास सिर्फ एक ही उपाय रह जाएगा, म्युनिसिपल पार्क में सोना।

वह अपने कंधे पर बेचने के लिए सामान लिये हुए था, जैसे कंघा, बटन और सस्ते खिलौने तथा इत्र की बोतल। सारा दिन वह इन सामानों को बाजार तथा लोगों के घर जाकर बेचा करता था। वह प्रतिदिन लगभग दो रुपए कमा लेता था, जिससे वह अपने भोजन और स्कूल फीस का इंतजाम कर लेता था।

उसने यह सब मुझे बस स्टैंड वापस लौटते समय बताया। मैं कुछ लिखने के लिए अपने कमरे पर आ गया, जबकि कमल बाजार में अपना सामान बेचने चल दिया।

कमल अनाथ एवं रिफ्यूजी था। 1947 में सांप्रदायिक प्रलय के वक्त हजारों घर बिखर गए थे, कई महिलाएँ और बच्चे मारे गए थे। कमल के अंदर एक बहुत विलक्षण चीज थी, वह थी—संवेदनशीलता। वह विशेषता, जो एक पंजाबी युवा में कम ही देखने को मिलती है, जो घृणा और अपराध के बीच पला-बढ़ा हो। उसका सिर्फ जीवन के प्रति सकारात्मक नजरिया ही नहीं था, जिसने मुझे उसकी तरफ आकर्षित किया, बल्कि उसके अंदर ये विशिष्ट गुण भी थे—सज्जनता, मधुर आवाज और मुसकराता हुआ चेहरा, भले ही वह दु:खी हो या सुखी हो। सुबह जब मैंने दरवाजा खोला तो पाया, कमल मेरे घर के सामने सीढ़ियों के ऊपर सोया हुआ था। मैंने उसको आराम से हिलाया, वह एक बार में जाग गया।

"क्या रात भर यहीं सो रहे थे?" मैंने प्रश्न किया, "तुम अंदर क्यों नहीं आए?"

"बहुत देर हो चुकी थी," उसने उत्तर दिया, "मैं आपको तकलीफ नहीं देना चाहता था।"

"तुम्हारी वस्तुओं को कोई भी चुरा सकता है।"

"अरे नहीं, मैं बहुत गहरी नींद नहीं सोता हूँ। दूसरी बात, मेरे पास कोई ऐसी कीमती वस्तु भी नहीं है, परंतु मैं तुमसे कुछ पूछना चाहता हूँ।"

"क्या तुम्हें पैसों की जरूरत है?"

"नही, मैं आज रात का भोजन आपके साथ करना चाहता हूँ।"

"परंतु कहाँ पर? तुम्हारे पास कोई जगह भी नहीं है और रेस्टोरेंट में भोजन

करना काफी महँगा भी पड़ जाएगा।"

"तुम्हारे कमरे में,अ कमल ने सुझाव दिया, "मैं सामान ले आऊँगा और यहीं पर खाना पकाएँगे। तुम्हारे पास स्टोव है ?"

"हाँ, शायद," मैंने बताया, "मुझे खोजना पड़ेगा।"

"मैं सात बजे आऊँगा," कमल ने अपना गट्ठर उठाते हुए कहा, "फिक्र मत करो, मुझे भोजन पकाना आता है।"

वह दौड़कर बाजार की तरफ चल दिया। मैं तेल के स्टोव को ढूँढ़ने चल दिया और उसे मैंने बक्से के कोने पर पाया। तब मुझे पता चला कि मेरे पास कोई बरतन नहीं है। तब अंततः मैं दीपचंद नाई का सामान उठाकर ले आया।

कमल हमारे लिए चिकन लेकर आ गया। यह शाहगंज के हिसाब से महँगा भोजन था, जो हम साल में दो या तीन बार किया करते थे। जब तक कमल उसे भूनता, तब तक मैं बाजार से बियर की बोतल उधार लेने चला गया। यह हमारे लिए भूख बढ़ाने का काम करती थी।

"आज हम लोग महँगा भोजन कर रहे हैं," मैंने अनुमान लगाया, "चिकन के लिए तीन रुपए, तीन रुपए की बियर, परंतु मुझे ऐसा लगता था कि हमें इस तरह का भोजन अकसर करना चाहिए।"

"कम-से-कम महीने में एक बार तो करना ही चाहिए," कमल ने कहा, "यह तभी संभव होगा, जब हम कठिन परिश्रम करेंगे।"

"तुम्हें पता है, कठिन परिश्रम कैसे किया जाता है! तुम सुबह से शाम तक काम करते हो।"

"परंतु तुम लेखक हो, रस्टी। वह अलग चीज है। तुम्हें लिखने के लिए वैसा मूड बनाना पड़ता है।"

"मैं कोई बुद्धिमान नहीं हूँ कि मेरे पास अच्छे विचार हमेशा रहेंगे। मैं बहुत आलसी हूँ।"

"शायद तुम गलत चीजें लिख रहे हो।"

"हाँ, मुझे पता है। पर मुझे यह नहीं पता है कि अन्य चीजें कैसे लिखी जाएँ ?"

"क्या कभी तुमने कोशिश की है ?"

"हाँ, पर इसमें तनिक भी पैसा नहीं है। मुझे लगता है, मैं दूसरी तरह से अपना बेहतर जीवन चला सकूँगा। यहाँ तक कि मैं अगर साइकिल बनाने की दुकान खोल लूँ, तो भी मैं इससे अधिक धन कमा सकता हूँ।"

"तो फिर साइकिल क्यों नहीं बनाते हो?"

"नहीं, मैं साइकिल की मरम्मत नहीं करूँगा। मैं बुरा लेखक बनना अधिक पसंद करूँगा, परंतु साइकिल की दुकान नहीं लगाऊँगा। खैर, ये सब बातें नहीं करते हैं। काम करने के लिए मेरे पास पर्याप्त समय है।"

कमल को यह जानकारी नहीं थी कि उसके पिता जिंदा हैं या उनकी मृत्यु हो गई। उसने उन्हें तब खो दिया, जब वह सिर्फ छह वर्ष का था। यह अमृतसर स्टेशन पर हुआ, जब ट्रेन बॉर्डर से हजारों रिफ्यूजी को लेकर आ रही थी, तब कई यात्रियों को स्टेशन पर ही लहूलुहान कर दिया गया था।

कमल और उसके माता-पिता भाग्यशाली थे कि वे उस खून-खराबे से बच गए। अगर वे पिछली ट्रेन पर चढ़े होते तो उन्हें मार दिया गया होता, परंतु परिस्थितिवश उन्हें बाद वाली ट्रेन पकड़नी पड़ी।

कमल अपनी माँ की साड़ी पकड़े हुए था, जबकि वह अपने पति के नजदीक थी, सब अपनी कोहनी से कोशिश करते हुए डरे एवं व्यग्र रिफ्यूजियों से आगे बढ़ रहे थे—एक ऐसी महिला को देखते हुए, जो जमीन पर बैठी अपनी छाती पीट रही थी और चिल्ला रही थी। कमल एक सिख से टकरा गया और उसके हाथ से अपनी माँ की साड़ी छूट गई।

इस सिख के पास लंबी तलवार थी। कमल उसकी तरफ सम्मोहन भरी निगाहों से देख रहा था। लंबे बाल भी खुले हुए थे और उसकी काली बड़ी-बड़ी दाढ़ी तथा उसकी शर्ट पर खून के दाग। सिख ने उसे अपने रास्ते से हटा दिया। कमल जब तक अपनी माँ को ढूँढ़ता, तब तक वह कहीं दिखाई नहीं पड़ रही थी। इतनी भीड़ थी कि वह कुछ देख ही नहीं सकता था। सिर्फ अपनी माँ के पुकारने की आवाज सुन रहा था, "कमल, तुम कहाँ हो, कमल?" वह भीड़ में घुसकर उसी दिशा में जाना चाहता था, जहाँ से आवाज आ रही थी, परंतु भीड़ द्वारा धकेला जाता हुआ वह किसी दूसरी दिशा में चला गया।

रात्रि में जब प्लेटफॉर्म खामोश था, तब भी वह अपनी माँ को तलाश रहा था। अंत में कुछ सिपाही उसे पकड़कर ले गए। उन्होंने उसके माँ-बाप को खोजने की कोशिश की, परंतु सफल नहीं हुए। अंत में उन्होंने कमल को रिफ्यूजी कैंप में भेज दिया। वहाँ से वह अनाथालय पहुँच गया, परंतु जब वह आठ वर्ष का था और खुद को बड़ा समझने लगा था, तो वह वहाँ से भाग आया।

वह कुछ दिनों तक चायवाले के यहाँ पर काम करता रहा, परंतु उसे मिर्गी

आनी शुरू हो गई तो दुकानदार ने उसे नौकरी छोड़ने के लिए कहा। तब वह खुद को अकेला महसूस कर रहा था। वह सड़क पर आ गया था और जीवन जीने के लिए उसे भीख माँगनी पड़ रही थी। उसने तकरीबन एक वर्ष तक भीख माँगी और एक शहर से दूसरे शहर भटकता रहा, फिर अंत में शाहगंज में आकर ठहर गया। तब तक वह बारह वर्ष का हो चुका था। तब तक उसने थोड़ा बहुत धन एकत्र कर लिया था, जिससे वह कंघा, बटन, सस्ते इतर और चूड़ियों तथा खुद को पूरी तरह से चलती-फिरती एक दुकान बना लिया था। वह अपने सामान बेचने के लिए एक दरवाजे से दूसरे दरवाजे जाता था।

शाहगंज एक छोटा कस्बा था और वहाँ पर कोई घर नहीं बचा था, जहाँ पर कमल न पहुँचा हो। हर कोई उसे पहचानने लगा था और कुछ लोग ऐसे भी थे, जो उसे भोजन के लिए पूछ लेते थे। बच्चे उसे अच्छे से जानते थे, क्योंकि जब भी वह अपना चक्कर लगा लेता था तो वह बाँसुरी बजाया करता था और वे लोग उसे सुनने के लिए आ जाते थे।

कमल मुझसे मिलने लगा था। उसकी वजह से मुझे अकेलेपन का एहसास नहीं होता था। मैंने पाया कि मैं बेहतर तरह से काम कर सकता हूँ, क्योंकि मुझे पता है कि मुझे अकेले काम नहीं करना है। और कमल मेरे पास इसलिए आया, क्योंकि मैं पहला बंदा था, जिसने उसके व्यक्तिगत जीवन को जानने के लिए रुचि दिखाई थी और मुझे लगता है कि उसकी बीमारी से डरनेवाली कोई बात नहीं है। शाहगंज के अधिकतर लोग मिर्गी को संक्रमण की बीमारी समझते थे। कुछ लोग ऐसा मानते थे कि यह बीमारी पिछले जन्म में किए गए कुछ गलत कार्यों का परिणाम है। बच्चों के सिवाय, जो उसकी इस बीमारी को जानते थे, वे दूर ही रहते थे।

सोलह वर्ष की उम्र में एक लड़का गेहूँ की तरह बढ़ता है, वह इतनी तेजी से बड़ा होता है कि उसे पता ही नहीं चलता कि उसके भीतर क्या हो रहा है? उसका दिमाग तेज चलने लगता है और उसका हाव-भाव आत्मविश्वास से भरे दिखाई पड़ते हैं। बाल ऐसे उगने लगते हैं, जैसे चेहरे और छाती पर घास उग रही हो और उसकी मांसपेशियाँ सुदृढ़ होने लगती हैं। ऐसा बदलाव वह कभी महसूस नहीं करेगा।

उसके दुबले-पतले शरीर को देखकर मैं दुःखी हो जाता। जब उसकी आँखों को देखता तो दर्द महसूस करता। जीवन और मृत्यु हमेशा उसके शरीर में संघर्ष कर रहे थे।

"क्या मुझे दिल्ली जाकर नौकरी की तलाश करनी चाहिए?" मैंने प्रश्न किया।

"क्यों नहीं? आप हमेशा ऐसी बात करते हो।"

"तुम भी साथ में क्यों नहीं चलते हो?"

"हमें उसके लिए पैसों की जरूरत होगी। जब मैं परीक्षा पास कर लूँगा, तब आऊँगा।"

"तब मैं इंतजार करूँगा।" मैंने कहा। उस वक्त मैं बीस वर्ष का था और मेरे पास कुछ भी करने के लिए काफी वक्त था।

हमने उसकी छोटी सी कमाई और मेरी कभी-कभार की मदद से कुछ धन एकत्र करने के लिए कहा। हमें दिल्ली जाने के लिए धन की जरूरत होगी। जब तक वहाँ पर कुछ कमाई नहीं होती, तब तक रहने के लिए धन की जरूरत होगी। हम लोगों ने हफ्ते भर में बीस रुपए बचाया और अगले हफ्ते एक साइकिल रिक्शा किराए पर ले लिया। उसका फायदा यह हुआ कि एक सुबह मैं उसे लेकर निकल गया। मैं शाहगंज के बाहर चलाता हुआ निकल गया।

दो मील चलने के बाद हम उतरे और साइकिल को सड़क से दूर किया तथा धान की खेती से होकर गुजरे और तब हमने कुछ दूर पर एक टेढ़ा-मेढ़ा पेड़ देखा, जो एक पुराने कुएँ की बगल में बढ़ रहा था।

मुझे उस पेड़ का नाम नहीं पता था। मैंने ऐसा पेड़ पहले कभी नहीं देखा था। इसके टेढ़ी-मेढ़ी शाखाएँ थीं और टेढ़ी-मेढ़ी मोटी और चौड़ी पत्तियाँ थीं। ठीक उस तरह की पतियाँ थीं, जिनमें बाजार में भोजन परोसा जाता है।

पेड़ के तने के पास में एक बड़ा सा छेद था और जब हम साइकिल खड़ी करके बैठ गए तो एक जोड़ी तोता खेतों से उड़ते हुए आगे बढ़ गए थे।

हम लोग उस टेढ़े-मेढ़े पेड़ की छाया में बैठ गए। कमल ने वह लाल कपड़ा खोला, जिसमें वह भोजन बाँधकर लाया था। खाने के पश्चात् हम थोड़ा घास की तरफ चले गए। मैंने आँखें बंद कर लीं और पेड़ का संगीत सुनते हुए सो गया। मैंने कई कीड़ों की आवाज सुनी, कबूतर की आवाज कुएँ के पास से आ रही थी, कमल के साँस लेने की आवाज सुनाई दे रही थी। तोते वापस पेड़ पर आते हुए दिखाई पड़े। मैंने घास और कुएँ की ईंट महकने पर बारिश का अनुमान लगाया। मैंने कमल की उँगलियों को अपनी बाँह में चलते हुए पाया। सूर्य की रोशनी मेरे चेहरे पर पड़ रही थी। जब मैंने अपनी आँखें खोलीं तो बादल चढ़ आए थे और कमल गहरी नींद

में था। उसने हाथ अपने चेहरे पर रखे हुए थे, ताकि वह अपने ऊपर पड़नेवाली चमक को रोक सके।

मैं कुएँ के पास पहुँच गया था।

कमल बैठकर बादल की तरफ निहार रहा था।

"बारिश होनेवाली है!" उसने कहा।

हम साइकिल से घर वापसी पर निकल लिये, परंतु हम अभी शाहगंज से बहुत दूर थे। तेज हवा के झोंकों के साथ बारिश ने हमारे चेहरे पर प्रहार किया, परंतु हम उसमें भीगते हुए, तेज आवाज में गाना गाते हुए शाहगंज बस स्टॉप पर पहुँच गए।

फिर हम अपने कमरे पर बिना अधिक कुछ बात किए पहुँच गए। कमल कमजोर और निराश लग रहा था।

शाहगंज में बारिश बंद हो चुकी थी। जब तक बारिश बंद होती, शाहगंज स्वच्छ, निर्मल और जीवंत लगने लगा था। बच्चे घर से बाहर बिना कपड़ों के नाच रहे थे। नालियाँ और पतली गलियाँ नदियाँ बन चुकी थीं। पेड़ों और छतों से पानी टपक रहा था और प्यासी जमीन सारा पानी सोख रही थी; यह ऐसी महक उत्पन्न कर रही थी, जो साल में एक बार ही मिलती है।

बारिश दरवाजे से अंदर आ रही थी और उसने चारपाई को भिगा दिया था। जब मैं दरवाजा बंद करने में सफल हुआ तो मैंने पाया कि छत से पानी दीवारों में बह रहा है और दीवार पर तरह-तरह के चित्र निर्मित कर रहा है। दरवाजा फिर से खुल गया और वहाँ पर कमल कुत्ते की भाँति ठंड में हिलते हुए खड़ा हुआ था। अंदर आकर उसने अपने कपड़े उतारे और खुद को सुखाया, फिर काँपते हुए बिस्तर पर बैठ गया। तब तक मैंने पूरी कोशिश से दरवाजा बंद कर दिया।

"चाय पियोगे?" मैंने पूछा।

उसने सर हिलाकर 'हाँ' कर दी और कुछ देर के लिए हँसना ही भूल गया। शायद उसका दिमाग कहीं और था। उन सैकड़ों सपनों में से किसी एक जगह।

"एक दिन मैं एक किताब लिखूँगा," मैंने यह गरम चाय पीते हुए कहा, "एक सत्य घटना पर आधारित किताब, सच्चे लोग। शायद यह मेरे और तुम्हारे तथा शाहगंज के बारे में होगी। तब हम गरुड़ देवता के पंखों में उड़कर भाग चलेंगे। तब सारी समस्याएँ खत्म हो जाएँगी और नई समस्याएँ जन्म लेंगी। हम फिर से नई कठिनाइयों का डटकर सामना करेंगे।"

"पहले मुझे परीक्षा पास करने दो," कमल ने कहा, "अन्यथा मैं कुछ नहीं

कर सकता और कहीं नहीं जा सकता।"

"परीक्षा को इतना गंभीरता से मत लो। मुझे पता है कि भारत में डिग्री किसी नौकरी के लिए पासपोर्ट की तरह है। अगर आपके पास डिग्री नहीं है तो आप क्लर्क भी नहीं बन सकते हो, परंतु इस बात को मत भूलो कि तुम ज्ञान अर्जित करने के लिए पढ़ रहे हो, न कि क्लर्क बनने के लिए। तुम्हें बाबू या बस कंडेक्टर थोड़ा ही बनना है, क्या तुम्हें बनना है? तुम्हें पास होकर कॉलेज जाना चाहिए, परंतु ऐसा मत सोचो कि अगर तुम फेल हो गए तो कुछ नहीं कर पाओगे। आखिर, जब तुम अपना माल बेच सकते हो तो दूसरे का मॉल बेचने के लिए क्यों परेशान हो रहे हो?"

"आप सही हो," कमल ने स्वीकारा, "तो क्यों न एक पढ़ा-लिखा व्यापारी बना जाए?"

"हाँ, बिल्कुल! यह जरूरी है। मैं यही तो कहना चाहता था और जब तक तुम अपने परीक्षा की तैयारी करोगे, मैं तब तक अपनी किताब लिखूँगा। आज रात से ही शुरू करूँगा। आज की रात बहुत बढ़िया रात है, मौसम के शुरुआत की रात!"

बिजली नहीं आई। शायद कोई पेड़ तार पर गिर गया होगा। मैंने एक मोमबत्ती जलाई और उसे खिड़की के पास रख दिया। कमल ने अपनी किताब उठाई और एक हाथ में किताब पकड़ते हुए तथा दूसरे हाथ के पंजे से खेलते हुए वह पढ़ाई करने लगा—ऐसा करने से उसका ध्यान केंद्रित रहता था—उसने अपना ध्यान बीजगणित पर केंद्रित किया।

मैंने अपनी स्याही की बोतल उठाई, वह खाली थी। मैंने बारिश के पानी से उसे भर दिया। तब मैं कमल के बगल में बैठकर लिखने लगा, परंतु कलम किसी काम का नहीं बचा था तथा मेरे मन में कोई विचार भी नहीं आ रहा था कि मैं क्या लिखूँ? इसलिए मैं फिर से कमल की तरफ देखने लगा। उसकी आँखों को निहारने लगा, जो परछाईं के कारण दिखाई नहीं दे रही थीं। उसके हाथ और उसकी साँस तथा उसके हिलते हुए होंठों को देख व सुन रहा था।

अपनी किताब लिखने की शुरुआत करने के बजाय मैं कमल को देख रहा था।

कई बार कमल रात में बाँसुरी बजाया करता था, भले ही मैं जाग रहा हूँ या सो रहा हूँ। जब मैं सो रहा होता हूँ तो वह बाँसुरी सपनों में सुनाई देती है। कभी-कभी वह मुझे उस टेढ़े-मेढ़े पेड़ तक ले जाता और हम चिड़ियों के साथ खेलते, परंतु तोता तेज आवाज करता और उड़ जाता।

एक बार कमल बच्चों के समूह के साथ बाँसुरी बजा रहा था, तब उसे मिर्गी आ गई। बाँसुरी उसके हाथ से गिर गई और वह धूल से भरी सड़क पर गिर गया। सभी बच्चे डरकर भाग गए। अगली बार जब उन्होंने कमल को बाँसुरी बजाते हुए सुना तो वे फिर से नजदीक आ गए।

कमल शक्ति हासिल कर रहा था। यह बात मुझे इस तरह से पता चली कि जब भी घास में पहलवानी होती तो वह मुझे गिरा देता था। उसका स्वास्थ्य लगातार ठीक हो रहा था—हमें पता था कि अगर वह लगातार काम करेगा तो निराश नहीं रहेगा। फिक्र और मौत का भय दोनों उसकी आँखों से दूर जा चुका थे।

उसकी परीक्षा नजदीक आ रही थी और वह अधिक मेहनत कर रहा था। जबकि मुझे अपनी किताब का पहला अध्याय लिखना शुरू करना था, क्योंकि उसे प्रतिदिन दो या तीन रुपए का सामान बेचना होता था, इसीलिए उसे पढ़ने के लिए उतना वक्त नहीं मिल पाता था, परंतु वह मध्य रात्रि के बाद तक पुस्तकों से चिपका रहता और ऐसा कभी नहीं हुआ कि उस वक्त उसकी बाँसुरी की आवाज मुझे सुनाई दी हो।

परीक्षा के वक्त उसने अपनी गठरी एक कोने में रख दी और परीक्षा देने चला गया। दो हफ्तों के बाद जब परीक्षा खत्म हो गई, उसने अपनी गठरी उठाई और फिर से अपनी फेरी लगाने लगा। मेरी रचनात्मकता ने भी आवाज दे दी थी और मैंने अपने उपन्यास के दो-तीन पेज लिख लिये थे।

एक सुबह परीक्षा के परिणाम निकलने थे। मैं उस दिन सुबह कमल से पहले जगकर समाचार-पत्र लेने पहुँच गया था। पाँच बज चुके थे और समाचार-पत्र पहुँच चुके थे। मैं शाहगंज के पेज पर पहुँच गया और कमल का रोल नंबर देखने लगा, परंतु उसका रोल नंबर पास हुए विद्यार्थियों की लिस्ट में था ही नहीं। मैंने उसका रोल नंबर पेपर के स्लिप पर लिख लिया था। मैंने फिर से उसे देखा और तुलना की कि मैंने सही रोल नंबर ही चेक किया है न! फिर मैंने एक बार फिर से समाचार-पत्र पर नजरें दौड़ाईं।

जब मैं वापस आया, कमल दरवाजे पर खड़ा हुआ था। मैंने उसे बताया ही नहीं कि वह फेल हो चुका है। वह मेरे चेहरे के हाव-भाव देखकर ही जान गया था। मैं उसके बगल में बैठ गया और हम कुछ देर तक कुछ भी नहीं बोले।

"कोई बात नहीं," कमल ने आखिरकर चुप्पी तोड़ी, "मैं अगले वर्ष पास हो जाऊँगा।"

मुझे यह महसूस हुआ कि उससे अधिक निराश तो मैं था और वह मुझे मनाने में लगा था।

"अगर तुम्हारे पास अधिक वक्त होता तो शायद पास हो गए होते!" मैंने कहा।

"मेरे पास अब बहुत वक्त है। पूरा एक साल। इस वक्त में आप अपना उपन्यास पूरा कर सकते हैं। तब हम दोनों एक साथ दिल्ली जाएँगे। वैसे भी शाहगंज इतना बुरा भी नहीं है। जब तक मेरे पास आप जैसा मित्र है, तब सबकुछ दूर भगाया जा सकता है। यहाँ तक कि बीमारी भी।"

अपने चेहरे पर अजीब भाव लाकर उसने मुझे बताया, "कल मैं दुःखी था हो सकता है, कल मैं दुःखी रहूँ, परंतु मुझे पता है, आज मैं खुश हूँ। मैं जिंदगी जीना चाहता हूँ।"

उसने उठकर अपनी गठरी उठाई और चल दिया।

"आप कुछ खरीदना चाहते हैं?" उसने पूछा, "मेरे पास आपके लिए जरूरी सामान है।"

सीढ़ियों के नीचे उतरकर वह मेरी तरफ मुसकराया और यह जान गया कि उसने अपनी एक कहानी लिख दी है।

□

# 13

# पतंगवाला

उस गली का नाम 'गली रामनाथ' था, उसमें मात्र एक ही पेड़ था, जो बहुत पुराना बरगद का पेड़ था। उसकी एक शाखा में अली की पतंग फँस गई थी। वह लड़का नंगे पाँव, फटे कपड़ों में कंकड़-पत्थर पर दौड़ता हुआ उस सँकरी गली में उधर भागने लगा, जिधर उसके दादाजी अपने अहाते में बैठे हुए सपने देख रहे थे।

"दादाजी!" वह लड़का चिल्लाया, "मेरी पतंग टूट गई।"

वह वृद्ध व्यक्ति अपने दिवास्वप्न से बाहर आया और अपना सर उठाया। उनकी दाढ़ी सफेद होती, अगर उन्होंने लाल रंग की मेहँदी न लगाई होती।

"पतंग का कन्ना टूट गया क्या?" उसने प्रश्न किया, "मुझे पता था कि पतंग का कन्ना ढंग से नहीं बँधा था।"

"नहीं दादाजी, पतंग बरगद के पेड़ पर अटक गई।"

वह वृद्ध व्यक्ति मुसकराया, "मेरे बच्चे, अभी तुम्हें सीखना पड़ेगा कि पतंग कैसे उड़ाई जानी चाहिए? अब मैं बहुत बूढ़ा हो चुका हूँ कि तुम्हें सिखा पाऊँ; पर तुम्हारे लिए नई पतंग बना दूँगा।"

उसने तुरंत एक बंबू, कागज और पतले रेशम से नई पतंग बना दी तथा उसे सूर्य की रोशनी में मजबूत करने लगे। यह गुलाबी रंग की पतंग थी, जिसमें हरी पूँछ लगी हुई थी। उस वृद्ध व्यक्ति ने अली को वह पतंग सौंप दी और उस लड़के ने अपने पंजों पर खड़े होकर अपने दादा के गालों को चूम लिया।

"मैं इसे नहीं खोऊँगा," उसने कहा, "यह पतंग चिड़ियों की तरह उड़ेगी।" और वह मुड़कर अहाते से भाग निकला।

वह वृद्ध व्यक्ति सूर्य की रोशनी में फिर से स्वप्न देखने लगा। उसकी पतंगों

की दुकान बंद हो चुकी थी। वह जगह एक ढाबे वाले को बेच दी गई थी, परंतु वह अब भी पतंग बनाता था, बस अपनी संतुष्टि एवं अपने पोते के लिए। उस वक्त बहुत अधिक लोग पतंग नहीं खरीदते थे। बड़े घृणा करते थे और बच्चे अपना धन फिल्म देखने में खर्च करते थे। बहरहाल, पतंग उड़ाने के लिए अब बहुत अधिक जगह भी नहीं बची थी। शहर ने घासवाली जमीन को निगल लिया था, जो पुराने किले से लेकर नदी तक पसरा हुआ था।

परंतु बूढ़े व्यक्ति को आज भी याद था, जब कोई आदमी बड़ा होता था तो वह पतंग उड़ाया करता था और पतंगों की महान् लड़ाइयाँ हुआ करती थीं, पतंगें यहाँ से वहाँ उड़ा करती थीं और आपस में उनके धागे टकराया करते थे। तब कटी हुई पतंग कहीं उड़ जाया करती थी। उस वक्त इस खेल में अच्छे-अच्छे शर्त लगाया करते थे और धन एक हाथ से दूसरे हाथ बहुत जल्द आया-जाया करता था।

पतंग उड़ाना राजाओं का खेल हुआ करता था और वृद्ध व्यक्ति याद करते हैं कि नवाब खुद ही इस खेल में हिस्सा लेने के लिए नदी किनारे आया करते थे। वह वक्त ही अलग था, जब लोग पतंग, नृत्य और कागज में वक्त बिताया करते थे। अब हर कोई जल्दी में है, सबके अपने सपने हैं और पतंगों के खेल और दिवास्वप्न पैरों तले कुचल दिए गए हैं।

पतंग बनानेवाला महमूद अपनी जिंदगी के उफान में पूरे शहर में जाना जाता था। उसकी कुछ अच्छी पतंगें तीन या चार रुपए में भी बिका करती थीं।

एक बार नवाब के कहने पर उसने एक बहुत ही विशेष पतंग बनाई, जो पूरे जिले में कभी नहीं देखी गई थी। हर किसी को उस 'ड्रैगन पतंग' के बारे में जानकारी मिल चुकी थी और यह अफवाह फैल चुकी थी कि इसमें दैविक शक्तियाँ हैं। भीड़ इकट्ठी हो गई थी, जब इस पतंग को नवाब की उपस्थिति में उड़ाया जाना था।

पहली कोशिश में उसने उड़ने से ही इनकार कर दिया। फिर हवा दाहिने दिशा में चल रही थी और 'ड्रैगन पतंग' को उसी दिशा में उड़ाया गया। फिर वह ऊपर और ऊपर उड़ने लगा। सूर्य अभी भी अपनी बुरी निगाह से उसे देख रहा था और वह जब बहुत ऊपर उड़ रही थी, तो इसे मजबूती से खींचना पड़ता था तथा महमूद के बेटे को उस डोर के साथ मदद करनी पड़ रही थी। फिर भी पतंग अपनी ओर खींच रही थी, ताकि वह अपनी स्वतंत्र जिंदगी जी सके।

डोर टूट गई और वह पतंग सूर्य की तरफ उड़ चली। वह तब तक स्वर्ग की

तरफ उड़ती गई, जब तक नजरों से ओझल न हो गई। वह फिर कभी नहीं मिली और महमूद खुद ही सोच में पड़ गया, क्या उससे अधिक जीवित पतंग उसने इससे पहले बनाई थी? उसने फिर कभी वैसी पतंग नहीं बनाई। बजाय उसने एक संगीत करती हुई पतंग बनाई, जो वायलिन का संगीत बजाती थी, जब वह ऊपर हवा में उड़ती थी।

वे बहुत आलीशान और बड़े दिन हुआ करते थे, परंतु नवाब वर्षों पहले मृत्यु की गोद में सो गए थे और उनके अग्रज ठीक महमूद की तरह गरीब थे। पतंग बनानेवाले कवियों की तरह हो गए थे। पहले उनके राजा हुआ करते थे, अब कोई महमूद को नहीं जानता था। अब गली में बहुत लोग हो गए थे और किसी को अपने पड़ोसी से अधिक मतलब नहीं था।

जब महमूद युवा था और बीमार पड़ गया था तो आस-पड़ोस का हर कोई उसे देखने के लिए और उसके स्वास्थ्य के बारे में जानकारी लेने के लिए आया था, परंतु अब उसे देखने कोई नहीं आया। उसके अधिकतर पुराने दोस्तों का स्वर्गवास हो गया था और उसके बेटे बड़े हो गए थे। पहला, एक लोकल गैराज में काम करता था और दूसरा, जो विभाजन के वक्त पाकिस्तान में रह गया था, वह वापस अपने परिवार के पास नहीं आ सका।

बच्चे, जो दस वर्ष पहले उससे पतंग लेने आते थे, अब बड़े होकर आदमी बन गए थे और अपने जीविकोपार्जन के लिए संघर्ष करने लगे थे। उनके पास वृद्ध व्यक्तियों और यादों के लिए वक्त नहीं था। वे इस तेजी से बदलती एवं प्रतिस्पर्धी दुनिया में बड़े हुए थे।

अब कोई बरगद के पेड़ के पास चौपाल नहीं सजाया करता था। सिर्फ गरमियों के महीने में सूर्य से बचने के लिए लोग छाया के लिए भले ही बैठ जाया करते थे।

परंतु एक लड़का था, उनका पोता। यह अच्छी बात थी कि महमूद का बेटा नजदीक ही काम करता था। पेड़ और मनुष्य में बहुत समानता होती है। अगर हमें दुःख नहीं पहुँचता या काटे नहीं जाते तो हम पेड़ की रफ्तार से ही बढ़ते हैं। हम अपनी युवावस्था में बड़े चमकीले होते हैं और बुढापे में थोड़ा क्षय होने लगता है।

महमूद भी बरगद के पेड़ की तरह थे। उनका हाथ बरगद के पेड़ की जड़ की तरह मुड़ एवं ऐंठ गया था, अली अहाते में लगे छुई-मुई के पेड़ की तरह था। दो वर्ष में वह पेड़ और अली दोनों मजबूती एवं आत्मविश्वास प्राप्त कर लेंगे।

गली की आवाजें धुँधली पड़ने लगी थीं और महमूद को ऐसा लग रहा था, जैसे वह सोने जा रहा हो और स्वप्न देखने, जैसे वह हमेशा किया करता था। वह हिंदुओं की एक सफेद चिड़िया गरुड़ की तरह महान् पतंग बनाएगा। वह एक बहुत ही सुंदर पतंग अली के लिए बनाना चाहता था। उसके पास अपने बच्चे के लिए छोड़ जाने के लिए कुछ भी नहीं था।

उसने दूर से ही अली की आवाज सुनी, परंतु यह नहीं समझ पाए कि अली उन्हें बुला रहा है। वह आवाज बहुत दूर से आ रही थी।

अली अहाते के दरवाजे पर था और यह पूछ रहा था कि उसकी माँ बाजार से वापस लौटी या नहीं? जब महमूद ने कोई जवाब नहीं दिया तो वह बच्चा बार-बार उसी प्रश्न को दोहरा रहा था। सूर्य की रोशनी उस बूढ़े व्यक्ति के सिर पर पड़ रही थी और छोटी सी सफेद तितली उसकी दाढ़ी पर आकर बैठ गई। महमूद शांत था और अली ने जब अपना भूरा हाथ वृद्ध व्यक्ति के कंधे पर रखा तो उसे एक ऐसी प्रतिक्रिया मिली, जिसकी उसे अपेक्षा ही न थी।

'अचानक अली डरा हुआ दरवाजे से होता हुआ अपनी माँ को लेने के लिए गली से होकर भागता हुआ गया। वह तितली वृद्ध व्यक्ति की दाढ़ी को छोड़कर छुई-मुई के पेड़ की तरफ मुड़ गई और अचानक हवा चलने के कारण वह कटी पतंग छूट गई और नीले आसमान में हवा में उड़ती चली गई।

□

# 14

# बिन्या का गुजर जाना

एक दिन, देवदारू के रास्ते से घर की ओर पैदल चलते हुए मैंने एक लड़की को गाते हुए सुना।

उस समय पहाड़ों में गरमी का मौसम था और पेड़ों में नए पत्ते आ रहे थे। पत्तों के बीच में अखरोट और चेरी आकार लेने की शुरुआत कर रहे थे।

हवा अभी स्थिर थी और पेड़ चुपचाप और मैं गाने को साफ सुन पा रहा था; परंतु वे शब्द नहीं थे, जो मैं समझ नहीं पा रहा था, न ही स्वरों का उतार-चढ़ाव, जो मुझे जकड़कर रखे था, परंतु वह आवाज कोमल और जवान थी।

मैंने रास्ता छोड़ा और ढलान से नीचे उतरा, देवदारू के काँटों में फिसलता हुआ; किंतु जब मैं ढलान के नीचे आ गया, गाना रुक गया था और वहाँ कोई नहीं था। 'मुझे पूरा विश्वास है, मैंने किसी को गाते हुए सुना था,' मैंने मन-ही-मन कहा और फिर सोचा कि हो सकता है, मैं गलत होऊँ। पहाड़ों में गलत होना संभव है।

अत: मैं घर चला गया और तब ही मैंने एक और गाना सुना, परंतु इस बार वह एक सीटी बजाती हुई थ्रश (चिलबिल) थी, जो जंगल की गहराइयों में कोई अंधकारमय, मीठा, टूटा-सा गीत गा रही थी।

मेरे पास स्वयं के विषय में गाने को बहुत कम था। बिजली के बिल का भुगतान अभी नहीं किथा गया था और बैंक में भी कुछ नहीं था और एक अन्य प्रकाशक ने मेरे दूसरे उपन्यास को छापने से मना कर दिया था, परंतु फिर भी, गरमी थी और मनुष्य और जानवर, दोनों आलस बोध कर रहे थे और लेनदार भी। दूर के पहाड़ धूल की धुंध में बैंगनी नजर आ रहे थे।

मैं फिर से देवदारू के पेड़ों के बीच में से चलकर आ रहा था, परंतु मुझे गाना सुनाई नहीं दिया और फिर एक सप्ताह तक मैं अपने मकान से बाहर नहीं निकला,

क्योंकि मुझे उपन्यास को फिर से लिखना था और मैं उस पर जोरों से काम कर रहा था और केवल खाने और सोने के लिए ही रुकता था; या फिर, पत्तों को और गाढ़ा हरा होता देख रहा था।

खिड़की जंगल की ओर खुलती थी। पेड़ खिड़की तक आ जाते थे। ओक, मेपल, अखरोट। पहाड़ों में और ऊपर, देवदारू शुरू होते थे आगे पहाड़ों के ऊपर देवदारू के पेड़ आर्मी की तरह मार्च करते प्रतीत होते थे। और पहाड़ और ऊपर बढ़ते थे और पेड़ छोटे होते जाते थे, जब तक कि वे खो नहीं जाते थे और केवल काली आत्माओं से घिरे टीले अनंत बर्फ से मिलने के लिए तत्पर थे। वे चोटियाँ आसमान को पालने में लिए होती थीं। मैं उन्हें अपनी खिड़की से नहीं देख पाता था, परंतु साफ दिनों में वे तेहरी के रास्ते से दिखाई देते थे।

पहाड़ी के नीचे एक नदी थी। एक दिन काफी सवेरे मैं नदी पर गया, पत्थरों पर पैर रखता हुआ, करीब आधा मील नीचे चला गया। फिर एक जंगली चेरी के पेड़ की छाया में, एक चपटे पत्थर के ऊपर आराम करने के लिए लेट गया और सूरज को टहनियों के बीच से अपनी जगह से हिलते देखता रहा, जैसे-जैसे वह पूरी तिबिया पहाड़ी के ऊपर उठा और फिर खाई में फिसल गया। हवा बिल्कुल निश्चल थी और चिड़ियाँ भी अभी से ही शांत हो गई थीं, जो एक अकेला स्वर सुनाई पड़ रहा था, वह था नदी की पथरीली सतह के ऊपर से पानी के बहने का। मैं वहाँ शायद दस या पंद्रह मिनट लेटा होऊँगा, जब मुझे ऐसा लगने लगा, जैसे मुझे कोई देख रहा है।

कोई पेड़ों में से, छाया से, बिल्कुल स्थिर, लेकिन सतर्क। कुछ हिल नहीं रहा था; एक पत्थर भी नहीं, न ही कोई टहनी टूटी, लेकिन कोई मुझे देख रहा था। मुझे बहुत अरक्षित लग रहा था; खतरे से नहीं, बल्कि अनजान आँखों के निरीक्षण से। अत: मैं टीले को छोड़कर, रदों के बीच में से रास्ता खोजता हुआ एक बार फिर पहाड़ी के ऊपर चढ़ने लगा।

यह मुश्किल काम था। सूरज निकला हुआ था और कोई हवा भी नहीं थी। जब तक मैं पहाड़ी के ऊपर पहुँचा, मैं पसीने से तर-बतर था। कहीं भी मुझे देखनेवाली अनजान आँखों का कोई निशान न था। दो दुबली-पतली गायें छोटी घास पर चर रही थीं; उस उमसदार गरम हवा में उनके गले में बँधी घंटियों की ही आवाज आ रही थी।

फिर वही गाना! वही गानेवाली। मैंने उसको अपने कमरे की खिड़की से सुना। जो पुस्तक मैं पढ़ रहा था, उसको अलग रखकर, मैं खिड़की में झुक गया और दूर तक पेड़ों के बीच से चला, परंतु पत्ते बहुत घने थे और गायिका बहुत दूर थी, जिस

कारण मैं उसे पहचान नहीं पा रहा था। 'क्या मुझे जाकर उसे ढूँढ़ना चाहिए?' मैं सोच में पड़ा था। 'या फिर यही बेहतर है, सुना हो, परंतु देखा न हो? क्योंकि उसके गाने के प्यार में तो मैं पड़ ही गया था, तो क्या जरूरी था कि मैं उसके प्यार में भी पड़ जाऊँ? नहीं, पर यह तो पक्का है कि वह आवाज ही थी, जिसने मुझे छू लिया था, न कि गाने ने…।' धीरे-धीरे गाना खत्म हुआ और मैं खिड़की से दूर हो गया।

पहाड़ी पर एक लड़की बिल्बेरी एकत्र कर रही थी। उसका चेहरा ताजा और शहद के रंग का था। उसके होंठों पर बैंगनी रंग के रस के दाग थे। वह मेरी ओर देखकर मुसकराई। "क्या ये खाने में अच्छे हैं?" मैंने पूछा।

उसने अपनी मुट्ठी खोली और अपना हाथ आगे बढ़ाया, जो जख्मी और दबाया हुआ था। मैंने एक उठाया और अपने मुँह में डाल लिया। उसका तीखा और खट्टा स्वाद था। "अच्छा है," मैंने कहा। यह देखकर कि मैं उसकी भाषा में रुक-रुककर बोल पा रहा था, वह और पास आई और उसने कहा, "तो फिर और ले लो," और मेरे हाथों को बिल्बेरी से भर दिया। उसकी उँगलियों ने मेरी उँगलियों को छुआ। जो आभास मुझे हुआ, वह अद्‌भुत था, क्योंकि करीब नौ-दस साल हो गए थे, जब मेरे हाथों ने किसी लड़की के हाथों को छुआ था।

"तुम कहाँ रहती हो?" मैंने पूछा। उसने उँगली उठाकर, खाड़ी के पार एक सीढ़ीदार पहाड़ी की ढलान पर स्थित एक छोटे से फैले हुए गाँव की ओर इशारा किया।

"वह तो काफी दूर है," मैंने कहा, "क्या तुम रोज घर से इतनी दूर आती हो?"

"मैं तो इससे भी दूर जाती हूँ," उसने कहा। "गायों को ताजी घास ढूँढ़नी पड़ती है और एकत्र करने के लिए लकड़ी और काटने के लिए घास। उसने मुझे वह हँसिया दिखाई, जो उसकी कमर में बाँधे हुए कपड़े से मजबूती से बँधी थी। "कभी-कभी मैं परी तिब्बा के ऊपर तक चली जाती हूँ और कभी दूर, उस खाड़ी के पार। क्या तुम कभी वहाँ गए हो?"

"नहीं; परंतु किसी दिन मैं जाऊँगा।"

"परी तिब्बा में हमेशा हवा चलती रहती है।"

"क्या यह सच है कि वहाँ परियाँ रहती हैं?"

वह हँसी। "लोग तो ऐसा ही कहते हैं, परंतु वे लोग हैं, जो वहाँ कभी गए नहीं हैं। मैंने तो परी तिब्बा में परियाँ नहीं देखीं। लोग कहते हैं कि पहाड़ी के खँडहरों में भूत होते हैं, परंतु मुझे तो कभी कोई भूत नजर नहीं आया।"

"मैंने भूतों के विषय में सुना है," मैंने कहा, "दो प्रेमी जिन्होंने भागकर एक टूटे-फूटे छोटे घर में पनाह ली थी। रात को आँधी आई और वे बिजली के गिरने से मर गए। क्या यह कहानी सच है?"

"यह बहुत साल पहले की घटना है; मेरे जन्म से पहले की। मैंने यह कहानी सुनी है, परंतु परी तिब्बा में कोई भूत नहीं है।"

"तुम कितने साल की हो?" मैंने पूछा।

"पंद्रह···सोलह, मुझे निश्चित रूप से पता नहीं।"

"क्या तुम्हारी माँ नहीं जानतीं?"

"उनकी मृत्यु हो चुकी है और मेरी दादी भूल गई हैं और मेरा भाई, वह मुझसे छोटा है और वह तो अपनी उम्र ही भूल गया है। क्या याद रखना इतना जरूरी है?"

"नहीं, बिल्कुल जरूरी नहीं है···कम-से-कम यहाँ तो नहीं। पहाड़ों में नहीं। एक पर्वत के लिए एक सौ वर्ष केवल एक दिन के समान हैं।"

"क्या तुम बहुत बूढ़े हो?" उसने पूछा।

"आशा करता हूँ, नहीं। क्या मैं बहुत बूढ़ा लगता हूँ?"

"केवल सौ," उसने कहा और हँसी तथा उसकी कलाई में चाँदी की चूड़ियाँ खनक उठीं, जब उसने अपने हाथ अपने हँसते चेहरे के ऊपर उठाए।

"तुम हँस क्यों रही हो?" मैंने पूछा।

"पहले, तुम ऐसे लग रहे थे, जैसे कि तुम मेरी बातों का विश्वास कर रहे हो। तुम कितने वर्ष के हो?"

"पैंतीस, छत्तीस, मुझे याद नहीं है।"

"अच्छा है; भूल जाना ही बेहतर है!"

"बिल्कुल सच," मैंने कहा, "परंतु कभी-कभी हमें कोई फॉर्म और उसी तरह की अन्य चीजों को भरना होता है और तब हमें अपनी उम्र बतानी होती है।"

"मैंने कभी कोई फॉर्म नहीं भरा। मैंने कभी कोई देखा भी नहीं।"

"और मैं आशा करता हूँ कि कभी देखोगी भी नहीं। वह एक कागज का टुकड़ा होता है, जो फालतू की जानकारी से भरा होता है। यह सब मनुष्य की प्रगति का हिस्सा है।"

"प्रगति?"

"हाँ, क्या तुम दुःखी हो?"

"नहीं।"

"क्या तुम्हें कभी भूखा रहना पड़ता है?"

"नहीं।"

"तो तुम्हें प्रगति की आवश्यकता नहीं है। जंगली ब्लूबेरी बेहतर हैं।"

वह बिना अलविदा कहे चली गई। गायें इधर-उधर भटक गई थीं और वह उनके पीछे, उन्हें उनके नाम से पुकारते हुए दौड़ गई थी, 'नीलू, नीलू!' और 'भूरी!' उसके नंगे पैर पत्थरों और सूखी घास के ऊपर तेजी से चल रहे थे।

मई की शुरुआत। सिकाडा (रवैया), जंगल में एक साथ गा रही थीं; क्योंकि वे अपने पैरों से आवाज करती हैं। चिलबिल (व्हिस्लिंगथ्रश) पेड़ों के ऊपर, एक-दूसरे का, कलाबाजी करते हुए, प्रेम की उड़ान भरते हुए, पीछा कर रही थीं। कभी-कभी लंगूर ओक के पेड़ों में पत्ते खाने चले जाते थे। जब मैं नदी पर जाने के लिए रास्ते पर चल रहा था, मुझे फिर वही गाना सुनाई दिया और अचानक नदी के किनारे, खुले मैदान में आते ही मैंने उस लड़की को, तेज पानी की धार में अपने पैर लटकाए, एक टीले पर बैठे देखा, यह वही लड़की थी, जिसने मुझे ब्लूबेरी दी थीं। अजीब बात है, पर मैंने नहीं सोचा था कि वह ही गायिका थी। अनदेखी आवाजें काल्पनिक छवियाँ दरशा देती हैं। मैंने किसी वनदेवी—एक रुचिर, मृदु, सुंदर, देवी समान जीव की कल्पना की थी; न कि शरारती आँखें, गोल मुँहवाली, थोड़ी कठोर परी। उसको धोती—एक खुरदरी, घर में बनी साड़ी, जिसका रंग उड़ गया था, फटी हुई थी; जिसे मैंने, पहाड़ियों में दौड़-धूप करने के लिए, एक अव्यावहारिक कपड़ा समझा था; परंतु गाँव के लोग बारह साल की उम्र के पहले ही लड़कियों को धोती पहना देते हैं। उसने उसे ऊपर चढ़ाकर और उसे मजबूत करने के लिए, उसे एक कपड़े के टुकड़े से कमर पर कस के बाँधकर, समझौता कर लिया था; परंतु शायद वह दूर की पहाड़ियों में पहनी जानेवाली लंबी स्कर्ट में ज्यादा आराम से रह सकती थी।

परंतु मैं किसी भ्रम में नहीं था। मुझे पहले से ही उसकी भोली, खुली सूरत अच्छी लगने लगी थी और उसकी आवाज की मधुरता उसकी सौम्यता को और बढ़ा रही थी।

मैं नदी के किनारे से उसे देखता रहा और कुछ ही देर में उसने ऊपर देखा, हँसी और मेरी ओर अपनी जीभ निकालकर मुझे चिढ़ाया।

"मेरा सत्कार करने का यह अच्छा तरीका है," मैंने कहा, "क्या मैंने तुम्हें कोई कष्ट दिया है?"

"तुमने मुझे भौचक्का कर दिया। तुमने आवाज क्यों नहीं दी?"

"क्योंकि मैं तुम्हारा गाना सुन रहा था। तुम्हारा गाना खत्म होने तक मैं कुछ बोलना नहीं चाहता था।"

"वह केवल एक गाना ही तो था।"

"लेकिन तुम उसको बहुत मीठा गाती हो।"

वह मुसकराई, "क्या तुम कुछ खाने के लिए लाए हो?"

"नहीं। क्या तुम भूखी हो?"

"इस समय मुझे भूख लग जाती है। जब भी तुम मुझसे मिलने आओ, तो हमेशा कुछ खाने को लेकर आना चाहिए।"

"परंतु मैं तो तुमसे मिलने नहीं आया था। मुझे नहीं पता था कि तुम यहाँ होगी।"

"तुम मुझसे मिलना नहीं चाहते?"

"मेरा यह मतलब नहीं था। तुमसे मिलना अच्छा लगता है।"

"तुम मुझसे मिलते रहोगे, अगर तुम जंगल में आते रहोगे। अतः, हमेशा कुछ खाने को लाया करो।"

"अगली बार मैं ऐसा ही करूँगा। क्या मैं तुम्हारे लिए कुछ बेरीज तोड़ दूँ?"

"तुम्हें एक बार फिर पहाड़ी के ऊपर जाना पड़ेगा, लिंगोरा की झाड़ियों को ढूँढ़ने के लिए।"

"मुझे कोई एतराज नहीं है। अगर तुम्हें भूख लगी है तो मैं थोड़े लेकर आ सकता हूँ।"

"ठीक है," उसने कहा और अपने पैरों की ओर देखा, जो अभी भी पानी में थे।

किसी पुराने जमाने के भ्रमणशील शूरवीर के समान, मैं एक बार फिर, पहाड़ी के ऊपर चढ़ा, जब तक मुझे ब्लूबेरी की झाड़ी नहीं मिल गई और अपनी जेबों को बेरीज से भरकर, मैं नदी में वापस आया, परंतु जब मैं वापस आया, मैंने देखा कि वह तो निकल गई थी। दूर पहाड़ी पर गाय के गले में बँधी घंटियों की आवाज आ रही थी।

अंधकार में जुगनू टिमटिमा रहे थे। विभिन्न आवाजों से रात भरी हुई थी—छुप्का की टोंक-टोंक, बार्किंग हिरण की आवाज, साही की इधर-उधर खिसकने की आवाज, पतंगों की खिड़कियों के साथ टकराते पंखों की आवाज। खाड़ी दूसरी ओर की पहाड़ी पर एक छोटे से गाँव में बत्तियाँ टिमटिमा रही थीं—केरोसिन (मिट्टी के तेल) की लालटेनों की धीमी रोशनी।"

"तुम्हारा नाम क्या है?" मैंने पूछा, जब हम फिर से देवदारू के पेड़ों के जंगल के बीच से गुजर रहे थे।

"बिनय," उसने कहा। "तुम्हारा क्या है?"

"मेरा कोई नाम नहीं है।"

"ठीक है मिस्टर बेनाम!"

"मेरा मतलब था, मैंने अभी तक अपना नाम नहीं बनाया है। हमें चाहिए कि हम अपना नाम स्वयं बनाएँ, है कि नहीं?"

"मेरा नाम बिन्या है। मेरा कोई और नाम रखने का कोई इरादा नहीं है। तुम कहाँ जा रहे हो?"

"कहीं नहीं।"

"'कोई नाम नहीं' कहा नहीं जाता है! तो फिर तुम मेरे साथ नहीं आ सकते, क्योंकि मैं घर जा रही हूँ और मेरी दादी गाँव के सारे कुत्तों को तुम्हारे ऊपर छोड़ देंगी, अगर तुम मेरे पीछे आए।" और हँसते हुए, वह नदी जाने के रास्ते पर दौड़ गई; वह जानती थी कि मैं उसका पीछा नहीं कर सकता था।

उसके चेहरे से पसीना टपक रहा था, जब खड़ी पहाड़ी से ऊपर चढ़कर आई, अपनी सफेद गाय को घर ले जाने के लिए। तेज आँधीवाली पहाड़ी पर वह अभूत छोटी लग रही थी। गोलाई में बालों का एक गुच्छा उसके माथे पर चपटा लगा हुआ था और उसकी फटी नीली साड़ी, उसकी सुडौल मजबूत जाँघों से लिपट रही थी। मैं एक छाता लेकर उसके पास गया, जिससे कि उसे छाया दे सकूँ। वह मेरे साथ छाते के नीचे खड़ी रही और मुझे उसने कंधों पर अपना हाथ रखने की इजाजत दे दी। उसके बाद उसने मेरी तरफ चेहरा किया और मैंने जल्दी से उसे धीमे से होंठों पर चूम लिया। उसके होंठों में बारिश और पुदीने का स्वाद था और फिर उसने मुझे छोड़ दिया, बारिश में इतना प्रतापी। वह हँसते हुए घर चली गई; परंतु मेरा बारिश में भीगना सार्थक था।

एक और दिन मैंने उसे मुझको पुकारते हुए सुना, "बेनाम, मिस्टर अनाम!" परंतु मैं उसे देख नहीं पा रहा था और काफी समय बीत गया था, जब मैंने उसे पाया, एक चेरी के पेड़ के ऊपर; उसके पैर जोर से पेड़ की छाल का सहारा लिये हुए थे, उसकी धोती ऊपर, जाँघ के बीच में खुँसी हुई थी—उसकी गोरी, गोलाईवाली जाँघें और पैर, जो बहुत मजबूत और सुस्वस्थ थे।

"चेरी अभी पकी नहीं हैं," मैंने कहा।

"वह कभी नहीं पकती, परंतु मुझे वे हरी और खट्टी ही पसंद हैं। क्या तुम पेड़ पर चढ़ोगे?"

"अगर मैं पेड़ पर चढ़ सका तो," मैंने कहा।

"मेरी दादी साठ साल से ऊपर की हैं और वे पेड़ों पर चढ़ सकती हैं।"

"खैर, मुझे साठ साल की उम्र में इससे अधिक उद्यमशील होने में कोई आपत्ति नहीं है। तब तो खोने के लिए इतना कुछ होता भी नहीं है," मैं बिना अधिक असुविधा के पेड़ पर चढ़ गया; परंतु मैंने यह नहीं सोचा था कि ऊपरी शाखाएँ मेरा वजन ले सकेंगी, तो मैं पेड़ के एक द्विशाखन पर खड़ा रहा, मेरा चेहरा बिन्या की छाती की ऊँचाई तक था, मैं उसे अपनी बात सुना सकता, मैंने अपना हाथ उसकी कमर पर टेक दिया और उसके हाथ के नरम भीतरी हिस्से को चूम लिया। उसने कुछ नहीं कहा, परंतु उसने मेरा हाथ पकड़ा और मुझे थोड़ा और ऊपर चढ़ने में मदद की और मैंने उसको अपनी बाँहों के घेरे में ले लिया—सिर्फ इसलिए नहीं कि मुझे सहायता मिलेगी, बल्कि इसलिए भी कि मैं उसके पास होऊँगा।

पूर्णिमा का चाँद ऊपर उठता है, खिड़की के पास के लंबे ओक के पेड़ों के बीच में से चमकता। रात विभिन्न आवाजों से भरी होती है—झींगुर, छपका की टोंक-टोंक, तुम्हारे गाँव से खाड़ी से तैरने की आवाज, ढोल बजने के स्वर और लोगों के गाने की आवाजें। आज तो त्योहार का दिन है और तुम्हारे यहाँ खाना-पीना चल रहा होगा। क्या तुम भी गाना गा रही हो आज रात को और क्या तुम गाना गाते समय, हँसते समय, अपने दोस्तों के साथ नाचते समय, मेरे बारे में सोच रही हो? मैं यहाँ अकेला बैठा हूँ; अत: मेरे पास तुम्हारे विषय में सोचने के अलावा कुछ और नहीं है।

बिन्या,…मैं बार-बार तुम्हारा नाम लेता हूँ, जैसे कि बार-बार लेने से मैं तुम्हें अपनी बात सुनवा सकता हूँ और तुम्हें अपने पास ला सकता हूँ, चाँदनी से ढके पहाड़ों के ऊपर से चलाकर…

आज रात को आत्माएँ यहाँ हैं। वे पेड़ों के बीच में चुपचाप चलती रहती हैं और जिस खिड़की पर मैं बैठता हूँ, उसके इर्द-गिर्द घूमती रहती हैं; वे हवा के साथ ऊपर उठकर, तेजी से घर के चारों ओर घूमती रहती हैं। पेड़ों की आत्माएँ, पुराने घर की आत्माएँ। पिछले साल एक बुजुर्ग महिला का इधर देहांत हो गया था। वे घर में तीस साल रही थीं; उनके व्यक्तित्व का कुछ हिस्सा, निश्चय ही अभी तक यहाँ रहता है। जब मैं पुराने, लंबे शीशे में, जो उनका था, देखता हूँ, मुझे कई बार उनके निस्तेज चेहरे और लंबे, सुनहरे बालों की झलक दिखती है। वे मुझे पसंद करती हैं और घर भी मुझ पर दयालु है। बिन्या, क्या वह तुमसे जलती होंगी?

संगीत और गायकी का स्वर और ऊँचा हो जाता है। मैं आग की रोशनी में

तुम्हारे चेहरे को दमकता हुआ देखने की कल्पना कर सकता हूँ। तुम्हारी आँखें हँसी से चमक रही हैं। तुम्हारे पास तो वे सब लोग हैं और मेरे पास केवल तारे और छपका और शीशे के अंदर का वह भूत।

मैं सवेरे जल्दी उठा, जब घास पर ओस अभी ताजी थी और पहाड़ी से उतरकर नीचे नहर तक आ गया और फिर ऊपर एक छोटे टीले तक, जहाँ पाइन का एक पेड़ अकेलेपन की भव्यता में बढ़ रहा था, उसकी नरम टहनियों के बीच हवा 'हूँ-हूँ' करके गुजर रही थी। यह मेरी सबसे मनपसंद जगह थी, मेरी शक्ति का स्थान, जहाँ मैं अपने आप को बीच-बीच में जीवन देने आता हूँ। मैं घास पर लेटकर सपने देखने लगा। अपने नीलेपन को समेटे आकाश मेरे ऊपर झूम रहा था। दूर एक चील ऊपर आकाश में उठी। मुझे उसकी आवाज, नीचे, पेड़ों के बीच में सुनाई दी; या फिर मुझे ऐसा लगा, जैसे मैंने सुना। परंतु जब मैं देखने गया, वह मुझे नहीं मिली।

मैं अपनी बुद्धिमत्ता पर बहुत गर्व महसूस करता था। मैंने अपने आप को भावुक अवस्थाओं से चौकन्ना रहना सिखा लिया था, जैसे कि प्रेम में पड़ना, जो क्षणभंगुर और मायावी सिद्ध हुआ और हालाँकि मैंने अपने आप को बार-बार समझाया कि यह आकर्षण केवल शारीरिक था, मेरे और उसके, दोनों की ओर से, मुझे स्वीकारना पड़ा कि बिन्या के प्रति मेरी भावनाएँ उन सबसे बहुत भिन्न थीं, जो अन्य लोगों के प्रति थीं; और यह कि कामुकता मेरे लिए अधिकांशतः एक अनुष्ठान था, इसका किसी भी और भोज के समान, तृप्ति से अंत हुआ था, बदलाव की आवश्यकता, भूल जाने की इच्छा⋯

बिन्या किसी और चीज का प्रतिनिधित्व करती थी—कोई जंगली, स्वप्न के अथवा किसी परी के समान। वह आत्माओं के भुतहा टीलों, पुराने पेड़ों, छोटी घास के और पास चली गई। उसने उनसे कुछ अवशोषण कर लिया था—एक आदिम निष्कपटता, समय और घटना के प्रति उदासीनता, जंगल और पहाड़ों के साथ घनिष्ठ संबंध; इन्हीं सब चीजों ने उसे खास और जादुई बना दिया था।

अतः, जब तीन, चार और पाँच दिन बीत गए और वह मुझे पहाड़ी पर नहीं मिली, मैं हर प्रकार के विफल प्रेम की टीस से गुजरा, क्या वह मुझे भूल गई थी और कहीं और चली गई थी, क्या किसी ने हमें एक साथ देख लिया था और उसे घर के अंदर बंद कर दिया था, क्या वह बीमार थी ? या फिर क्या उसे प्रेतात्मा द्वारा मना कर दिया गया था ?

मैं जाकर उसके विषय में पता भी तो नहीं कर सकता था। शायद मुझे गाँव

से निकाल दिया जाता। वह तो पहाड़ी के ऊपर चढ़ गया, जहाँ चपटी छतवाले कई घर थे, छोटे छतवाले खेतों के पैटर्न। मैं खेतों में मनुष्यों के आकार देख सकता था, परंतु वह बहुत दूर, बहुत छोटे थे, इसलिए मेरे लिए उन्हें पहचानना संभव नहीं था।

एक छोटे लड़के ने मुझे बताया कि वह अपनी माँ के घर गई थी, जो सौ मील दूर था।

अतः, मैं विचारमग्न हो गया; ओक के जंगल से निराश होकर चल रहा था, चिड़ियों की चहचहाहट को भी अनसुना करते हुए—मीठी आवाजवाली थ्रश और स्थिर बारबेट (बसंता); स्निग्ध आवाजवाली फाख्ता। प्रसन्नता ने मुझे हमेशा प्रकृति के प्रति और अधिक प्रतिक्रियाशील बना दिया था, क्योंकि मैं दुःखी था, मेरे विचार अपने अंदर मुड़ गए। मैं समय और परिस्थिति की धोखेबाजी से दुःखी था। मुझे ऐसा प्रतीत हो रहा था, जैसे वर्ष बीते जा रहे थे, बल्कि बीत गए थे, जैसे कि खत्म होते ज्वार-भाटे के बाद की लहरें, मुझे ऐसे छोड़ते हुए, जैसे कि मैं किसी एकांतवाले बीच पर बहती वस्तु हूँ, परंतु उसी समय ऐसा लगा, जैसे वह थ्रश मेरा मजाक उड़ा रही थी, नदी की छाया से तरसानेवाली आवाज में पुकारकर—"यह समय नहीं है, जो बीत रहा वस्तुगत है, यह तुम और मैं हैं, तुम और मैं हैं।"

फिर मैंने अपने आप को अपने दुःख से निकालने की जबरदस्ती की। मैं पहाड़ी और जंगल से दूर रहा। मैंने गाँव की तरफ भी नहीं देखा। मैंने अपने आप को अपने काम में डुबो लिया, व्यक्तिगत दृष्टि से सोचने की कोशिश की और फिर 'कलसी के लौह स्तंभ पर शिलालेख' एक लेख लिखा; बहुत नीरस, बहुत ज्ञानवर्धक, बहुत युक्तिपूर्ण।

परंतु रात को मैं बिन्या के खयालों में डूब गया। मैं सो नहीं पाया। मैंने बत्ती जलाई और सामने उसे पाया, शीशे से मेरी ओर मुसकराते हुए, उस बूढ़ी महिला की छवि को प्रतिस्थापित करते हुए, जिसने बहुत समय से मेरी देखभाल की थी।

□

# 15

# जावा से पलायन

वह सबकुछ थोड़े ही दिनों के भीतर हो गया। कस्सिया के पेड़ में फूल आने शुरू ही हुए थे, जब शुरुआती बम, बताविया (जिसे अब 'जकार्ता' कहा जाता है) और गहरे गुलाबी फूल, सड़क के मलबे पर चारों ओर बिखरे पड़े थे।

हमारे पास खबर पहुँच गई थी कि जापान ने सिंगापुर पर कब्जा कर लिया है। मेरे पिताजी ने कहा, "मुझे ऐसा लगता है कि कुछ ही दिनों में वह जावा पर भी कब्जा कर लेंगे। जब अंग्रेज ही हार गए थे तो डच से जीतने की कैसे उम्मीद की जा सकती थी!" ऐसा नहीं था कि वे डच के प्रति आलोचनात्मक हो रहे थे; वे जानते थे कि उनके पास साम्राज्य का वह समर्थन नहीं था, जो ब्रिटेन को था; सिंगापुर को पूर्व का जिब्राल्टर कहा गया था—शासक। उसके आत्मसमर्पण के बाद केवल पीछे हटना ही बाकी था, यूरोपियनों का दक्षिण-पूर्व एशिया से एक विशाल निर्गमन।

यह दूसरा विश्वयुद्ध था। जापान ने युद्ध के बारे में क्या सोचा था, वह अब मेरे लिए कहना मुश्किल है, क्योंकि मैं उस समय केवल नौ वर्ष का था और दुनियादारी के विषय में बहुत थोड़ा पता था। अधिकांश लोग जानते थे कि उनके डच शासक बदलकर अब जापानी शासक आ रहे थे; परंतु ऐसे भी बहुत सारे लोग थे, जो विश्वयुद्ध के खत्म होने पर जावा की स्वाधीनता के विषय में बात करते थे।

हमारे पड़ोसी, श्रीहांर्तोनो, उनमें से एक थे, जो पहले से ही उस समय के विषय में सोचते थे, जब जावा, सुमात्रा और अन्य द्वीप मिलकर एक स्वाधीन बनाएँगे। वे एक कॉलेज प्रोफेसर थे और डच, चीनी, जापानी और थोड़ी-बहुत अंग्रेजी बोलते थे। उनका पुत्र सोनो, करीब मेरी उम्र का था। मेरी जानकारी में, वह एकमात्र लड़का था, जो मुझसे अंग्रेजी में बातचीत कर सकता था; फलस्वरूप हम दोनों एक साथ काफी समय बिताते थे। हमारा सबसे मनपसंद मनबहलाव पार्क में पतंग उड़ाना था।

गोलाबारी ने जल्दी ही पतंग उड़ाने का अंत कर दिया। हवाई हमलों की चेतावनियाँ दिन और रात के किसी भी समय बज जाती थी और हालाँकि शुरू में अधिकांश बम डॉक के पास गिरते थे, जहाँ हम रहते थे, वहाँ से कुछ मील दूर, हमें घर के अंदर ही रहना पड़ता था। अगर हवाई जहाज बहुत पास प्रतीत होते थे, हम पलंगों और तबेलों के नीचे घुस जाते थे। मुझे याद नहीं कि कोई खाई इत्यादि थी कि नहीं। शायद खाई खोदने का समय नहीं था और अब केवल कब्र खोदने का ही समय था। सबकुछ इतनी जल्दी हो गया और सब लोग (जावा के लोगों को छोड़कर) जावा छोड़कर जाने के लिए तत्पर थे।

"तुम कब जा रहे हो?" सोनो ने पूछा, जब हम बरामदे की सीढ़ियों पर बैठे थे, हवाई आक्रमणों के बीच में।

"मुझे नहीं पता," मैंने कहा। "सबकुछ मेरे पिताजी पर निर्भर करता है।"

"मेरे पिताजी कहते हैं कि जापानी एक हफ्ते के अंदर यहाँ होंगे और अगर तुम तब भी यहाँ हुए, तो वे तुम्हें रेलवे बनाने के कार्य में लगा देंगे।"

"मुझे रेलवे बनाने में कोई आपत्ति नहीं है," मैंने कहा।

"परंतु वे तुम्हें ज्यादा खाना नहीं देंगे। केवल चावल और वह भी कीड़ोंवाला और अगर तुम ठीक से काम नहीं करोगे तो वे तुम्हें गोली मार देंगे।"

"ऐसा तो वे सैनिकों के साथ करते हैं," मैंने कहा, "हम तो साधारण नागरिक हैं।"

"वे ऐसा साधारण नागरिकों के साथ भी करते हैं," सोनो ने कहा।

मैं और मेरे पिताजी बताविया में क्या कर रहे थे, जबकि हमारा घर पहले भारत में था और फिर सिंगापुर में? हम एक फैक्टरी में काम करते थे, जो रबर से संबंधित थी और छह महीने पहले ही उन्हें बताविया भेजा गया था, एक डच बिजनेस हाउस के साथ साझेदारी में एक नया दफ्तर खोलने के लिए। हालाँकि मैं छोटा था, मैं अपने पिताजी के साथ हर जगह जाया करता था। मेरी माँ तो तब ही चली गई थी, जब मैं बहुत छोटा था और मेरे पिताजी ने हमेशा मेरी देखभाल की थी। युद्ध समाप्त होने के बाद वे मुझे इंग्लैंड ले जानेवाले थे।

"क्या हम युद्ध जीत जाएँगे?" मैंने पूछा।

"यहाँ से तो ऐसा नहीं लगता," उसने कहा।

नहीं, ऐसा तो नहीं लग रहा था, जैसे कि हम जीत रहे थे। अपने पिताजी के साथ डॉक में खड़े होकर मैं सिंगापुर से आते जहाजों में शरणार्थियों की भीड़ को

देखा करता—पुरुष, महिलाएँ और बच्चे, सब उष्टकटी बँधी सूरज के उस (ट्रॉपिकल सन) गरमी में डेक पर रहते थे; वे फीके, थके और चिंतित दिखते थे। वे कोलंबो अथवा बंबई जाने के रास्ते में थे। कोई भी बताविया में नहीं आता था। यह ब्रिटिश क्षेत्र नहीं था; डच था और सब लोग जानते थे कि यह ज्यादा देर तक डच नहीं रहेगा।

"क्या हम भी नहीं जा रहे हैं?" मैंने पूछा। "सोनो के पिताजी कहते हैं कि किसी भी दिन जापानी यहाँ आ जाएँगे।"

"हमारे पास अभी भी कुछ दिन हैं," मेरे पिताजी ने कहा। वे एक छोटे से, गठीले बदन के व्यक्ति थे, जो यदा-कदा ही उत्तेजित होते थे। यदि वे चिंतित थे तो वह उसे दरशाते नहीं थे। "मुझे व्यवसाय के कुछेक मसलों को समाप्त करना है और फिर हम चले जाएँगे।"

"हम कैसे जाएँगे, उन जहाजों पर तो हम लोगों के लिए कोई स्थान नहीं है?"

"बिल्कुल सही, परंतु हम कोई-न-कोई तरीका ढूँढ़ लेंगे लड़के, चिंता मत करो।"

मैं चिंता नहीं कर रहा था। मुझे अपने पिताजी के आत्मविश्वास पर पूरा भरोसा था कि वे हर मुश्किल से निकलने का रास्ता ढूँढ़ लेंगे। वे कहा करते थे, 'हर मुश्किल का हल कहीं-न-कहीं छुपा होता है और केवल जब तुम मेहनत करके उसे ढूँढ़ोगे, तब ही उसे पाओगे।'

सड़कों पर ब्रिटिश सैनिक थे, परंतु वे भी उसे अधिक सुरक्षित नहीं बना रहे थे। वे तो केवल इसलिए रुके थे कि कब सैन्यदल के जहाज आएँगे और उन्हें ले जाएँगे। ऐसा प्रतीत होता था, जैसे कोई भी जावा की रक्षा करने में दिलचस्पी नहीं रखता था; केवल वहाँ से जितनी जल्दी संभव हो, बाहर निकलने के लिए।

हालाँकि डच लोग जापानियों के लिए अप्रिय थे, व्यक्तिगत रूप से किसी भी यूरोपियन के प्रति उनके मन में कोई दुर्भावना नहीं थी। कभी-कभार भीड़वाले चीनी क्वार्टरों में छोटे बच्चे मेरी तरफ उँगली उठाकर चिल्लाते थे, 'ओरांग बलंदी!' (डचमैन!) परंतु यह वे विनोद में कहते थे और मुझे यह भाषा इतनी अच्छी नहीं आती थी कि मैं रुककर उन्हें बताता कि अंग्रेज डच नहीं होते। उनके लिए तो सारे सफेद लोग एक थे और यह समझा जा सकता है।

मेरे पिताजी का दफ्तर एक व्यापारिक क्षेत्र में था, नहर के किनारे। हमारा दो मंजिला मकान, करीब एक मील दूर एक पुरानी इमारत थी। किसी की छत लाल रंग की टाइल्स से बनी थी और उसकी चौड़ी बालकनी के दोनों किनारों पर पत्थर

के ड्रैगन बने हुए थे। प्राय: सारा साल हमारे बगीचे में फूल हुआ करते थे। यदि बताविया में बमबारी के अलावा कुछ और नियमबद्ध तरीके से होता था तो वह थी बारिश, जो छत पर और केले के पत्तों पर शब्द करती प्राय: हर दोपहर को गिरती थी। जावा के गरम और भापवाले वातावरण में बारिश का हमेशा स्वागत होता था।

बताविया में कोई विमानभेदी बंदूकें नहीं थीं—कम-से-कम हमने तो कोई नहीं सुनी और जापानी बमवर्षक अपनी इच्छा से आते थे, दिन की रोशनी में बम गिराने के लिए। कभी-कभी बम शहर पर गिर जाते थे। एक दिन मेरे पिताजी के दफ्तर के पासवाली इमारत पर सीधा-सीधा आक्रमण हुआ और वह लुढ़कता हुआ नदी में जा गिरा। दफ्तर के कई कार्यकर्ता मारे गए।

स्कूल बंद हो गए और सोनो और मेरे पास सारा दिन करने के लिए कुछ नहीं था, सिवाय इसके कि हम घर के अंदर बैठते, डार्ट और कैरम बोर्ड खेलते, गलीचे पर कुश्ती लड़ते या ग्रामोफोन बजाते। हमारे पास ग्रेसी फील्ड्स, हैरी लोडर और आर्थर आस्केय, जो 1940 के दशक के लोकप्रिय कलाकार थे, के रिकॉर्ड थे। आर्थर आस्केय का एक रिकॉर्ड अडोल्फ हिटलर का मजाक उड़ाता था। उसके शब्द थे, 'अडोल्फ, हम तुम्हारे धुले कपड़ों को सीग्फ्रीड लाइन पर टाँग देंगे, यदि सीग्फ्रीड लाइन तब भी रही!' यह सुनकर कि ब्रिटेन में लोगों को पूरा विश्वास था कि वे युद्ध जीत जाएँगे, हमारा मनोबल बढ़ जाता था!

एक दिन सोनो ने कहा, "बताविया पर बम गिर रहे हैं, देहात में नहीं। हम लोग साइकिल लाकर शहर के बाहर क्यों नहीं चले जाते?"

मैं इस विचार से उसी क्षण सहमत हो गया। सवेरे 'सब ठीक है' की घोषणा के बाद हम अपनी साइकिलों पर चढ़े और शहर के बाहर चल दिए। मेरी किराए की साइकिल थी, लेकिन सोनो की उसकी खुद की थी। यह उसके पास पाँच साल की उम्र से थी और उसमें हमेशा ही मरम्मत की आवश्यकता रहती थी। "इसकी आत्मा निकल चुकी है," वह कहा करता था।

हमारे पिता काम पर थे, सोनो की माँ बाजार से सामान खरीदने बाहर गई हुई थीं, हवाई हमलों के समय यह उम्मीद थी कि हम दोपहर के भोजन से पहले लौट आएँगे।

जल्दी ही हम शहर के बाहर थे, एक ऐसी सड़क पर, जो खेतों के, अनन्नास के बागानों और सिंचोना के बगीचों के बीच में से गुजरती थी। हम लोगों के दाहिनी ओर पर गाढ़े हरे रंग की पहाड़ियाँ थीं; हमारे बाईं ओर नारियल के पेड़ और उसके आगे समुद्र। पुरुष और महिलाएँ चावल के खेतों में घुटनों तक मिट्टी में डूबे काम

कर रहे थे, उनकी चौड़े किनारेवाली टोपियाँ उन्हें तेज धूप से बचाती रही थीं। इधर-उधर एक-आधी भैंस, भूरे पानी में लोट रही थी, जबकि कोई नंगा लड़का, उस पशु की पीठ पर लेटा होता था।

हम लोगों ने खजूर के पेड़ों के बीच का ऊबड़-खाबड़ रास्ता लिया। वे समुद्र के किनारे तक चले जा रहे थे। अपनी साइकिलों को कंकड़ों पर छोड़कर, हम एक चिकने, रेतीले बीच पर भागते हुए, सतही पानी में चले गए।

"बहुत दूर तक मत जाना," सोनो ने चेतावनी दी। "यहाँ हांगर (शार्क) हो सकती है।"

टीलों के बीच में से गुजरते हुए हम दिलचस्प कौड़ियों को ढूँढ़ने लगे, फिर एक बड़े से पत्थर पर बैठ गए और समुद्र की ओर देखने लगे, जहाँ एक जहाज लहरदार, नीले पानी में शांति से चला जा रहा था। इस बात की कल्पना करना कि आधी दुनिया युद्ध में थी और यह कि बताविया, जो दो या तीन मील दूर था, उसके बीचोबीच था।

घर जाने के रास्ते में, हमने तय किया कि हम धान के खेतों के बीच से छोटा रास्ता लेकर जाएँगे, परंतु हमने देखा कि हमारी साइकिलों के पहिए नरम मिट्टी में धँस रहे थे। इससे हमें लौटने में देर हो गई और उसके ऊपर से, हम सड़कों के बीच में अंतर नहीं कर पाए और शहर के एक ऐसे हिस्से में पहुँच गए, जो अपरिचित लग रहा था। हम अभी बाहर घुसे ही थे, जब सायरन बज उठा और उसके कुछ ही क्षणों बाद अभिगम करते हवाई जहाजों की भिनभिनाहट।

"क्या हम अपनी साइकिलों से उतरकर कहीं आश्रय लें?" मैंने पुकारकर पूछा।

"नहीं, चलो, हम घर तक रेस करते हैं!" सोनो चिल्लाया, "बम यहाँ नहीं गिरेंगे।"

परंतु वह गलत था। हवाई जहाज बहुत नीचे से उड़ गए। कुछ क्षणों के लिए ऊपर देखकर, मैंने सूरज को एक जापानी लड़ाकू बॉम्बर के अशुभ आकार द्वारा ढक जाते देखा। हम लोगों ने तेजी से पैडल मारना शुरू किया, परंतु हम अभी केवल पचास गज ही गए थे कि हमारे दाहिनी तरफ, कुछ घरों के पीछे जोर से धमाका हुआ। धक्के के कारण हम सड़क के दूसरी ओर चक्कर खाते पहुँच गए। हम साइकिल से दूर जाकर गिरे और साइकिलें, अभी भी धक्का लगने से घूम रही थीं। वे जाकर दीवार से टकरा गईं।

मुझे अपने हाथों और पैरों में एक जलन का एहसास हुआ जैसे कि कई सारे

छोटे-छोटे कीड़ों ने मुझे काट लिया हो। मेरी चमड़ी पर इधर-उधर छोटी-छोटी खून की बूँदें नजर आईं। सोनो घुटनों के बल मेरे पास आ रहा था और मैंने देखा कि उसके हाथों और माथे पर भी उसी प्रकार की खरोंचे थीं, जो उड़ते काँच के छोटे टुकड़ों से होती हैं।

हम जल्दी ही उठ खड़े हुए और फिर अपने घर की सामान्य दिशा में दौड़ने लगे। मुड़ी-तुड़ी हमारी साइकिलें सड़क पर पड़ी थीं।

"तुम दोनों सड़क से दूर रहो!" एक खिड़की से कोई चिल्लाया, परंतु हम तो तब तक रुकनेवाले नहीं थे, जब तक घर न पहुँच जाएँ और हम जिंदगी में जितना तेज दौड़े थे, उससे कहीं ज्यादा तेज दौड़े।

मेरे पिताजी और सोनो की माँ और पिताजी, स्वयं भी हमें पुकारते हुए इधर-उधर दौड़ रहे थे, जब हम तेजी से कोना काटकर आए और उनकी बाँहों में गिर पड़े।

"तुम लोग कहाँ थे?"

"तुम्हें क्या हुआ?"

"तुम्हारे बदन पर ये खरोंच के निशान कैसे आए?"

सब फालतू सवाल, परंतु इससे पहले कि हम अपनी साँसें ठीक से ले पाते और उन्हें समझाना शुरू करते, हमें अपने-अपने घरों में भेज दिया गया। मेरे पिताजी ने मेरी खरोंचों को धोया, मेरे चेहरे और पैरों पर डिटोल लगाई, बिना मेरी चिल्लाहट की फिक्र करे और फिर मेरे पूरे चेहरे पर प्लास्टर चिपका दिया।

सोनो और मैं डर गए थे, इसलिए हमने फिर कभी घर से दूर जाने की नहीं सोची।

उस रात, मेरे पिताजी ने कहा, "मुझे लगता है, हम लोग एक या दो दिन में जा सकेंगे।"

"क्या एक और जहाज आ गया है?"

"नहीं।"

"तो फिर हम कैसे जा रहे हैं, हवाई जहाज से?"

"रुककर देखो, लड़के! अभी तक निश्चित नहीं है, परंतु हम अपने साथ ज्यादा कुछ नहीं ले जा सकेंगे, केवल उतना, जो एक-आधे बैग में ले जा सकें।"

"हमारे डाक टिकटों का क्या होगा?" मैंने पूछा।

मेरे पिताजी का डाक टिकटों का संग्रह काफी मूल्यवान था और कई ग्रंथों में था।

"मुझे दु:ख है, उसमें से अधिकांश को हमें पीछे छोड़ जाना पड़ेगा," उन्होंने कहा।

"हो सकता है, श्रीहांर्तोनो उसे मेरे लिए रख लें और जब युद्ध समाप्त हो, अगर समाप्त होता है तो—हम उसके लिए वापस आएँगे।"

"परंतु हम अपने साथ एक या दो एलबम तो ले जा सकेंगे, है न?"

"मैं अपने साथ एक या दो तो ले जाऊँगा। एक के लिए तो जगह होगी। फिर, अगर हमारे पास बंबई में पैसे की कमी होगी तो हम टिकट बेच सकेंगे।"

"बंबई? वह तो इंडिया में है। मैंने तो सोचा, हम वापस इंग्लैंड जा रहे हैं।"

"पहले हमें इंडिया जाना होगा।"

अगले दिन सवेरे मुझे सोनो बगीचे में मिला। उसके भी पट्टियाँ बँधी हुई थीं। उसका तो एक पैर भी पट्टियों में लिपटा हुआ था, लेकिन था हमेशा की तरह हँसमुख और मुझे देखकर अपनी सामान्य हँसी हँसा।

"हम कल जा रहे हैं," मैंने कहा।

उसके चेहरे से हँसी उड़ गई।

"मैं दु:खी होऊँगा, जब तुम चले जाओगे," उसने कहा, "लेकिन साथ ही मैं खुश भी होऊँगा, क्योंकि तुम जापानियों से बचकर पलायन कर सकोगे।"

"युद्ध के बाद मैं वापस आऊँगा।"

"हाँ, तुम्हें वापस आना चाहिए और फिर, जब हम बड़े हो जाएँगे, हम दुनिया में चारों ओर एक साथ घूमेंगे। मैं इंग्लैंड, अमेरिका, अफ्रीका, भारत और जापान, सब देखना चाहता हूँ। मैं सब जगह जाना चाहता हूँ।"

"हम सब जगह नहीं जा सकते।"

"हाँ, जा सकते हैं। हमें कोई नहीं रोक सकता!"

अगले दिन सवेरे हमें बहुत जल्दी उठना पड़ा। हमारे सामान को देर रात को बाँध दिया गया था। हम थोड़े-बहुत कपड़े, मेरे पिताजी के कुछ एक व्यवसाय के कागज, द्विनेत्री दूरबीन, एक टिकट की एलबम और कई चॉकलेट। मुझे स्टांप एलबम और चॉकलेट की बहुत खुशी थी, परंतु मुझे अपना बहुत सा खजाना छोड़ना पड़ा—मेरी मनपसंद पुस्तकें, ग्रामोफोन और रिकॉर्ड, एक पुरानी सामुराई तलवार, एक ट्रेन का सेट और एक डार्ट बोर्ड। सांत्वना केवल एक थी कि सोनो; और कोई आगंतुक नहीं था, को वह सब मिल जाएगा।

भोर की पहली किरण के साथ, घर के सामने एक ट्रक आकर खड़ा हुआ।

उसके चालक एक डच व्यवसायी श्री हुकिंस थे, जो मेरे पिताजी के साथ काम करते थे। सोनो, पहले से ही गेट पर था, मुझसे अलविदा कहने के लिए।

"मैं तुम्हारे लिए एक उपहार लाया हूँ," उसने कहा।

उसने मेरा हाथ पकड़ा और एक नरम, सख्त चीज मेरी हथेली पर रख दी। मैंने उसे जोर से पकड़ लिया और रोशनी में उठाकर देखा। वह एक बहुत सुंदर छोटा सा समुद्री अश्वामीन था, जो फीके, नीले संगयशब् का बना था।

"यह तुम्हारे लिए सौभाग्य लाएगा," सोनो ने कहा।

"धन्यवाद," मैंने कहा, "मैं इसे हमेशा अपने पास रखूँगा।"

और मैंने वह छोटा समुद्री अश्वामीन अपनी जेब में डाल लिया।

"अंदर चलो लड़के," मेरे पिताजी ने कहा और मैं उनके और श्री हुकेंस के बीच में सामनेवाली सीट पर बैठ गया।

जैसे ही ट्रक चलना शुरू हुआ, मैं सोनो की ओर हाथ हिलाने के लिए घूमा। वह अपने बागान की दीवार पर बैठा, मेरी ओर मुसकरा रहा था। उसने पुकारा, "हम लोग सब जगह जाएँगे और कोई भी हमें नहीं रोक पाएगा!"

वह अभी हाथ हिला ही रहा था, जब सड़क के अंत में ट्रक ने एक मोड़ लिया और हमें ले गया।

हम बताविया की स्थिर और शांत सड़कों से गुजर रहे थे। यदा-कदा हम किसी जले हुए ट्रक अथवा उजड़े घर के पास से गुजरते थे। फिर हम उस सोते शहर को पीछे छोड़ते हुए, जंगल से भरपूर पहाड़ियों पर चढ़ने लगे। रात को बारिश हुई थी और जब हरे-भरे पहाड़ों पर सूरज की किरणें पड़तीं, तो वे चौड़े, गीले पत्तों पर टिमटिमाती और चमकती थीं। जंगल की रोशनी गाढ़े हरे से बदलकर सुनहरी हरी हो गई थी; कहीं-कहीं आग जैसे लाल, अथवा नारंगी ट्रंपेट के आकार के फूल दिखाई देते थे। उन सब स्वप्नावत् फूलों के नाम जानना असंभव था! रास्ता, घने ट्रॉपिकल जंगलों के बीच में से काटकर बनाया गया था और सड़क के दोनों ओर, पेड़ एक-दूसरे को धकेल रहे थे, क्योंकि वे सूरज के लिए तरस रहे थे; परंतु वह लिआना लताओं से बँधे हुए थे, जो उन संघर्ष करते पेड़ों से भोजन प्राप्त करती थीं।

कभी-कभार कोई जेलारंग, एक बड़ी जावा गिलहरी, त्रुच के गुजरने से डरकर, पेड़ों के बीच से कूदकर जंगल की गहराइयों में खो जाती थी। हमने कई पक्षी देखे—मोर, जंगली पक्षी और एक बार, सड़क के किनारे शाही मिजाज में खड़ा एक कबूतर, जिसका विशाल विस्तार और अति सुंदर कलगी दूर से भी आकर्षित

कर रही थी। श्री हुकेंस ने गाड़ी धीमी कर दी, जिससे कि हम उस चिड़िया को देख सकें। उसने अपना सिर झुकाया, जिस कारण उसकी कलगी जमीन को झाड़ने लगी; फिर उसने एक नीची खाली आवाज दी, पेरू (टर्की) की आवाज की बजाय।

जब हम एक छोटी सी साफ जगह पर पहुँचे, तो हम नाश्ते (ब्रेकफास्ट) के लिए रुके। खुले में, काली हरी और सुनहरी तितलियाँ इधर-उधर मँडरा रही थीं। जंगल की शांति केवल हवाई जहाजों के शोर से भंग हो रही थी। जापानी जीरो, एक और घात के लिए बताविया की ओर उड़ते हुए। मेरा खयाल सोनो की तरफ गया और मैं सोचने लगा कि पता नहीं वह क्या कर रहा होगा; शायद ग्रामोफोन बजाने की कोशिश कर रहा हो!

हम लोगों ने अंडे खाए और थरमस से चाय पी, फिर ट्रक में वापस बैठ गए और अपनी यात्रा फिर से शुरू की।

शायद मैं कुछ देर बाद ही सो गया होऊँगा, क्योंकि जो अगली चीज मुझे याद है, वह थी कि हम बड़ी तेजी से एक गहरी घुमावदार सड़क से नीचे जा रहे थे और दूर, मैं एक नीला समुद्रताल (लैगून) देख सकता था।

"हम एक बार फिर समुद्र में पहुँच गए हैं," मैंने कहा।

"बिल्कुल सही," मेरे पिताजी ने कहा, "लेकिन अब, हम बताविया से करीब सौ मील दूर हैं, इस द्वीप के दूसरी ओर। तुम सुंडा स्ट्रेट्स के ऊपर से देख रहे हो।"

फिर उन्होंने लैगून के पानी पर पड़ी एक चमकती सफेद चीज की ओर उँगली उठाई।

"वह है हमारा जहाज," उन्होंने कहा।

"एक समुद्री जहाज!" मैं अचरज से चिल्ला उठा। "मैंने ऐसा कभी नहीं सोचा था। यह हमको कहाँ ले जाएगा?"

"बंबई, मैं आशा करता हूँ। बहुत और अधिक जगहें तो जाने के लिए अब बाकी नहीं हैं!"

यह एक बहुत पुराना समुद्री जहाज था और कोई भी, यहाँ तक कि कप्तान भी, पायलट को 'कप्तान' कहा जाता था, कसम खाकर यह नहीं कह सकता था कि जहाज उड़ेगा। श्री हुकेंज हमारे साथ नहीं जा रहे थे; उन्होंने कहा कि वह जहाज उनके लिए अगले दिन लौटकर आएगा। मेरे पिताजी और मेरे अलावा चार और यात्री थे और एक को छोड़कर बाकी सब डच थे। जो इकलौता आदमी था, वह लंदन का रहनेवाला था, एक मोटर मैकेनिक था, जो पीछे छूट गया था, जब उसकी यूनिट को

जावा से हटाया जा रहा था। (बाद में उसने हमें बताया कि वह चीनी क्वार्टर के एक बार में सो गया था और अपनी रेजीमेंट के चले जाने के बाद ही उठा था!) उसकी हालत बहुत उड़ी हुई थी। उसकी कमीज का सबसे ऊपर का बटन खो गया था, परंतु अपने कॉलर को खुला छोड़ने की बजाय, उसने एक बड़ी सी सेफ्टी पिन से जोड़ रखा था, जो एक चमकीली गुलाबी टाई के पीछे से धक्का देकर नजर आ रही थी।

"तुम्हें यहाँ पाकर मुझे बहुत शांति मिल रही है, गवर्नर," उसने कहा, मेरे पिताजी से हाथ मिलाते हुए। "मैं समझ गया था कि आप यॉर्कशायर के रहनेवाले हैं, जिस मिनट मैंने आप पर नजर डाली थी। यह सोंग-फ्राइड का ही कमाल है, अगर आप समझ सकते हैं कि मैं क्या कहना चाहता हूँ। (उनका मतलब था सोंग-फ्राइड, जो खाना बनाने की विधि की पुस्तक को फ्रेंच भाषा में कहते हैं) और यहाँ मैं था, इन सब उछलते विदेशियों के साथ और मैं, जो तनिक भी नहीं जानता था कि यह सब किस विषय में बातचीत कर रहे थे। क्या आप जानते हैं कि यह पुराना जहाज हमें वापस ब्लाईटी ले जाएगा?"

"यह थोड़ा-बहुत हिलता हुआ-सा तो प्रतीत होता है," मेरे पिताजी ने कहा, "देखने में तो यह शुरुआती उड़ती नावों में से एक लगता है। यदि यह हमें बंबई ले जाता है तो यह काफी दूर होगा।"

"जावा से कहीं भी बाहर, मेरे लिए काफी होगा," हमारे नए संगी ने कहा, "मेरा नाम है मगरिज।"

"आपसे मिलकर बहुत प्रसन्नता हुई, श्री मगरिज," मेरे पिताजी ने कहा। "मैं बॉण्ड हूँ। यह मेरा बेटा है।"

श्री मगरिज ने मेरे बालों को अस्त-व्यस्त किया और आँख झपकाकर मुझे खुश किया।

समुद्री जहाज का कप्तान हमें एक छोटी नाव में, जो एक छोटे से समुद्री रास्ते के उस पार ले जानेवाली थी, उनके साथ बुला रहा था।

"चलो, यह हम चले," श्री मगरिज ने कहा, "अपनी प्रार्थना कहिए और शुभ की आशा करते हुए उँगलियों को क्रॉस करके रखिए।"

समुद्री जहाज ने हवाएँ उड़ने के लिए काफी समय लिया। उसे उड़ने से पहले कई रन लेने पड़े थे। फिर शराबियों की तरह सामने झुकते हुए, वह साफ नीले आकाश में उड़ गया।

"एक क्षण के लिए मैंने सोचा कि हमारा अंत हो जाएगा और हम नमकीन

में गिर जाएँगे," श्री मगरिज ने अपनी सीट बेल्ट खोलते हुए कहा, "और मछलियों की बात करते, तो मैं तो एक प्लेट मछली और चिप्स और बीयर के एक प्वॉइंट के लिए अपनी एक हफ्ते की कमाई देने को राजी हूँ।"

"मैं तुम्हारे लिए बंबई में बीयर खरीद दूँगा," मेरे पिताजी ने कहा।

"एक अंडा खाइए," मैंने कहा, यह याद आते ही कि अभी भी किसी बैग में उबले अंडे रखे थे।

"धन्यवाद, मित्र," श्री मगरिज ने कहा, जल्दी से एक अंडा लेते हुए। "और एक असली अंडा भी! मैं तो पिछले छह महीनों से अंडे के पाउडर पर ही जी रहा था। आर्मी में वही देते हैं और मैं आपको बताता हूँ कि वह पाउडर भी मुरगी के अंडों से नहीं बनता। वह गल (सामुद्रिक चिड़िया) या कछुए का होता था!"

"नहीं," मेरे पिताजी ने कहा, सीधा मुँह रखकर कहा, "साँप के अंडे।"

श्री मगरिज का नाजुक हरा रंग हो गया; परंतु उन्होंने शीघ्र ही अपना संतुलन पुनः स्थापित कर लिया और अगले एक घंटे तक सूर्य के नीचे की हर वस्तु के विषय में बोलते रहे, जिसमें चर्चिल, हिटलर, रूजवेल्ट, महात्मा गांधी और बेट्टी ग्रेबल भी शामिल थे। (अंत में जिनका नाम दिया गया है, वह अपनी सुंदर टाँगों के लिए विख्यात थीं।) अगर उन्हें मौका दिया जाता, तो शायद वह बंबई तक बोलते रहते; परंतु अकस्मात् हवाई जहाज में एक सिहरन-सी दौड़ गई और वह एक बार फिर झटके खाने लगा।

"मुझे लगता है, इसका इंजन परेशान कर रहा है," मेरे पिताजी ने कहा।

जब मैंने छोटी सी काँच की खिड़की से देखा, तो ऐसा प्रतीत हुआ, जैसे समुद्र, हमसे मिलने के लिए हमारी ओर तेजी से आ रहा था।

सह-चालक यात्री कक्ष में आया और उसने डच भाषा में कुछ कहा। यात्री अचंभित लगने लगे और एकदम से अपनी बेल्टें बाँधने लगे।

"इस अभिशापी ने क्या कहा?" श्री मगरिज ने पूछा।

"मुझे लगता है कि उसे जहाज को खाई में उतारना पड़ेगा," मेरे पिताजी ने कहा, जिन्हें इतनी डच भाषा तो आती ही थी कि जो कहा जाता था, उसका सारांश तो वे समझ ही लेते थे।

"शराब में डूबे!" श्री मगरिज ने चिल्लाकर कहा। "परमात्मा हमारी सहायता करें! और हम बंबई से कितनी दूर हैं?"

"कुछ सौ मील," मेरे पिताजी ने कहा।

"बंधु, क्या तुम तैरना जानते हो?" श्री मगरिज ने मेरी ओर देखते हुए पूछा।

"हाँ," मैंने कहा, "परंतु बंबई तक पूरे रास्ते नहीं। आप कितनी दूर तक तैर सकते हैं?"

"एक नहानेवाले टब की लंबाई तक," उन्होंने कहा।

"चिंता मत करिए," मेरे पिताजी ने कहा, "सिर्फ यह निश्चित कर लीजिएगा कि आपकी लाइफ जैकेट ठीक से बँधी हो।"

हमने अपनी-अपनी लाइफ जैकेट की ओर देखा; मेरे पिताजी ने मेरी जैकेट का दो बार निरीक्षण किया, यह निश्चित करने के लिए कि वह ठीक से बँधी थी।

जहाज चालाक ने अब दोनों इंजनों को काट दिया था और जहाज को गोलाकार रास्ते से नीचे ला रहा था, परंतु वह उसकी रफ्तार पर नियंत्रण नहीं रख पा रहा था और वह एक ओर झुककर चल रहा था। अपने पेट पर निर्विघ्न तरीके से न उतरकर वह अपने एक पंख पर नीचे आया, जिसके कारण जहाज तरंगित समुद्र में हिंसात्मक तरीके से घूम रहा था। एक विशाल धक्का लगा, जब जहाज पानी से टकराया और सीट बेल्ट थी, नहीं तो हम अपनी सीट से दूर जा गिरते। फिर भी श्री मगरिज का सिर सामने की सीट के साथ जा टकराया और अब वे दहला देनेवाली भाषा का प्रयोग करते अपनी नाक से बहते खून को सँभाल रहे थे।

जैसे ही जहाज स्थिर हुआ, मेरे पिताजी ने मेरी सीट बेल्ट खोली। गँवाने के लिए समय नहीं था। जहाज में अभी से ही पानी भरने लगा था और सारे यात्री, सिवाय एक के, जिसकी गरदन की हड्डी टूट जाने के कारण मृत्यु हो चुकी थी, बाह्य द्वार की ओर झपट रहे थे। सह-चालक ने एक लीवर दबाया और दरवाजा खुल गया और दुर्घटनाग्रस्त जहाज के किनारों से टकराती ऊँची लहरें नजर आईं।

मुझे हाथों से पकड़े, मेरे पिताजी मुझे बाहर जाने के द्वार तक ले जा रहे थे।

"जल्दी चलो, लड़के," उन्होंने कहा, "हम लोग बहुत देर तक ऊपर नहीं रहेंगे।"

"हमें भी मदद करो!" श्री मगरिज चिल्लाए, अपनी लाइफ जैकेट से संघर्ष करते हुए, "पहले यह नाक से बहता खून और अब पता नहीं क्या फँस गया है।"

मेरे पिताजी ने उनकी लाइफ जैकेट ठीक करने में मदद की और फिर उन्हें अपने आगे बाह्य द्वार से बाहर धकेल दिया।

जैसे हम समुद्री जहाज से तैरकर जा रहे थे (श्री मगरिज हमारे साथ-साथ, उग्र तरह से छपछपाते हुए), हम बाकी यात्रियों से भी अनभिज्ञ नहीं थे, जो पानी

में थे। उनमें से एक ने डच भाषा में चिल्लाकर, हमसे उसके पीछे जाने को कहा।

हम उसके पीछे तैरते हुए एक डोंगी में चले गए, जो उसी समय छोड़ दी गई थी, जब हम पानी से टकराए थे। वह पीली डोंगी, जो लहरों पर झटके खा रही थी, हमें उतनी ही प्रिय लगी, जितनी कि जमीन।

जितने लोग जहाज छोड़कर आए थे, वे सब डोंगी में चढ़ने में समर्थ हो गए। हम कुल मिलाकर सात लोग थे—बिल्कुल ठूँसकर भरे थे। हम अभी ठीक से बैठे ही थे कि श्री मगरिज, अभी भी अपनी नाक पकड़े हुए चिल्लाए, "वह गई!" और जब हम असहाय भाव से देख रहे थे, समुद्री जहाज जल्दी और शांति से लहरों के नीचे डूब गया।

डोंगी में बहुत अधिक पानी भर गया था और जल्दी ही सब लोग मग से (डोंगी में दो-चार थे), टोपियों से और अपने हाथों से ही पानी बाहर फेंकने में व्यस्त हो गए। एक हलकी सी सूजन आ गई थी और थोड़ी-थोड़ी देर में पानी फिर अंदर आ जाता था और डोंगी को फिर भर देता था, लेकिन आधे घंटे के अंदर अधिकांश पानी बाहर फेंक दिया गया था और फिर जब तक दो व्यक्ति पानी बाहर फेंकते, बाकी लोग विश्राम कर सकते थे। कोई भी मुझसे यह आशा नहीं करता था कि मैं यह काम करूँगा, लेकिन फिर भी मैंने सहायता की, अपने पिताजी की सोला टोपी का इस कार्य के लिए व्यवहार करके।

"हम कहाँ हैं?" एक यात्री ने पूछा।

"कहीं से भी बहुत दूर," दूसरे ने कहा।

"इंडियन ओशियन में थोड़े बहुत द्वीप तो होंगे ही।"

"परंतु हो सकता है, हम समुद्र में कई दिन और रहें, किसी द्वीप में पहुँचने के पहले।"

"दिन या हो सकता है, कई हफ्ते भी," कप्तान ने कहा। "चलो, हम अपनी आपूर्ति का सामान देख लेते हैं।"

ऐसा प्रतीत हुआ जैसे डोंगी में काफी अच्छी मात्रा में आपातकालीन राशन था—बिस्कुट, किशमिश, चॉकलेट (हमारी अपनी तो खो ही गई थीं) और एक हफ्ते चलने के लिए पर्याप्त मात्रा में पानी, साथ ही एक फर्स्ट एड बॉक्स भी था, जिसका उसी क्षण व्यवहार आरंभ हो गया था, क्योंकि श्री मगरिज की नाक की चिकित्सा की आवश्यकता थी। कुछ और के भी कट गया था। एक यात्री को तो सिर पर इतनी जोर से लगी थी कि उनको देखकर लगता था कि उनकी याददाश्त

चली गई है। उन्हें यह नहीं पता था कि हम कैसे इंडियन ओशन के बीच में इधर-उधर भटक रहे थे; उन्हें विश्वास था कि हम मनोरंजन के लिए क्रूज पर निकले थे, बटाविया से कुछ मील बाहर।

डोंगी की अपरिचित गति, जैसे वह लहरों के बीच में ड्रोन में ऊपर-नीचे हो रही थी, के कारण सब लोगों को जहाजी मतली हो रही थी, क्योंकि कोई खा ही नहीं पा रहा था, एक दिन का राशन बच गया।

सूरज बहुत तेज था, परंतु मेरे पिताजी ने एक बड़े बूँदी के डिजाइनवाले रूमाल से मेरा सिर ढक दिया था। उन्हें हमेशा से बंडाना रूमाल अच्छे लगते थे, जिनमें पीली चित्तियाँ थीं और स्वयं कभी भी दो से कम लेकर नहीं चलते थे; अत: उनके पास अपने लिए भी एक था। सोला टोपी, जो समुद्र के पानी में अच्छी तरह भीग चुकी थी, का श्री मगरिज इस्तेमाल कर रहे थे।

अपनी समुद्री मतली से जब मैं थोड़ा-बहुत ठीक हुआ, तो मुझे अपने कीमती स्टांप एलबम के विषय में याद आया और उठकर बैठ गया और चिल्लाया, "स्टांप! पिताजी, क्या आप स्टांप एलबम लाए हैं?"

उन्होंने दयनीय अवस्था से सिर हिलाया। "अब तक तो वह समुद्र के नीचे पहुँच गई होगी," उन्होंने कहा। "पर चिंता मत करो; मैंने कुछेक दुर्लभ स्टांप अपने पर्स में रख लिये थे;" और अपने आप से खुश होकर, उन्होंने अपनी बुशर्ट की जेब को थपथपाया।

डोंगी सारे दिन इधर-से-उधर भटकती रही और किसी को कोई अनुमान नहीं था कि वह हमें कहाँ ले जा रही थी।

"शायद गोल-गोल जा रही है," श्री मगरिज ने कहा, उदासीन भाव से।

कोई कंपास या पाल तो था नहीं और पेड्लिंग से हम बहुत दूर नहीं जा सकते थे, इसलिए हमें अपने आप को लहरों की इच्छा पर छोड़ देना पड़ा और उम्मीद लगाए रखी कि वह हमें किनारे तक ले ही जाएगी या फिर ऐसे जहाज के पास तक ले जाएगी, जहाँ कोई हमारी पुकार सुन सके।

सूरज एक सड़ते हुए टमाटर की भाँति समुद्र के पानी में मिल गया। अँधेरा हमें दबा रहा था। अमावस्या की रात थी और केवल वह एक चीज, जो हमें नजर आ रही थी, वह थी लहरों के ऊपर सफेद झाग। मैं अपने पिताजी के कंधे पर सिर रखकर सो गया और ऊपर तारों को देखता रहा, जो दूर आसमान में चमक रहे थे।

"शायद तुम्हारा मित्र, सोनो, आज रात को ऊपर आकाश को देखेगा और

जिन तारों को तुम देख रहे हो, उन्हें वह भी देखेगा," मेरे पिताजी ने कहा, "दुनिया आखिर इतनी बड़ी भी नहीं है।"

"बहरहाल, हमारे चारों ओर काफी समुद्र है," श्री मगरिज ने कहा, अंधकार के बीच में से।

सोनो को याद करके मैंने अपना हाथ अपनी जेब में डाला और मुझे यह देखकर बहुत ढाढ़स मिला कि वह जेड का अश्वामीन वहाँ था।

"मेरे पास अभी भी सोनो का अश्वामीन है," अपने पिताजी को वह दिखाते हुए मैंने कहा।

"इसे सँभालकर रखना," उन्होंने कहा, "हो सकता है, यह हमारे लिए सौभाग्यशाली हो।"

"क्या अश्वामीन भाग्यशाली होते हैं?"

"कौन जाने? परंतु उसने तुम्हें यह प्यार से दिया था और प्यार प्रार्थना के समान होता है। इसलिए इसे सँभालकर रखो।"

उस रात मैं अधिक नहीं सोया। मुझे नहीं लगता, कोई भी सोया था; न ही किसी ने अधिक बातें कीं, सिवाय श्री मगरिज के, जो ठंडी बीयर और सलामी के विषय में कुछ कुछ बड़बड़ाते रहे।

अगले दिन मुझे इतना खराब नहीं लग रहा था। दस बजे तक मुझे काफी भूख लगने लगी थी; परंतु नाश्ते का मतलब था दो बिस्कुट, चॉकलेट का एक टुकड़ा और थोड़ा पीने का पानी। एक और गरम दिन और हमें फिर से प्यास लगने लगी, परंतु सबने यह बात स्वीकार कर ली कि हमें सख्ती से अपने आप को राशन करना पड़ेगा।

दो-तीन लोगों को अब भी बीमार-सा लग रहा था, परंतु बाकी सब, जिसमें श्री मगरिज भी शामिल थे, की भूख और सामान्य भाव वापस लौट आए थे और इस संभावना कि उन्हें उठा लिया जाएगा, पर बातचीत होने लगी।

"क्या डोंगी में कोई व्यथित रॉकेट हैं?" मेरे पिताजी ने पूछा, "अगर हम कोई समुद्री जहाज या हवाई जहाज देखते हैं, तो हम एक रॉकेट छोड़ सकते हैं, इस उम्मीद में कि हमें देख लिया जाएगा। अन्यथा ऐसा होना मुश्किल है कि हमें दूर से देखा जा सके।"

डोंगी का भलीभाँति निरीक्षण हुआ, परंतु कहीं भी कोई रॉकेट न मिला।

"हो सकता है, पिछले गे फॉक्स डे पर उनका व्यवहार कर लिया गया हो," श्री मगरिज ने कहा।

"हॉलैंड में गे फॉक्स डे नहीं मनाते हैं," मेरे पिताजी ने कहा, "गे फॉक्स अंग्रेज था।"

"अच्छा," श्री मगरिज ने कहा। उन्हें कोई मुश्किल नहीं लगी, मानने में। "मैंने हमेशा कहा है कि अधिकांशत: बड़े आदमी अंग्रेज होते हैं और इस मनुष्य, गे फॉक्स ने क्या किया था?"

"पार्लियामेंट (संसद्) को उड़ा देने की कोशिश की थी," मेरे पिताजी ने कहा।

उस दोपहर हमने अपनी पहली शार्क देखी। वे विशाल जीव थीं और जब वे हमारी नाव के नीचे पीछे और सामने जा रही थीं तो ऐसा लग रहा था, जैसे वे हमसे टकरा जाएँगी और हमारी नाव उलट जाएगी। कुछ देर के लिए वे चली गईं, परंतु शाम को फिर लौट आईं।

रात को, जब मैं आधी नींद में अपने पिताजी के पास सो रहा था, मुझे ऐसा प्रतीत हुआ, जैसे मेरे मुँह पर दो-चार पानी की बूँदें पड़ीं। पहले मैंने सोचा, यह समुद्र से उड़ता पानी आया है; परंतु जब यह पानी की बौछारें गिरती रहीं, तब मैंने जाना कि हलकी-हलकी बरसात हो रही थी।

"बारिश!" मैं चिल्लाया, उठकर बैठकर, "बारिश हो रही है!"

सब लोग जग गए और हर एक व्यक्ति, अपनी समझ में पूरी कोशिश करने लगा कि वाग मूगों में, हैट में और अन्य बरतनों में, पानी जमा कर लें। श्री मगरिज अपना मुँह खुला करके लेट गए, बारिश को पीते हुए।

"यह ठीक है," उन्होंने कहा। "आप दुनिया का सारा सूरज और रेत ले सकते हैं। मुझे इंग्लैंड में एक बारिश का दिन दे दो!"

परंतु भोर के समय, बादल उड़ चुके थे और वह दिन बाकी दिनों से और भी गरम सिद्ध हुआ। शीघ्र ही हम धूप से तपकर लाल हो चुके थे। दोपहर तक, श्री मगरिज भी चुप हो गए थे। किसी में बात करने की शक्ति नहीं थी।

फिर मेरे पिताजी ने फुसफुसाकर कहा, "क्या तुम्हें हवाई जहाज की आवाज आ रही है, लड़के?"

मैंने ध्यान से सुना और लहरों की फुंकार के ऊपर मुझे एक हवाई जहाज का स्वर सुनाई दिया; हो सकता है वह बहुत दूर था, क्योंकि हम उसे देख नहीं पा रहे थे। शायद वह सूरज की दिशा में उड़ रहा था और उसकी चकाचौंध हमारी थकी आँखों के लिए बहुत तेज थी; या फिर हो सकता है, वह आवाज केवल हमारी कल्पना हो।

फिर, वह डच व्यक्ति, जिसने अपनी याददाश्त खो दी थी, को लगा कि उसे

जमीन दिखाई दी और वह केवल क्षितिज की ओर उँगली उठाकर कहता रहा, "वह बताविया है, मैंने कहा था कि हम किनारे के पास हैं!" किसी और को कुछ और दिखाई नहीं दिया। तो केवल मेरे पिताजी और मैं ही नहीं थे, जो कल्पना कर रहे थे।

मेरे पिताजी ने कहा, "इससे केवल यह सिद्ध होता है कि व्यक्ति वही देखता है, जो वह देखना चाहता है, चाहे देखने को कुछ भी न हो!"

शार्क अभी भी हमारे साथ थी। श्री मगरिज को उनसे आपत्ति होने लगी। उन्होंने अपना एक जूता उतारा और सबसे पासवाली शार्क की ओर फेंक दिया; परंतु उस बड़ी मछली ने उस जूते को अनदेखा कर दिया और हमारे पीछे-पीछे तैरती रही।

"अब, अगर आपका पैर उस जूते में होता श्री मगरिज, तो हो सकता है, शार्क उसे स्वीकार कर लेती," मेरे पिताजी ने कहा।

कप्तान ने कहा, "अपने जूते मत फेंकिए। हो सकता है, हम रेगिस्तानी जमीन पर पहुँच जाएँ और हमें कई सौ मील चलना पड़े!"

उस शाम हलकी सी ठंडी हवा चली और डींगीचोप्प्य पानी में तेज रफ्तार से चल पड़ी।

"आखिर हम सामने जा रहे हैं," कप्तान ने कहा।

"गोल-गोल जा रहे हैं," श्री मगरिज ने कहा।

परंतु हवा बहुत ताजगी भरी थी; हमारे जलते अंगों को ठंडक मिली और नींद में सहायक साबित हुई। आधी रात को, मैं भूख के कारण जग गया।

"तुम ठीक तो हो?" मेरे पिताजी ने पूछा, जो सारे वक्त जगे हुए थे।

"केवल भूखा था," मैंने कहा।

"और तुम क्या खाना चाहोगे?"

"संतरे!"

वह हँसा। "खान-पान में कोई संतरे नहीं, परंतु मैंने अपने हिस्से की एक चॉकलेट तुम्हारे लिए रख ली थी और थोड़ा पानी भी है, अगर तुम प्यासे हो तो।" मैंने बहुत देर तक चॉकलेट अपने मुँह में रखी; कोशिश करके कि वह अधिक समय चले। उसके बाद मैंने चुस्की ले-लेकर पानी पिया।

"क्या आपको भूख नहीं लगी?" मैंने पूछा।

"भुक्खड़ों के समान! मैं तो पूरी तुर्केऊ खा सकता हूँ। जब हम बंबई जाएँगे, या मद्रास या कोलंबो या जहाँ कहीं भी हम पहुँचेंगे, हम शहर के सबसे अच्छे रेस्तराँ में जाएँगे और ऐसे खाएँगे जैसे...जैसे...।"

"जैसे दुर्घटनाग्रस्त नाविक!" मैंने कहा।

"बिल्कुल सही।"

"क्या आपको लगता है कि हम कभी भी भूमि पर पहुँचेंगे, पिताजी?"

"मुझे पूरा विश्वास है कि हम पहुँचेंगे। तुम्हें डर तो नहीं लग रहा?"

"नहीं, जब तक आप मेरे साथ हैं, तब तक तो नहीं।"

अगले दिन सवेरे, सबकी खुशी में हमने समुद्री चिड़ियाँ देखीं। यह इस बात की पक्की निशानी थी कि धरती बहुत दूर नहीं हो सकती; परंतु एक डोंगी तीस से चालीस मील का रास्ता जाने के लिए कई दिन ले सकती है। चिड़ियाँ शोर करती इधर-उधर, डोंगी के ऊपर उड़ रही थीं। हवा, समुद्र और अपनी खुद की थकी आवाजों के अलावा, तीन दिनों और तीन रातों में पहली बार हम लोगों को कोई परिचित स्वर सुनाई दिया था।

शार्क खो गई थीं और यह भी एक प्रोत्साहन देनेवाली निशानी थी। उन्हें तैलीय चिकनाई, जो पानी में नजर आ रही थी, अच्छी नहीं लगती थी।

किंतु जल्द ही गुल्लों ने हमें छोड़ दिया और हमें यह डर लगने लगा कि हम जमीन से दूर होते जा रहे हैं।

"चक्कर," श्री मगरिज ने दोहराया, "चक्कर।"

हमारे पास समुद्र में एक सप्ताह के लिए पर्याप्त खाना और पानी था; परंतु कोई भी समुद्र में एक सप्ताह और बिताने के बारे में सोचना भी नहीं चाहता था।

सूर्य आग का गोला था। हमारे पानी का राशन हमारी प्यास मिटाने के लिए पर्याप्त नहीं था। दोपहर तक हम पर्याप्त उम्मीद और शक्ति के बिना थे।

मेरे पिताजी के मुँह में उनका पाइप था। उनके पास तंबाकू नहीं था, परंतु उन्हें दाँतों के बीच में पाइप पकड़ना अच्छा लगता था। उन्होंने कहा कि ऐसा करने से वे अपना मुँह का सूखना बचा सकते थे।

शार्क वापस आ गई।

श्री मगरिज ने अपना दूसरा जूता भी उतार दिया और उसे शार्क की ओर फेंका।

"एक भीगी अंग्रेजी गरमी जैसी कोई और चीज नहीं होती," वे बुदबुदाए।

मैं डोंगी के कुएँ में सो गया था और मेरे पिताजी का बड़ा रूमाल मेरे मुँह को ढके हुए था। उस पर बने पीले गोल, ऐसा लग रहा था जैसे बड़े होते घूमते सूरज हों।

जब मैं जगा, मैंने एक बड़ी सी छाया को अपने ऊपर लटकता हुआ पाया। पहले मैंने सोचा कि वह बादल है, परंतु वह छाया तो स्थानांतरण कर रही थी। मेरे

पिताजी ने मेरे ऊपर से वह रूमाल हटाया और कहा, "तुम अब उठ सकते हो, लड़के! अब हम जल्दी ही घर में होंगे और सूखे होंगे।"

मछली पकड़नेवाली एक नाव हमारे साथ-साथ थी और जो परछाईं थी, वह उसके चौड़े और फड़फड़ाते पाल की थी।

कई मुसकराते, कॉस्यवर्णी बातें करते मछुआरे, जिनका हमें बाद में पता चला कि वे बर्मी थे, अपनी नाव के बाड़े से हमारी ओर देख रहे थे। कुछ दिनों बाद, मैं और मेरे पिताजी बंबई में थे।

मेरे पिताजी ने अपने दुर्लभ स्टांपों की एलबम को हजार से कुछ ऊपर रुपयों में बेच दिया, जिसके कारण हम एक आरामदायक होटल में रह सकें। श्री मगरिज को हवाई जहाज से वापस इंग्लैंड भेज दिया गया। बाद में हमें उनसे एक पोस्टकार्ड आया था, जिसमें लिखा था कि अंग्रेजी बारिश बहुत खराब थी!

"और हमारे लिए?" मैंने पूछा। "क्या हम वापस इंग्लैंड नहीं जा रहे हैं?"

"अभी नहीं," मेरे पिताजी ने कहा, "जब तक युद्ध समाप्त नहीं होता, तुम शिमला के एक बोर्डिंग स्कूल में जाओगे।"

"परंतु मैं आपको क्यों छोड़ूँ?" मैंने पूछा।

"क्योंकि मैं RAF में भरती हो गया हूँ," उन्होंने कहा, "चिंता मत करो, मुझे दिल्ली भेजा जा रहा है। मैं बीच-बीच में तुमसे मिलने शिमला आ सकूँगा।"

एक हफ्ते बाद मैं एक छोटी सी ट्रेन में छुक-छुक करती शिमला के खड़े रास्ते पर था। कई भारतीय, एंग्लो-इंडियन और अंग्रेज बच्चे डिब्बे में इधर-उधर लुढ़क रहे थे।

उनके बीच में मुझे बहुत अटपटा लग रहा था, जैसे कि मैं उनकी शरारतों से बड़ा हो गया था, परंतु मैं नाखुश नहीं था। मैं जानता था कि मेरे पिताजी मुझसे मिलने शीघ्र ही आएँगे। उन्होंने मुझे कुछ पुस्तकें, एक जोड़ी रोलर स्केट और एक क्रिकेट बैट देने का वादा किया था, जैसे ही उन्हें अपनी पहली तनख्वाह मिलेगी।

तब तक मेरे पास जेड का अश्वामीन था, जो मुझे सोनो ने दिया था।

और वह मेरे पास आज तक है।

□

# 16

# पड़ोसी की पत्नी

नहीं (जब हम डिनर के तैयार होने का इंतजार कर रहे थे, अरुण ने कहा), मैं अपने पड़ोसी की पत्नी के प्रेम में नहीं पड़ा था। यह उस तरह की कहानी नहीं है।

ध्यान रहे, लीला बहुत ही आर्कषक महिला थी। वह बहुत सुंदर या खूबसूरत नहीं थी, लेकिन मनोहर अवश्य थी। उसका सोलह साल के लड़के की तरह मजबूत, गठा हुआ शरीर था, जिस पर आवश्यकता से अधिक चरबी बिल्कुल नहीं थी। वह सुबह और शाम नहाती, अपने शरीर पर ठीक से तेल लगाती, जिससे कि सर्दी की धूप में उसकी चमड़ी भूरे रंग के सोने के समान चमके। उसके होंठ प्रायः पान से रँगे रहते थे, लेकिन दाँत सही-सलामत थे। मैं उससे करीब पाँच वर्ष छोटा था और वह मुझे अपना छोटा भाई कहकर बुलाती थी। उसके पति चालीस वर्ष के थे, जबकि उसकी उम्र बत्तीस साल थी, पति कस्टम और एक्साइस विभाग में अधिकारी थे। उनका चरित्र एक बहिर्मुखी, शराबी-शबाबी व्यक्ति का था, जो कि अपना बहुत सा समय यात्रा पर बिताते। लीला यह अच्छी तरह से जानती थी कि पति के अकसर बाहर रहने से वे विश्वास-पात्र कतई नहीं रह गए थे। लेकिन वह अपने पति के प्रति खुद ही वफादारी में संतुष्ट थी और जीवन का सारा सुख अपने एक इकलौते पुत्र को पालने-पोसने में ही पाती थी। उसके पुत्र का नाम चंदू था।

मुझे उसकी परवाह बिल्कुल नहीं थी। वह बहुत बिगड़ा हुआ था। जब भी मैं काम कर रहा होता, उसे मुझे परेशान करने में बहुत मजा आता। वह बिना बुलाए मेरे कमरे में घुस आता, मेरी किताबों को अस्त-व्यस्त कर देता और यदि घर में उस समय मेहमान होते, तो उनके मुँह पर ही उनके बारे में अपमानजनक टिप्पणियाँ कर देता।

लीला शाम के समय जब अकेली होती, मुझे अकसर अपने आँगन में बैठने

और बात करने के लिए पूछती। दिनभर का काम खत्म करने के बाद यह समय उसके आराम से बैठकर हुक्का पीने का होता। हुक्का पीना एक ऐसी आदत थी, जो वह आगरा के नजदीक अपने गाँव से लाई थी। यही एक आदत थी, जिसे वह छोड़ नहीं पाई थी। उसे बातें करना पसंद था और ठीक उसके विपरीत, मैं एक अच्छा श्रोता था, जल्दी ही उसे मेरा साथ पसंद आने लगा। सच तो यह था कि मैं छब्बीस साल का नवयुवक था, जो कुँवारा था और उसको विस्मित करने में कभी असफल नहीं हुआ था।

यह बात उससे बहुत पहले की है, जब उसने मेरी शादी की जिम्मेदारी अपने कंधों पर ली थी। मैंने उसके सामने इस पर विरोध जताना बेकार समझा। उसे यह सुनकर बिल्कुल विश्वास नहीं हुआ, जब मैंने कहा कि मैं शादी का खर्चा उठा नहीं सकता, इसलिए कुँवारा जीवन ही बिताना पसंद करता हूँ। मुझे समझाते हुए उसने जोर दिया कि एक पत्नी किसी व्यक्ति के लिए संपत्ति की तरह होती है। एक पत्नी खर्चों को कम करती है। मैं कहाँ खाता हूँ? बेशक होटल में, जिसका महीने का खर्चा लगभग साठ रुपए होगा, अगर मैं शाकाहारी खाना खाता हूँ, तब भी। लेकिन अगर मैं खाना पकाने वाली एक साधारण घरेलू स्त्री से शादी कर उसे पत्नी बनाता हूँ तो हम दोनों उससे कम खर्च में अच्छा खाना खा सकते हैं।

लीला ने मेरी कमीज की तरफ उँगली कर देखा कि कमीज पर बटन नहीं है और उसका कॉलर भी घिस गया है। उसने मेरे फीके पड़ चुके चेहरे और शारीरिक कमजोरी पर दो-चार बातें सुनाईं। और मुझे समझाते हुए बोली कि यदि मैंने अपनी देखभाल करने के लिए किसी की तलाश नहीं की तो मेरा शरीर बहुत सारी बीमारियों का घर बन जाएगा। मुझे कैसा जीवनसाथी चाहिए, इस पर भी उसने हुक्के का कश भरकर छोड़ते हुए बीच-बीच में स्पष्ट किया—मेरे लिए एक ऐसी महिला की जरूरत थी—जो जवान, स्वस्थ, प्रसन्नचित्त, प्रमुखतः आगरा के पास वाले गाँव से हो।

यदि मुझे आपके जैसा कोई मिले, तो मुझे विवाह करने में कोई आपत्ति नहीं होगी, मैंने शरमाते हुए कहा। उसने मेरे इस वाक्य से न तो अपमानित महसूस किया और न ही इसे मेरी ओर से उसकी खुशामद माना।

उसने मुझे सलाह देते हुए कहा कि किसी बड़ी लड़की से विवाह न करना, कभी उस महिला को अपनी पत्नी न बनाना, जो तुमसे पहले इस संसार में आई हो और उसे सांसारिक जीवन का अनुभव तुमसे अधिक हो। तुम यह बस मुझ पर छोड़ दो, मैं तुम्हारे लिए अच्छी सी दुलहन ढूँढ़ लूँगी।

लीला को खुश करने के लिए मैं उसके इस प्रस्ताव से यह सोचते हुए सहमत हो गया कि वह इस बात को गंभीरता से नहीं लेगी। लेकिन दो दिनों के बाद ही उसने मुझे सुझाया कि क्यों न मैं उसके साथ कुछ ही दूरी पर स्थित घर पर चलूँ, जहाँ पर एक अनाथ लड़की को देखना-परखना है। मैं सर्तक हो गया। मैंने उसके साथ जाने से यह कहकर मना कर दिया कि मुझे इसमें कोई रुचि नहीं है।

'क्या तुम्हें मुझ पर भरोसा नहीं है ?' उसने पूछा। 'तुमने कहा था, तुम्हें ऐसी लड़की पसंद आएगी, जो मेरे जैसी हो। मैं एक ऐसी लड़की को जानती हूँ, जो ठीक वैसी लगती है, जैसी मैं दस साल पहले लगती थी।'

'मुझे आप वैसी ही पसंद हैं, जैसी आप अभी दिखती हो,' मैंने कहा, 'वैसी नहीं जैसी आप दस साल पहले दिखती थीं।'

'बेशक, हम कुछ ऐसा इंतजाम करेंगे कि तुम शादी से पहले लड़की को देख सको।'

'आप समझ नहीं रही हो', मैंने विरोध करते हुए कहा, 'ऐसा नहीं है कि मेरे लिए यह जरूरी है कि मैं किसी ऐसे इनसान से शादी करूँ, जिससे मैं शादी से प्यार करता हूँ—मैं जानता हूँ, आप मेरे लिए अच्छी लड़की का चुनाव करेंगी और मैं भी किसी ऐसी लड़की से ही शादी करना पसंद करूँगा, जो घरेलू और साधारण होने के साथ मनोविज्ञान में एम.ए. हो—बात बस यह है कि मैं अभी तैयार नहीं हूँ। मुझे अपनी आजादी के एक या दो साल और चाहिए। मैं किसी बंधन में नहीं बँधना चाहता। सच कहूँ तो मैं किसी तरह की जिम्मेदारी नहीं लेना चाहता।'

'थोड़ी सी जिम्मेदारी उठाना—तुम्हें और भी बेहतर इनसान बनाएगी।' लीला ने कहा, लेकिन उन्होंने मुझ पर अपने साथ अनाथालय आने पर जोर नहीं दिया और यह बात कुछ दिनों के लिए आई-गई हो गई।

मैंने यह उम्मीद करना शुरू किया ही था कि लीला ने शायद यह स्वीकार कर लिया है कि वह मुझे पतियों से भरे हुए इस संसार में कुँवारा बनकर रहने देंगी, जब एक सुबह उसने बरामदे में खुले अखबार के साथ मेरा अभिवादन किया, जिसे उसने ठीक मेरी नाक के नीचे लगा दिया था।

'वहाँ!' उसने कोई किला फतह करने की मुद्रा वाले भाव से कहा, 'तुम इसके बारे में क्या सोचते हो? मुझे लगा तुम यह देखकर आश्चर्यचकित हो जाओगे।' निस्संदेह वह मुझे आश्चर्यचकित करने में सफल हो गई। उसकी मेहँदी लगी अंगुलियाँ वैवाहिक कॉलम में छपे एक विज्ञापन पर आकर ठहर गईं।

कुँवारा पत्रकार, उम्र पच्चीस साल, एक आकर्षक जवान पुरुष को तलाश है आकर्षक पत्नी की, जो कि घर के कामों में निपुण हो। जाति, धर्म की कोई बाधा नहीं। दहेज वैकल्पिक।

मुझे यह स्वीकार करना होगा कि लीला ने यह अच्छा काम किया था। कुछ दिनों में जवाब आने शुरू हो गए, आमतौर पर संबंधित लड़कियों के माता-पिता की ओर से। हर लड़की का पिता यह जानना चाहता था कि मैं कितना कमा रहा हूँ। इसके साथ-साथ ही उन्होंने अपने बड़े-बड़े लोगों से संपर्क और उच्च पदों पर आसीन अपने रिश्तेदारों को सूचीबद्ध करने का भी कष्ट किया। कुछ माता-पिता ने अपनी बेटियों के फोटोग्राफ भी संलग्न किए। बहुत अच्छे फोटोग्राफ्स थे। हाँ, यह बात और है कि उनको अच्छा बनाने में कुछ पेशेवर लोग भी लगे होंगे।

मैंने पूरी तन्मयता के साथ उन चित्रों का अवलोकन किया। आखिर शायद विवाह करना ऐसा भी बुरा प्रस्ताव नहीं है। मैंने उन तीन लड़कियों के फोटो चुने, जिनसे मैं सबसे अधिक प्रभावित हुआ था और उन्हें लीला को दिखाया।

मुझे आश्चर्यचकित करते हुए लीला ने तीनों को अस्वीकार कर दिया। उनमें से एक लड़की के लिए उसने कहा कि उसका चेहरा उभयलिंगी जैसा है, दूसरी साफ था कि तपेदिक की बीमारी से पीड़ित थी, और तीसरी निस्संदेह उसे एक वीरांगना लगी। इन सबसे लीला ने यह निष्कर्ष निकाला कि विज्ञापन देने का विचार उसकी एक गलती थी। उसने ऐसा करने के लिए मुझसे खेद व्यक्त किया, अपने विज्ञापन के उत्तर हमें जिनसे भी आमंत्रण प्राप्त हो रहे थे, उनके लिए विवाह हेतु एक धनी व्यक्ति की खोज करना था। और मेरे पास धन नहीं था।

इसलिए हमने उन सभी पत्रों को नष्ट कर दिया। मैंने कुछ चित्रों को रखने की कोशिश की, लेकिन लीला ने उन्हें भी फाड़ दिया। और इस तरह कुछ समय के लिए उसने मेरी शादी करवाने का कोई प्रयास नहीं किया।

लीला और मैं रोज मिलते थे, लेकिन हम कुछ और विषयों पर बातचीत करते थे। कभी-कभी शाम में वह मुझे अपनी चारपाई पर अपने सामने बैठाती और फिर वह अपना हुक्का तानती; मुझे अपने गाँव और परिवार की कहानियाँ सुनाती। मैं उसके लड़के से भी जुड़ने लगा था, और मेरा उसके लिए प्यार भी बढ़ता जा रहा था।

इन सबका अंत तब हुआ, जब लीला के पति चले गए और उन्हें मार डाला गया। वह एक शराब के तस्कर के द्वारा मारे गए, जिसने रिश्वत देने के बजाय एक्साइस अधिकारी को मारकर उससे पीछा छुड़ाना ठीक समझा।

इसका मतलब यह भी था कि लीला को अपना कमरा छोड़ना पड़ा और आगरा में अपने गाँव वापस लौटना पड़ा। उसने अपने बेटे की पढ़ाई का साल पूरा होने तक का इंतजार किया और फिर अपना सामान बाँधकर रेल के तीसरे दर्जे का टिकट आगरा के लिए खरीदा।

मैं देख सकता था, कुछ तो ऐसा है, जो उसे परेशान कर रहा था और जब मैं उन्हें स्टेशन पर छोड़ने के लिए गया तो मुझे एहसास हुआ कि वह क्या था? वह अब भी मेरे कुँवारेपन को लेकर परेशान थी।

उसने पूरे आत्मविश्वास के साथ सीट की खिड़की से झाँकते हुए कहा, 'मेरे गाँव में एक बहुत ही सभ्य लड़की है, मेरी दूर की रिश्तेदार, मैं उसके माता-पिता से बात करूँगी?'

और तब मैंने वह कहा, जो मैंने पहले कभी कहने के बारे में सोचा भी नहीं था। जो बात मेरे दिमाग में उस पल से पहले कभी नहीं आई थी और मुझे भी अपनी वह बात सुनकर उतना ही आश्चर्य हुआ था, जितना कि लीला को। 'अब तुम मेरे साथ शादी क्यों नहीं कर लेतीं?'

अरुण के पास अपनी कहानी को खत्म करने का समय नहीं था, क्योंकि इस रोमांचक पड़ाव पर हमारे सामने डिनर आ चुका था।

लेकिन डिनर अपने साथ उसकी इस कहानी का अंत भी लेकर आया।

डिनर उसकी पत्नी द्वारा परोसा गया, जो कि एक आकर्षक, मजबूत इरादों वाली, और रूपवान महिला थी, जो कि केवल लीला ही हो सकती थी। कुछ मिनटों के बाद चंदू, अरुण का सौतेला बेटा, घर में यह शिकायत करता हुआ दाखिल हुआ कि वह भूखा है।

अरुण ने अपनी पत्नी से मेरा परिचय कराया और हमने आपस में औपचारिक बातचीत की।

'लेकिन तुम्हारा दोस्त अपने परिवार को अपने साथ क्यों नहीं लाया?' उसने पूछा।

'परिवार! क्योंकि वह अभी भी कुँवारा है?'

और तब उसने अपनी पत्नी के हाव-भाव को थोड़ी बेपरवाही से एक गहरी चिंता में बदलते हुए देखा, और जल्दी से बातचीत के विषय को बदल दिया।

□

# 17

# मिस बन और दूसरे लोग

**1 मार्च, 1975**

सूरज की रोशनी में बियर। फर के वृक्ष पर बसंत ऋतु का आगमन गरमी के आने की घोषणा कर रहा था। पानी से भरे हुए कुछ बादल पहाड़ों पर अलसायी मुद्रा में घूम रहे थे। क्या यह राहत का संकेत है ?

मैं यहाँ सारा दिन बियर पीते हुए धूप का मजा लेते हुए बैठ सकता हूँ, लेकिन दिनभर में कभी-कभी मुझे अपने टाइपराइटर से धूल झाड़नी होगी और कुछ पढ़ने योग्य चीज की रचना करनी होगी। बैंक में केवल आठ सौ रुपए बचे हैं। किताबों की बिक्री का स्तर गिरता जा रहा है और पत्रिकाओं में काल्पनिक रचनाओं के लिए स्थान कम होता जा रहा है।

प्रेम ने मुझे बिगाड़ दिया है, लंच के लिए कोफ्ता-करी और चावल दे गया, जिसका मतलब यह है कि मैं चार बजे तक सो सकता हूँ, जब मिस बन अपनी पैटिस और समोसों के साथ आई।

मिस बन बेकरी वाले की बेटी थी।

बेशक यह उसका असली नाम नहीं था। उसका असली नाम बहुत लंबा और सुंदर था, लेकिन मैं यहाँ पर उसके असली नाम का जिक्र नहीं कर सकता, जिसका कारण कुछ व्यक्तिगत है और यह भी कि उसका भाई बहुत विशाल और बदसूरत था।

मैं मिस बन को दो महीनों के बाद देख रहा था। वह अपने किसी रिश्तेदार के पास बरेली में गई थी।

वह मेरे बिस्तर के पावे के पास पूरी तरह से प्रसन्न मुख मुद्रा में बैठ गई। उसके पूरी तरह से काले बाल कंधे तक लटक रहे थे, उसकी भौंहें अच्छी तरह से तराशी व काली थीं और उसकी आँखों का रंग भी काला था, जिनमें काजल पड़ा

हुआ था। उसकी आँखें बहुत बड़ी-बड़ी मासूमियत से भरी और कुछ-कुछ चालाकी से भरी हुई थीं।

उसकी हथेलियों पर सुंदर सी काँच की चूड़ियाँ सज रही थीं और उसने एक नई जोड़ी चप्पल भी पहनी हुई थी। उसकी कमीज भी नई थी—हरे रंग की सिल्क की कमीज, जिसकी बाँह पर सुनहरे धागे से कढ़ाई की गई थी।

"जरूर तुम्हारा आशिक बहुत अमीर है।" मैंने उसे छेड़ते हुए उसका हाथ अपने हाथ में लेकर उसे प्यार से अपने पास खींचते हुए कहा, "किसने तुम्हें यह सब साजो-सामान दिया?"

"आपने दिया, आपको याद नहीं? मेरे जाने से पहले आपने मुझे सौ रुपए दिए थे।"

"मुझे लगा, वह रेल और बस का किराया था।"

"ओह, किराया तो मेरे अंकल ने दिया था, इसलिए मैंने अपने लिए ये चीजें खरीद लीं। क्या ये अच्छी नहीं हैं?"

"बहुत सुंदर हैं। तुम भी बहुत सुंदर हो। अगर तुम दस साल बड़ी और मैं दस साल छोटा होता तो हम दोनों की जोड़ी बहुत अच्छी लगती। लेकिन मैं यह सब होने से पहले ही टूट गया।"

वह खिलखिलाकर हँस दी और समोसों से भरा हुआ लिफाफा बिस्तर के पास रखी टेबल पर रख दिया। मुझे समोसे और पेटिस से नफरत थी, लेकिन फिर भी मैं उनको लाने का ऑर्डर देता रहता था, क्योंकि इस तरह मिस बन का मेरे पास आना-जाना होता रहता था। बेकरी चलाते रहने का भी यह एक रास्ता था। जब वह चली जाती तो मैं बहुत सारे समोसों व पेटिस को बिज्जू बिनिया और जो भी मेरे पास आता, उसे दे देता।

"तुम काफी लंबे समय तक दूर रहीं।" मैंने शिकायत करते हुए कहा, "क्या होता, अगर मैं तुम्हारी अनुपस्थिति में शादी कर लेता?"

"फिर आप समोसों के लिए ऑर्डर देना बंद कर देते। या फिर इनके लिए उस बूढ़े आदमी बशिर को ऑर्डर देते, जो आपको इससे अच्छे और सस्ते में देता!"

उसने अपना सिर मेरे कंधे पर रख दिया। उसके बालों में से चमेली के तेल की बहुत तेज गंध आ रही थी, और मैं लगभग मर ही चुका था। बेहोशी की दवा की जगह इसका इस्तेमाल किया जाना चाहिए।

"तुमसे बहुत अच्छी खुशबू आ रही है," मैंने झूठ बोला, "मुझे एक किस मिल सकती है?"

उसने काफी देर तक मुझे चूमा, जो उसके इतने दिनों तक मुझसे दूर रहने की भरपाई थी। उसका मुझे चूमना हमेशा से एक अलग ही एहसास व गंध लिये होता था, जैसा कि आप किसी बेकरी में रहनेवाले से उम्मीद कर सकते हैं।

यह बहुत महँगी किस थी।

"मुझे अपने चेहरे के लिए कुछ क्रीम खरीदनी है।"

"तुम्हें फेसक्रीम की कोई जरूरत नहीं है। तुम्हारे चेहरे का रंग बिल्कुल ठीक है। तुम अपनी बेकरी में बहुत ही अच्छी क्वालिटी का आटा इस्तेमाल करती होगी।"

"मैं अपने चेहरे पर आटा नहीं लगाती। खैर, क्रीम मुझे अपनी बड़ी बहन के लिए चाहिए। उसके छाले निकल आए हैं।"

मैंने आत्मसमर्पण कर दिया और उसे दो पाँच के नोट दिए, और जल्दी से अपना पर्स वापस रख लिया।

"और आप समोसों के पैसे कब देंगे?"

"अगले हफ्ते।"

"अगले हफ्ते मैं आपके लिए कुछ अच्छा लेकर आऊँगी।" उसने जाते हुए दरवाजे पर कुछ क्षण के लिए रुकते हुए कहा।

"खैर, शुक्रिया! मैं समोसे खाकर थक चुका हूँ।"

वह पलक झपकते ही जा चुकी थी।

मैं मिस बन के लिए यह कहूँगा कि उसे अपनी इच्छा को छुपाने में तनिक भी परेशानी का सामना नहीं करना पड़ता था।

## मार्च 4

मेरे पुलिसवाले ने मुझे आज सुबह कॉल किया। हवलदार घनश्याम, जो कि बारलोगंज आउट पोस्ट पर तैनात है।

उसकी लंबाई आमतौर पर किसी पुलिसवाले से अलग बहुत अधिक नहीं थी और वह एक गोल-मटोल, चेहरे पर हमेशा प्रसन्नता का भाव रखनेवाला व्यक्ति था, जो उसके पेशे के अनुसार बिल्कुल भी नहीं था। वह अपनी वरदी पहनकर बहुत ही आकर्षक लगता था। अधिकतर हवलदार अपना ज्यादातर समय पजामा पहनकर ही बिताना पसंद करते हैं।

घनश्याम के आने के बारे में कुछ भी नया नहीं था। वह सप्ताह में एक बार मुझसे मिलने जरूर आता था, और वह ऐसा तब से कर रहा था, जब से पिछले साल

मैंने एक रात पुलिस स्टेशन में गुजारी थी।

यह तब हुआ था, जब मैंने सामान ढोने वाले एक रिक्शेवाले को परेशान करने के लिए मुजफ्फरनगर के एक व्यवसायी को घूँसा मार दिया था। उस मोटे आसामी ने जाहिर था कि मेरे खिलाफ पुलिस में शिकायत दर्ज करवाई थी और उसी शाम एक सब इंस्पेक्टर ने मुझे बुलाया तथा अपने साथ थाने चलने के लिए कहा। उस समय रात काफी हो चुकी थी, इसलिए वापसी के लिए किसी वाहन का प्रबंध नहीं हो सका और मुझे तो केवल पूछताछ के लिए ही पुलिस स्टेशन ले जाया गया था, इसलिए मुझे रात पुलिस पोस्ट पर ही गुजारनी पड़ी। सब-इंस्पेक्टर रात को अपने घर चला गया और मुझे हवलदार की निगरानी में छोड़ गया। मुझे जिस सेल में रखा गया था, उसमें फर्नीचर के नाम पर बस एक लकड़ी की बेंच और एक चारपाई थी, वैसे अगर आप इसे फर्नीचर मान सकते हैं तो मान लें। वहाँ पर चारपाई रात को ड्यूटी करनेवाले हवलदार के लिए रखी गई थी, लेकिन उसने अपना बड़ा दिल रखते हुए मुझे वह चारपाई दे दी।

"लेकिन तुम कहाँ पर सोओगे?" मैंने पूछा।

"ओह, मुझे नींद नहीं आ रही है। आमतौर पर मैं रात को शो देखने के लिए पिक्चर पैलेस में जाता हूँ, लेकिन मुझे ऐसा लगता है कि आज मुझे यहाँ आपकी वजह से रुकना पड़ेगा।"

वह काफी उदास लग रहा था। जाहिर था, मैंने उसकी रात की योजना को खराब कर दिया था।

"तुम्हें मेरी वजह से यहाँ पर रुकने की जरूरत नहीं है," मैंने कहा, "मैं एस.एच.ओ. को कुछ नहीं कहूँगा। तुम पिक्चर पैलेस चले जाओ, मैं थाने का खयाल रखूँगा।"

उसका चेहरा खुशी से चमकने लगा, लेकिन उसे अब भी थोड़ी सी शंका थी।

"तुम मुझ पर भरोसा कर सकते हो," मैंने उसका उत्साह बढ़ाते हुए कहा, "मेरे दादाजी एक निजी तौर पर काम करनेवाले सैनिक थे, जो बाद में बौद्ध धर्म के अनुयायी बन गए।"

"फिर तो जहाँ तक आपके दादाजी का संबंध है, मैं आप पर भरोसा कर सकता हूँ।" तब तक वह काफी प्रसन्नचित्त हो गया था, और रास्ते में पड़ने वाली चाय की दुकान से मुझे दो कप चाय भी पिलाई थी। बेशक, वह मुफ्त में ही थी। थोड़ी देर के बाद वह मुझे वहाँ छोड़कर चला गया और मैं चारपाई पर पसरकर आराम से सो

गया। हवलदार वापस तड़के सुबह-सुबह लौटा और बेंच पर सो गया। अगली सुबह मुझे घर जाने की इजाजत मिल गई। मुजफ्फरनगर के उस व्यवसायी की किसी और से भी लड़ाई हो गई और उसके मामले को प्रमुख थाने में दर्ज किया गया। मैंने उस मामले के बारे में दोबारा कुछ नहीं सुना।

उसके बाद मेरी और घनश्याम की मित्रता हो गई। वह समय-समय पर मुझसे मिलने के लिए मेरे घर आने लगा।

और उसी तरह वह आज भी यहाँ आया था, उसके जूते चमक रहे थे, दाँत जगमगा रहे थे, गालों पर लाली छाई हुई थी, उसे देखकर बताना कठिन था कि वह एक पुलिस वाला है, उसके हाव-भाव पुलिसवालों से बिल्कुल अलग थे।

"हैलो घनश्याम भाई!" मैंने उसका स्वागत करते हुए कहा, "आइए, बैठें और चाय पिएँ।"

"नहीं, मैं ज्यादा देर तक नहीं रुक सकता," उसने कहा, "क्या आप मेरी एक मदद करेंगे?"

"क्यों नहीं, बताइए क्या बात है?"

"मैं बारोलगंज से परेशान हो चुका हूँ। मैं यहाँ से स्थानांतरण चाहता हूँ।"

"इसमें मैं आपकी किस तरह से मदद कर सकता हूँ? मैं तो किसी भी नेता या बड़े आदमी को नहीं जानता हूँ।"

"नहीं, लेकिन हमारे एस.पी. अगले सप्ताह यहाँ आनेवाले हैं। वे मेरा स्थानांतरण करवा सकते हैं। क्या आप उनसे बात करेंगे?"

"लेकिन वे मेरी बात क्यों सुनेंगे?"

"अरे, आपको पता है, उनकी एक कमजोरी है..."

"हम सभी की कोई-न-कोई कमजोरी होती है। क्या आपके एस.पी. की भी मेरी तरह कोई कमजोरी है? क्या हम उसे ब्लैकमेल करनेवाले हैं?"

"हाँ, आपको पता है, वे कविताएँ लिखते हैं। और आप एक कवि हैं, हैं न?"

"कभी-कभी," मैंने स्वीकार करते हुए कहा, "और मुझे यह भी मानना होगा कि यह मेरी कमजोरी है, विशेष तौर पर इसलिए, क्योंकि किसी को भी मेरी कविताएँ पढ़ने की फुरसत नहीं।"

"हाँ, एस.पी. की भी कविताएँ कोई नहीं पढ़ता। हालाँकि कभी-कभी हमें उसकी कविताएँ सुननी पड़ती हैं। जब वह अपनी कोई कविता पढ़कर सुना लेते हैं तो हमें सलाम करना होता है और कहना होता है, 'शाबाश!'"

"क्या मोहित करनेवाले दर्शक हैं। काश मेरे पास भी ऐसे दर्शक होते।"

मेरे व्यंग्य को नजरअंदाज करते हुए घनश्याम ने बोलना जारी रखा—"परेशानी यह है कि उन्हें अपनी कविताओं को प्रकाशित करवाने के लिए कोई प्रकाशक नहीं मिल रहा है। इसलिए वे बहुत ही गुस्सैल व निर्दयी हो गए हैं, ऐसे में उनके सामने स्थानांतरण की अर्जी देना बेकार है। क्या आप मदद कर सकते हैं?"

"मैं कोई प्रकाशक नहीं हूँ। मैं भी बस आप लोगों की तरह सलाम कर सकता हूँ।"

"लेकिन आप प्रकाशकों को जानते तो हैं, आप नहीं जानते क्या? अगर आप उनकी कुछ कविताओं को प्रकाशित करवा देंगे तो वे आपके बहुत आभारी होंगे। आपके, मेरे, हम दोनों के!"

"आप सचमुच में एक आशावादी इनसान हैं।"

"बस एक या दो कविताएँ आप देख लें। आप जानते हैं। मैंने उन्हें आपके बारे में पहले ही बता दिया है। मैंने उन्हें बताया है कि किस तरह आपने पूरी रात कैदखाने में छंदों को लिखते हुए बिताई थी। वे समझते हैं कि आप एक बहुत बड़े कवि हैं। अब वह मुझ पर ही निर्भर हैं, अगर उनकी कविताएँ प्रकाशित हो जाती हैं तो वे मेरा स्थानांतरण कर देंगे। मैं बारोलगंज से थक चुका हूँ।" उन्होंने मुझे गले लगाया और प्यार से मेरे गालों को खींचा।

इससे पहले कि वे आगे बढ़ते, मैंने कहा, "खैर, मैं अपनी पूरी कोशिश करूँगा—मैं भोपाल से छपने वाली एक छोटी सी पत्रिका के बारे में सोच रहा हूँ, जहाँ पर मेरी हर जगह से ठुकराई हुई कविताओं को जगह मिलती है। आपके लिए मैं कोशिश करूँगा। लेकिन सबसे पहले मुझे कविताओं को देखना होगा।"

"अरे, आप एस.पी. को भी देख सकते हैं," उन्होंने वायदा किया, "मैं उन्हें यहाँ अगले सप्ताह लेकर आऊँगा। आप उन्हें एक कप चाय पिला देना।"

वह उठा और मुझे पूरी चुस्ती के साथ सलाम किया। इस तरह अपने रास्ते पर आगे बढ़ गया जैसे उसके पैरों में स्प्रिंग लगे हों। अपने ही तरह के इनसान थे वे, अच्छी तरह से जानते थे किस तरह ईमानदारी से अपना स्थानांतरण व पदोन्नति ले सकते हैं।

### 7 मार्च

दिन-प्रतिदिन गरमी बढ़ती जा रही है।

आज सुबह मैंने तय किया कि मैं धूप सेकूँगा—बेशक थोड़ा सकुचाते हुए मैंने

अपनी खाकी हाफ पैंट को छोड़कर बदन के सारे कपड़े उतार दिए और बगीचे में एक गद्दे पर लेट गया। उसके कुछ ही देर बाद मेरे आराम में खलल बेकर (थोड़ा बदलाव करते हुए इस बार मिस बन के पिताजी थे) के आने से हुआ, जिन्होंने मुझे गत दिन ऑर्डर की गई दो पाव रोटी और आधा दर्जन चॉकलेट पेस्ट्री लाकर दी। फिर प्रेम का छोटा बेटा राकी आया और उसने मुझसे पेस्ट्री माँगी, मैंने उसे एक के बजाय दो पेस्ट्री दीं। वह मेरे साथ गद्दे पर लेटने की जिद्द करने लगा, जहाँ पर बैठकर उसने मेरे बालों और मेरी छाती पर पेस्ट्री खाते हुए उसके टुकड़े भी गिराए। गुड मॉर्निंग, मिस्टर बॉण्ड! दरवाजे के बाहर से झाँकती मिसेज बिग्स की मधुर आवाज सुनाई दी। मैं भूल गया कि उनको कम दिखता है और उछलकर अपने पैरों पर खड़ा हो गया। इसी जल्दबाजी में मेरी हाफ पैंट खिसक कर मेरे घुटनों तक आ गई। जैसे ही मैंने उसे ऊपर खींचा, मिसेज बग्स की भावुकता चरम पर पहुँच चुकी थी।

"क्यों, कितने सुंदर अगाफंतुस हैं तुम्हारे पास!" उन्होंने चिल्लाकर कहा। बेशक उनका इशारा बगीचे में मौजूद खास तरह की लिली की ओर था। मुझे यह तो स्वीकार करना होगा, उस समय मैं शर्म से पानी-पानी हो गया था। फिर अपने आपको सँभालते हुए, मैंने उनके अभिवादन का उत्तर उस सुबह की ताजगी पर एक टिप्पणी करते हुए दिया।

मिसेज बग्स अस्सी बरस की थीं, उनको थोड़ा सुनाई भी कम देता था, ने मुझे जवाब देते हुए कहा, "मैं ठीक हूँ, शुक्रिया, मिस्टर बॉण्ड। क्या आपने जिसे उठा रखा है, वह कोई बच्चा है?"

"हाँ, प्रेम का छोटा बेटा।"

"प्रेम तुम्हारा बेटा है? मुझे नहीं मालूम था कि तुम्हारा परिवार भी है।"

इस समय तक राकी उत्सुकतावश मिसेज बग्स की नाक पर चढ़े चश्मे को खींचकर उतार चुका था। मैंने उससे उनके चश्मे को वापस लेकर लौटा दिया। वह जल्दी से थोड़ा पीछे हट गईं। बाद में रेव मिस्टर बग्स मुझसे एक किताब पढ़ने के लिए उधार लेने आए।

"बस ऐसे ही हल्की-फुल्की पढ़ाई के लिए," उन्होंने कहा, "मैं बहुत लंबे समय तक किताब में ध्यान नहीं दे सकता।"

अन्यमनस्क व भुलक्कड़ किस्म के इनसान थे, उनकी उम्र के लोगों के साथ इस तरह की समस्या का होना एक आम बात है। पिछले साल एक व्यक्ति के अंतिम संस्कार के समय जहाँ पर उन्होंने अंतिम संस्कार की सेवा का बीड़ा उठाया था।

उन्होंने दफन होनेवाले के लिए सेवा में समंदर के पास कुछ पढ़ा। उस समय बहुत जोर से बारिश हो रही थी और किसी ने उन पर ध्यान नहीं दिया।

अभी वे मुझसे मेरी किताब, जो रोज मैकडॉनाल्ड की लिखी थी, ले गए—ये वही दो पुस्तकें थीं, जिन्हें पढ़ने के लिए वे पिछले माह भी ले गए थे। मैंने उन्हें याद भी दिलाया, लेकिन वे उन पुस्तकों के बारे में पूरी तरह से भूल चुके थे, इसलिए इस बात से कोई फर्क नहीं पड़ता, अगर वे इसे दोबारा पढ़ें।

अपने जीवन के सत्तर बरस भारत में बिताने के बाद रेव बग्स के पास सुनाने के लिए बहुत सारे किस्से-कहानियाँ थीं, जिनमें से उनकी सबसे पसंदीदा वह थी, जब उन्होंने उड़ीसा में एक मगरमच्छ को अपने जवानी के दिनों में मारा था। उस समय उन्होंने अपना कैंप नदी के किनारे लगाया था और कैंप के अंदर खाट पर सो रहे थे। रात के समय उनको एहसास हुआ कि उनकी खाट हिल रही है, इससे पहले कि वह अपने होश सँभाल पाते, खाट धीरे-धीरे खिसकते हुए कैंप के बाहर तक आ चुकी थी, और जल्दी-जल्दी नदी की ओर बढ़ रही थी। मिस्टर बग्स उछलकर सूखी जमीन पर कूद गए, जब उन्होंने देखा कि खाट का कोना मगरमच्छ की पीठ पर लगा और वह अँधेरे में कहीं गायब हो गया।

ऐसा लग रहा था कि जब वे सोने के लिए जाते तो मगरमच्छ अकसर अपने आपको कीचड़ में छुपा लिया करता था और मिस्टर बग्स ने अपना कैंप मगरमच्छ की पीठ पर गाड़ लिया था। अपना बिस्तर सोते हुए मगरमच्छ की पीठ पर बना लिया था। रात को उठकर वह पानी के पास जा रहा था।

मिस्टर बग्स ने अगली सुबह ही उसको गोली दाग कर मार डाला था या यह कहें कि उन्होंने हमें यही विश्वास दिलाया कि मगरमच्छ नदी के बाहर अपनी पीठ पर खाट को बाँधे हुए, फिर से प्रकट हुआ था।

अब तक उन्होंने यह कहानी मुझे हजार बार सुनाई थी। मिस्टर बग्स ने कहा, उन्हें जाना होगा और वापस बुक शेल्फ पर लौटने पर गिब्बन की डिक्लाइन एंड फॉल ऑफ द रोमन एंपायर को उठा लिया और रोज मैक्डोनॉल्ड को किनारे रखी टेबल पर रख दिया।

"मुझे गंभीर होकर कुछ पढ़ना होगा," उन्होंने कहा, "इन आधुनिक उपन्यासों में हिंसा बहुत होती है।"

"हाँ, डिक्लाइन एंड फॉल में बहुत अधिक हिंसा है।" मैंने कहा।

"हाँ, लेकिन यह ऐतिहासिक है, है न? खैर, अब मुझे जाना चाहिए, मिस्टर

मैक्डॉनाल्ड, आपका समय अब और नहीं बरबाद करना चाहिए।"

जैसे ही वे बाहर निकले, मिस बन से टकरा गए और मिस बन ने सारे समोसे बरामदे की सीढ़ियों पर गिरा दिए।

"माफ करना बेटी" उन्होंने माफी माँगी और जमीन में गिरे समोसों को मेरे उन्हें उठाने से मना करने की कोशिश को नजरअंदाज करते हुए भी उठाने लगे। फिर उन्होंने मिस बन से लिफाफा लिया और लिफाफे में समोसों को रख दिया।

"और यह छोटी सी बच्ची कौन है ?" उन्होंने करुणा भाव से उसके सिर पर हाथ फेरते हुए पूछा, "क्या तुम्हारी भानजी में से एक है ?"

"सही कहा आपने सर, मेरी सबसे प्यारी भानजी।"

"खैर, मुझे तुम्हें और परेशान नहीं करना चाहिए। जैसा कि जानते हो, रविवार को मैं सेवा के लिए जाता हूँ। ठीक है, मिस्टर बग्स।"

मैं कभी स्थानीय चर्च में सेवा करने के लिए नहीं जाता था, लेकिन इससे रेव बग्स का मोहभंग क्यों हुआ ? मुझे हर किसी के ऐसे स्थान पर जहाँ पर वे ईश्वर की प्रार्थना कर सके, जाने के अधिकार का बचाव करना चाहिए, मुझे उससे दूर रहने की आजादी भी मिलनी चाहिए।

मिस बन रेव बग्स को तब तक घूरती रही, जब तक वे सड़क पार नहीं चले गए। उसका मुख थोड़ा सा आश्चर्य से खुला हुआ था।

"क्या बात है ?" मैंने पूछा।

"वे सारे समोसे ले गए!"

जब मैंने मिस बन को चूमा तो उसने मेरे होंठों पर इतनी जोर से काटा कि खून निकल गया।

"यह किसलिए ?" मैंने शिकायत करते हुए कहा।

"बस आपको गुस्सा दिलाने के लिए।"

"लेकिन मुझे गुस्सा करना अच्छा नहीं लगता।"

"इसलिए।"

मुझे बस उसे खुश करने के लिए गुस्सा करना पड़ा और हम दोनों नीचे कालीन पर एक साथ लोट-पोट हो गए।

### 11 मार्च

क्या कोई यहाँ पर व्यापारियों के अलावा पैसा बना सकता है ? बेशक, वे ही

सबकुछ ले उड़ते हैं···कल एक नवयुवक आया था, कषायमूल बेच रहा था। उसके पास एक थैला भरकर कषायमूल थे—कुछ कटे हुए तो कुछ पूरे पेड़।

"सभी रंग के हैं," उसने पूरे आत्मविश्वास से कहा, "कटे हुए के लिए बस एक रुपया।"

"मैं इनको सरकारी नर्सरी से बहुत सस्ते में खरीद सकता हूँ।"

"लेकिन आपको चलकर वहाँ तक जाना होगा, छह-छह मील! मैं आपको यह आपके दरवाजे तक लाकर दे रहा हूँ। मैं इनको आपके लिए आपके पुराने घी के खाली टिन के डिब्बे में लगाकर भी दूँगा, बिना किसी अतिरिक्त राशि के।"

"ठीक है, तुम मुझे कुछ दे सकते हो। लेकिन तुम्हारी ऐसी क्या मजबूरी है कि तुम्हें इन्हें बेचना पड़ रहा है?"

"सर, मेरे पास खाने के लिए कुछ नहीं है! मैंने दो दिन से कुछ खाया भी नहीं है।"

यकीनन उसने उस दिन अपने सारे पौधे बेच दिए होंगे, क्योंकि मैंने शाम को उसे शराब की दुकान पर देखा था, शराब के नशे में धुत्त और बिना कुछ खाए, खाली पेट, ऐसा मेरा अनुमान था।

**मार्च 12**

मिसेज बग्स ने मुझे बताया कि कोई उनके बगीचे में कल सुबह उस समय घुस गया था, जब वे वहाँ पर नहीं थी, और उनके सारे कषायमूल के पौधे उखाड़ कर ले गया।

"जो लोग सबसे ज्यादा ईमानदार होते हैं, वे लोग फूलों या किताबों की चोरी करने में बिल्कुल भी नहीं झिझकते," मैंने बेपरवाही से कहा, "खैर छोड़ो, मिसेज बग्स, आप मेरे कुछ कषायमूल के पौधे ले सकती हैं, मैंने कल ही इन्हें खरीदा है।"

"आपका बहुत-बहुत आभार मिस्टर बॉण्ड। और आपने उसे अभी-अभी जमीन में लगाया है, मैं बता सकती हूँ," उन्होंने डालडा टिन के डिब्बे में लगे हुए कटे पौधों की ओर इशारा करते हुए कहा, "नहीं, मैं आपको इनसे दूर नहीं कर सकती।"

मैंने उनको देते हुए कहा, "मैं कुछ आपको देता हूँ।" और बड़ा दिल रखते हुए जितने मेरे पास थे, उनमें से आधे पौधे उन्हें दे दिए, मन-ही-मन यह प्रतिज्ञा करते हुए कि कभी भी मैं उस नवयुवक से टकराया तो उससे वे सारे पौधे वापस वसूल करूँगा, जिन्हें उसने और जगहों पर बेचा होगा।

## 19 मार्च

विनोद जो अब अखबार बेचता है, उस समय मेरे पास आया, जब मैं चेरी के पेड़ के नीचे बैठकर अपने लिए गिलास में बियर डाल रहा था। आज का दिन बहुत गरम था और मैं देख सकता था कि वह प्यासा है।

"क्या मुझे पीने के लिए पानी मिल सकता है?" उसने पूछा।

"तुम बियर पीना चाहते हो?"

"जी हाँ, सर!"

चूँकि मेरे पास एक और बोतल बियर की थी, मैंने उसे एक गिलास में डालकर दी और वह पुरानी दीवार के पास घास पर बैठ गया। मुझे आस-पास के लोगों से जुड़ी सच्ची-झूठी बातों से अवगत करवाने लगा। उसके कंधे पर लटके थैले में करीब पचास अखबार थे, जिनकी डिलीवरी अभी बाकी थी।

"हो सकता है, कुछ समय के बाद तुम्हें नशा होने लगे।" मैंने उसे चेताया, "अखबारों को गलत घरों में मत डाल देना।"

उसने गिलास को खाली करते व सूरज की रोशनी में चमकती हुई बोतल पर नजर गड़ाते हुए कहा, "घबराने की कोई बात नहीं है।"

"थोड़ा और पी लो।" मैंने उससे कहा और अंदर यह देखने के लिए चला गया कि प्रेम दोपहर के खाने के लिए क्या बना रहा है। (भरवाँ लौकी, तले हुए बैंगन और पुलाव। प्रेम बहुत अच्छे मूड में था, सारी मेरी पसंद की चीजें पका रहा था। जब कभी मैं उसे नाराज कर देता हूँ तो वह मुझे खाने के लिए पतली बींस देता है।) बगीचे में वापस आकर मैंने विनोद को अपने बियर के दूसरे गिलास के साथ मस्त पाया। आधा बारोलगंज और सारा झरीपानी (दूसरा गाँव) गुस्से में था और उसे कोस रहा था, क्योंकि उन्हें अखबार के लिए इतना इंतजार करना पड़ रहा था।

"तुम्हारे ग्राहक बेचैन हो रहे होंगे," मैंने टिप्पणी की, "बिल्कुल वे लोग क्रिकेट टेस्ट मैच का परिणाम जानने के लिए उत्सुक होंगे।"

"ओह, वह तो उन्होंने रेडियो पर सुन लिया होगा। यह सुबह का संस्करण है। मैं इसे शाम को भी पहुँचा सकता हूँ।"

मैं अंदर गया और अपना लंच छोटे से राकी के साथ खाया और प्रेम से विनोद को कुछ खाने के लिए देने को कह दिया। जब मैं दोबारा बाहर आया, वह चेरी के पेड़ के नीचे पसर गया था और संतुष्टि के साथ डकार ले रहा था।

"लंच के लिए शुक्रिया।" उसने कहा और अपनी आँखें बंद करके सो गया।

वह आराम करके शाम तक चला गया, लेकिन उसके अखबार का थैला मेरे मुख्य दरवाजे पर आराम करता रहा।

"वह अपने अखबार यहीं पर छोड़ गया है।" मैंने प्रेम से कहा।

"ओह, वह इन्हें कल के अखबार के साथ डिलीवर कर देगा। वह लोगों से कह देगा कि जिस बस से अखबार आते हैं, वह भूस्खलन के कारण देरी से आई।"

शाम को मैं पुराने बाजार में घूम रहा था और एक तिब्बती दुकान के बाहर ठहर गया, जिसमें रखी पीतल की वस्तुओं, रंग-बिरंगे पत्थरों, ताबीज, मुखौटों पर मेरी नजर कुछ देर के लिए रुक गई। मैं वहाँ से जाने ही वाला था कि मैंने एक नजर उस लड़की को देखा, जो उस दुकान की देखभाल कर रही थी। दो नाजुक सी भूरे रंग की आँखें, जो गोल थकान से चूर चिकने चेहरे पर सज रही थीं। उस चेहरे पर कुछ झिझकती हुई मुसकान भी झिलमिला रही थी।

मैं दुकान के अंदर चला गया। मैं तिब्बती हस्तशिल्प को ज्यादा तवज्जो नहीं देता था, लेकिन उन खूबसूरत भूरी आँखों की बात ही अलग थी।

"क्या मैं दुकान में घूमकर चीजों को देख सकता हूँ? मुझे अपने एक दोस्त के लिए कुछ उपहार लेना है।"

मैंने आस-पास देखा। उसने चूड़ियों, नेकलेस, अँगूठियों को प्रदर्शित कर मेरी मदद यह सोचकर की कि मेरी दोस्त एक युवा महिला है।

मैंने दो बहुत ही डरावने शैतानी मुखौटों को चुना और उससे यह वायदा कर वहाँ से चला आया कि इसके और जोड़ों को खरीदने के लिए लौटकर आऊँगा।

घर वापस आते हुए रास्ते में मैं मिस बन से मिला।

"मैं कब आ सकती हूँ?" उसने रास्ते पर घिरनी खाते हुए पूछा।

"अगले साल।"

"अगले साल!" उसका सुंदर मुख खुला-का-खुला रह गया।

"सही सुना।" मैंने कहा, "तुम अभी-अभी चुनाव हारी हो।"

**31 मार्च**

मिस बन काफी दिन से नहीं आई थी। आज सुबह मैंने उसे सार्वजनिक नल पर कपड़े धोते हुए देखा। जैसे ही मैं वहाँ से गुजरा, वह मुझे देखकर मुसकरा दी।

"तुम्हें मेहनत करते हुए देखकर अच्छा लग रहा है।" मैंने टिप्पणी की।

उसने जल्दी से दाएँ-बाएँ देखा और कहा, "यह सजा है, क्योंकि मुझे आपने

जो पैसे दिए थे, उनसे मैंने नई चूड़ियाँ खरीद लीं।"

मैं जल्दी से रास्ते पर आगे बढ़ गया।

दोपहर का खाना खाने के बाद आराम करते समय किसी के दरवाजे पर खटखटाने की आवाज से मैं जाग गया। एक पतला सा लड़का, जिसके घने बाल और झाड़ियों जैसी भौंहें थीं, मेरे सामने खड़ा था। मैं उसे जानता नहीं था, लेकिन उसकी आँखें मुझे किसी की याद दिला रही थीं।

उसने मुझे बताया कि वह मिस बन का बड़ा भाई है। मैंने अंदाजा लगाया कि वह मिस बन से एक या दो साल ही बड़ा होगा।

"अंदर आ जाओ।" मैंने कहा। हमारा आपस में मित्रों के जैसा व्यवहार ही बेहतर है! उसे क्या चाहिए होगा?

उसने समोसों से भरा एक लिफाफा आगे किया और उसे मेरी साइड टेबल पर रख दिया।

"इस सप्ताह मेरी बहन नहीं आ सकती। उसकी जगह मैं आपके लिए समोसे लेकर आऊँगा। ठीक है न?"

"ओह, हाँ बेशक। बैठ जाओ, बैठ जाओ। तुम मास्टर बन हो। तुमसे मिलकर अच्छा लगा।"

वह बिस्तर के किनारे पर बैठ गया और दीवार पर लगी तसवीर, जो कि कुरोसावा की तरंगों का एक प्रिंट था, को देखने लगा।

"क्या मैं तुम्हें अभी समोसों के लिए पैसे दे दूँ?" मैंने पूछा।

"नहीं-नहीं, जब भी आपको ठीक लगे।"

"और क्या तुम स्कूल या कॉलेज जाते हो?"

"नहीं, मैं बेकरी में अपने पिता की मदद करता हूँ। सर, क्या आप बीमार हैं?"

"नहीं, तुम्हें ऐसा क्यों लगा?"

"क्योंकि आप सोए हुए थे।"

यह खड़े रहने से बेहतर है। मेरे सिर में दर्द होने लगता है, अगर मैं बहुत ज्यादा समय तक लिखने या पढ़ने का काम करता हूँ।"

उसने मुझे कहा कि वह मेरा सिर दबा सकता है और मैंने पाँच मिनट उसकी सेवा का आनंद लिया। मेरे सिर का दर्द अब और भी भयानक स्थिति में पहुँच चुका था, लेकिन मैंने उसके सिर दबाने व समोसों, दोनों ही सेवाओं का मोल चुका दिया और उससे कहा कि वह दोबारा आ सकता है—विशेष तौर पर अगले साल।

उस दिन मेरे घर आनेवाले दूसरे मेहमान हवलदार घनश्याम थे, जिन्होंने मुझे बताया कि उसके एस.पी. ने कुछ चोरों को कुछ घंटे खड़ा कर अपनी कविताएँ सुनाईं और उनसे अपना जुर्म कबूल करवा लिया। मैं जानता हूँ, हमारे देश की पुलिस की छवि मुजरिमों को यातनाएँ देने की है, लेकिन यहाँ पर हद ही पार हो रही थी।

"और तुम्हारे स्थानांतरण का क्या हुआ?" मैंने पूछा।

"जैसे ही वे कविताएँ साप्ताहिकी में छप जाएँगी, वह भी हो जाएगा।"

"मैं अपनी पूरी कोशिश करूँगा।" मैंने वायदा किया।

(वे भोपाल साप्ताहिक में नजर आईं। और एक साल के बाद, जब मैं उसमें छपी हुई पाठ्य-सामग्री के संपादन का कार्य कर रहा तो मैं एस.पी. की एक कविता को प्रकाशित करवाने में सफल हो गया। उन्होंने हमेशा ही मुझे यह भी बताना जरूरी समझा कि यदि उनकी एक और कविता पत्रिका में छप जाए तो वह पत्रिका कभी बंद नहीं होगी।)

मिस बन पर एक नोट

छोटी सी मिस बन बिस्तर की बहुत शौकीन थी।

लेकिन वह अपने हाथ में हमेशा एक नकदी का बक्सा रखती थी।

**8 अप्रैल**

रेव बग्स दरवाजे पर किताब हाथ में लिये थे।

"मैं तुम्हारा ज्यादा समय नहीं लूँगा, मिस्टर बॉण्ड। लेकिन मुझे लगा, समय आ गया है कि मैं आपकी तितली जैसी किताब को वापस कर दूँ।"

"मेरी तितली वाली किताब?"

"हाँ, शुक्रिया आपका। मुझे इसे पढ़कर बहुत मजा आया।"

मिस्टर बग्स ने मुझे तितलियों पर आधारित पुस्तक वापस कर दी। जो बहुत से सुंदर चित्रों में वर्णित की गई थी। यह मेरी किताब नहीं थी, लेकिन अगर मिस्टर बग्स मुझे किसी और की किताब बहुत जिरह कर दे रहे थे तो मैं कौन होता हूँ टाल-मटोल करनेवाला? खैर, वे कभी इस किताब के सही मालिक की तलाश नहीं कर पाएँगे।

"क्या आपने मिसेज बग्स को देखा है?" उन्होंने पूछा।

"नहीं, आज सुबह से तो नहीं देखा, सर।"

"वह मुझे बिना बताए चली गई है। वह हमेशा ही ऐसा करती है। बहुत परेशान करती है।"

उनके जाने के बाद मैंने किताब के उड़ते पन्नों पर नजर डाली। उस पर लिखा था—डब्ल्यू. बग्स। इसका मतलब यह उनकी किताबों में से एक थी···

थोड़ी देर बाद मिसेज बग्स आ गईं।

"क्या तुमने विल को देखा है?" उन्होंने पूछा।

"पद्रंह मिनट पहले वे यहीं पर थे। वे आपको तलाश कर रहे थे।"

"ओह, वे जानते थे कि मैं बगीचे की कटाई-छँटाई करने के लिए गई थी। कितना तकलीफदेह है। मुझे लगा कि वे कहीं और घूम रहे होंगे।"

"कोई बात नहीं मिसेज बग्स, जब उनको भूख लगेगी, वे खुद ही घर लौट आएँगे। अच्छा खाना हमेशा ही बाहर घूमने वाले इनसान को वापस घर खींच ही लाता है। खैर, मुझे उनकी तितलियों वाली किताब मिली है। मुमकिन है, आप इसे मेरी ओर से उन्हें लौटा पाएँ? और यह उन्हें किसी और को नहीं देनी चाहिए, आप जानती हैं, यह बहुमूल्य किताब है, आप इसे खोना नहीं चाहेंगी।"

"मुझे पूरा विश्वास है मिस्टर बॉण्ड, यह आपके पास ही सुरक्षित रहेगी।"

"बेशक, मेरे लिए किताबें हमेशा ही बहुमूल्य होती हैं। अपने सिद्धांतों की बात करूँ तो मैं कभी किसी और की किताब नहीं चुराता। हो सकता है कि मैं उनके कषायमूल का पौधा या उनकी स्कूल की पुरानी टाई चुरा लूँ, लेकिन मैं उन्हें उनकी किताबों या पसंदीदा गाने या मधुर संगीत या उस सपने से दूर नहीं रख सकता, जिसमें वे जीते हैं। और राकी के लिए यह है छोटी सी लोरी—

मेरे नन्हे इस बड़ी सी नदी से कभी मत डरना,
मेरी बाँहों की गरमी में तुम हमेशा सुरक्षित हो,
बड़े बनो मेरे बच्चे, बनो बुद्धिमान और शक्तिशाली,
लेकिन कभी किसी इनसान से उसके होंठों के गीत मत छीनना,
मेरे नन्हे! मत डरना इस अँधेरी रात से,
निडर बन बढ़ते जाना मिल जाएगा तुम्हें सच और उजाला,
सबसे प्यार करना, मेरे बच्चे, हमेशा हँसते रहना,
लेकिन कभी किसी इनसान से उसके होंठों के गीत मत छीनना

**16 अप्रैल**

क्या इस ऊँचाई पर यहाँ की हवा में कुछ बात है कि जो लोगों को बहका और अन्यमनस्क बना देती है? आज से दस साल बाद शायद मैं भी मिस्टर बग्स की तरह भुलक्कड़ इनसान बन जाऊँगा। इससे पहले कि मैं भूल जाऊँ कि अगला पर्वत कहाँ है, मुझे उस पर पहुँचने के लिए चढ़ाई कर लेनी चाहिए।

## एक कहानी के लिए रूपरेखा

कोई इनसान जलस्रोत, कल-कल करते पानी की आवाज के पास छोटी सी कुटिया में रहता था। वह उस स्थान को केवल किताबें, डाक और अपनी जरूरत की चीजों को लाने के अलावा कभी छोड़कर नहीं जाता था। 'क्या तुम कभी इस जगह से ऊबते नहीं हो?' मैंने पूछा, 'क्या कभी तुम्हारा मन यहाँ से जाने का नहीं किया?' 'नहीं,' उसने उत्तर दिया। उसने मुझे अपने रेगिस्तान में समय बिताने के अनुभव के बारे में बताया, जब वह दो दिन व दो रातों के लिए (जो किसी इनसान की पानी के लिए तड़प को बरदाश्त करने की सीमा हो सकती है) बिना पानी के रहा। दूसरी रात वह आधा मर चुका था और खुले आसमान में सितारों के नीचे लेटा था। उसने पहाड़ों के एक झरने का सपना देखा और उस स्वप्न ने ही उसे मानसिक पोषण दिया, जिससे वह जीवित बच पाया। इसलिए जब वह पूरी तरह से ठीक हो गया, तो उस जलस्रोत की खोज में निकल पड़ा (जिसके होने पर उसका पूरा विश्वास था) और वह उसे उस समय मिल गया, जब वह हिमालय की घाटी में पैदल यात्रा कर रहा था। वह जानता था कि जब तक वह जलस्रोत के आस-पास रहेगा, तब तक उसमें असुरक्षा का भाव कभी नहीं आएगा, यही वह स्थान है, जहाँ पर उसके माता-पिता की आत्माएँ वास करती हैं।

इसलिए मैं अपने इस जलस्रोत, मेरे अपने पहाड़ों के पास सुरक्षित महसूस करता हूँ, यहीं पर मेरे माता-पिता की आत्मा का वास भी है।

### अप्रैल 16

मैं तिब्बती दुकान पर गया और वहाँ से एक छोटा सा धातु का गुलदान लेकर आया, जिस पर बहुत ही सुंदर पत्थरों को जड़ा गया था।

मेरी वहाँ से कुछ भी खरीदने की कोई चाहत नहीं थी, लेकिन जब मैं वहाँ से गुजरा वह लड़की मुझे देखकर मुसकरा दी और फिर मुझे दुकान के अंदर जाना पड़ा। एक बार जब मैं अंदर चला गया, तो मैं बस वहाँ खड़ा नहीं रह सका, मेरे चेहरे पर एक मूर्खता का भाव था।

मुझे कुछ खरीदना ही था। एक गुलदान खरीदना हमेशा से सबसे अच्छा विकल्प होता है। अगर आपको वह पसंद न भी आए तो आप उसे किसी को दे सकते हैं।

अगर वह हर बार मेरे वहाँ से गुजरने पर मुझे देखकर मुसकराती रही तो शायद मेरे पास गुलदानों का अच्छा खासा संकलन हो जाए।

वह एक लड़की नहीं थी सच में, वह शायद तीस बरस की होगी। मुझे लगता

है कि उसका पति भी है, जो चीनी सामान को नेपाल से अवैध तरीके से लाता है, जबकि उसके बच्चे—परोपकार का मामला न हो तो—बढ़िया अंग्रेजी माध्यम के स्कूल में जाते हैं। लेकिन उसके चेहरे पर मासूमियत थी और वह सुंदर थी, और फिर बेशक आजकल कितनी ऐसी महिलाएँ हैं, जो मुझे देखकर मुसकराती हैं। मैं अगले माह तैंतालीस साल का हो जाऊँगा।

## अप्रैल 17

मिस बन मुझे देखकर अब भी मुसकराती है अपितु तब भी, जबकि मैंने आज उस पर उस समय गुस्सा भी किया, जब वह दोपहर के समय मेरे लिए समोसे और गुलाब लेकर आई थी।

"तुम्हारा भाई कहाँ है?" मैंने रुखाई से पूछा। उससे बात करने के लिए और भी बातें हैं।

"वह बेकरी के काम में व्यस्त है। देखो, मैं आपके लिए एक गुलाब लाई हूँ।"

"इसके कितने पैसे देने हैं?"

"मजाक मत करो, यह उपहार है।"

"शुक्रिया, मुझे नहीं पता था कि तुम गुलाब के फूल भी उगाती हो!"

"मैं नहीं उगाती। इसे स्कूल के बगीचे से लाई हूँ।"

"खैर, शुक्रिया! तुमने मेरे लिए कोई चीज चुराई।"

"मैं इसे कहाँ रखूँ?"

"मैं एक नया गुलदान लाया हूँ, उसमें ताजा पानी भर दो और उसमें गुलाब को रख दो तथा उसे मेरी ड्रेसिंग टेबल पर ठीक से सजा दो।"

"इसमें से पानी बह रहा है।" मिस बन ने टिप्पणी की।

"मेरा गुलदान?" मैं बदगुमान था।

"देखो, आपकी इतनी अच्छी टेबल पर पानी फैल गया है।"

वह सही थी, बेशक। गुलदान के नीचे से पानी निकलकर मेरे पूर्वजों की निशानी बहुत पुरानी गुलाब की लकड़ी से बनी ड्रेसिंग टेबल पर फैल गया था। इस पर जो दाग लगा है, मुझे नहीं लगता कि कभी जाएगा।

"लेकिन यह नया गुलदान है!" मैंने विरोध करते हुए कहा।

"किसी ने आपको धोखा दिया है। आपने इसे अच्छी तरह से देखे बिना क्यों खरीदा?"

"देखो, वास्तव में मैंने इसे खरीदा नहीं है। किसी ने मुझे यह उपहार में दिया है।"

मैं अंदर-ही-अंदर गुस्से से उबल रहा था और कसम खा रहा था कि फिर कभी उस दुकान पर नहीं जाऊँगा। कभी भी किसी महिला की मुसकराहट पर भरोसा नहीं करूँगा। मुझे मिस बन का नाक-भौं सिकोड़ना ही पसंद है।

"आपको यह गुलदान चाहिए?" उसने पूछा।

"नहीं, इसे ले जाओ।"

उसने गुलाब को मेरे तकिए के पास रख दिया, पानी को खिड़की से बाहर फेंक दिया और गुलदान को बाजार से सौदा लाने वाले अपने थैले में रख लिया।

"तुम इसका क्या करोगी?" मैंने पूछा।

"मैं इसके छेद को आटे से बंद कर दूँगी।" उसने कहा।

## 21 अप्रैल

एक सप्ताह तक लगातार बारिश होने के बाद आज उजाले व ताजगी से भरी सुबह हुई। पक्षियों के लिए तो यह शानदार सुबह थी! तीन कबूतर गुटर-गूँ कर रहे थे, एक कोयल गा रही थी, मैना का एक झुंड आपस में लड़ रहा था और एक बड़े आकार के कौओं का जोड़ा स्वीडिश अभ्यास कर रहा था।

मैंने अपने आपको इस मौसम में आमतौर पर किए जाने वाले व्यायामों को करते हुए पाया, जिसकी इजाद मास्टर बन द्वारा की गई थी। इसमें विभिन्न अंगों को मरोड़ना शामिल है, जिनके बारे में उसका कहना था कि मेरी सेक्स-इच्छा के लिए अच्छे हैं।

लेकिन मुझे अपनी सेक्स-इच्छा को बढ़ाने की चाह नहीं है, मैंने उसे बताया। मुझे कुछ ऐसा चाहिए, जिससे मेरा मन सेक्स से हट जाए।

इसलिए उसने मुझे व्यायाम के कुछ और तरीके बताए, जिसमें अधिकतर में गहरी साँस लेना शामिल था।

"अपनी साँस को पाँच मिनट तक रोकने की कोशिश करें।" उसने सुझाव दिया।

"मैं एक ऐसे व्यक्ति को भी जानता हूँ, जिसने कुछ इसी तरह की कोशिश में आत्महत्या कर ली।"

"फिर आप इसे दो मिनट के लिए रोकें।"

मैंने गहरी साँस ली और बस एक मिनट तक ही उसे रोक पाया।

"अच्छा नहीं है," उसने कहा, "आपको और भी आराम से करना होगा।"

खैर, मैं आराम करने की कोशिश करके थक चुका था। यह इस तरह से कारगर नहीं होगा।

मुझे अच्छे खाने की जरूरत है।

प्रेम ने मेरी पसंद की कोफ्ता करी और चावल खाने में परोसकर मुझे खुश कर दिया। मैं तृप्त हो गया, अब मुझे सारी दोपहर आराम करने में कोई परेशानी नहीं है।

**28 अप्रैल**

मास्टर बन के चेहरे पर परेशानी के भाव थे।

"यह मेरी बहन के बारे में है।" उसने कहा।

"उसके बारे में क्या है?" मैंने कुछ बुरा होने की आंशका व्यक्त करते हुए पूछा।

"वह भाग गई!"

"बहुत बुरा हुआ। अकेली भागी है?"

"नहीं, एक प्रोफेसर के साथ।"

"यह तो ठीक माना जाना चाहिए। प्रोफेसर आमतौर पर सम्मानित व्यक्ति होते हैं—गणित या अंग्रेजी का?"

"मुझे नहीं पता। उसकी पत्नी और बच्चे भी हैं।"

"फिर तो वह उन्हें अपने साथ लेकर नहीं गया होगा।"

"वह उसे रुड़की लेकर गया है। मेरी बहन एक मासूम लड़की है।"

"खैर, उसकी मासूमियत की तो बात ही अलग है।" मैंने नोबोकोव की लोलिता को याद करते हुए कहा, "शायद वह प्रोफेसर उसे गोद लेना चाहता हो।"

"लेकिन वह कुँवारी है।"

"फिर तो उसे बचाना चाहिए। तुम यहाँ खड़े होकर मुझसे इस बारे में बातें क्यों कर रहे हो, जबकि इस समय तुम्हें रुड़की के लिए रवाना होना चाहिए?"

"इसलिए मैं यहाँ पर आया हूँ! आप मुझे बस का किराया दे सकते हैं?"

"इससे बेहतर होगा कि मैं तुम्हारे साथ चलूँ। हमें उस प्रोफेसर—मेरा मतलब है तुम्हारी बहन को बचाना होगा!"

**1 मई**

रुड़की के लिए, एक प्यारी सी लड़की की खोज में
वापस घर लाने, वापस घर लाने के लिए, और कैसा भँवर है!

हमने मिस बन को खोजने के अलावा और सबकुछ किया। पहली रात हमने बाजारों और नहरों के किनारे घूमकर बिताई। दूसरी रात विश्वविद्यालयों, रेजिमेंटल बैरकों और लड़कों की ब्रिगेड के हैडक्वार्टर में घूमे। हमने रुड़की में मौजूद सभी बेकरों (जिसमें से बहुत सारे मास्टर बन को जानते थे) से पूछताछ की, लेकिन उनमें से किसी ने भी उसकी बहन को नहीं देखा था। हमने कॉलेज के कैंपस में प्रोफेसर के बारे में पूछताछ की, लेकिन वहाँ पर भी किसी ने उसके बारे में कुछ नहीं सुना था।

अंतत: हमने प्लेटफॉर्म टिकट खरीदा और रेलवे प्लेटफॉर्म के छोर के एक बेंच पर बैठ गए और आने-जानेवाली रेलगाड़ियों, वहाँ आने-जानेवाले लोगों को देखने लगे। हमें वहाँ ऐसा कोई भी नहीं दिखा, जो थोड़ा-बहुत भी मिस बन जैसे दिखता हो। मास्टर बन ने स्टेशन के बुकस्टॉल से एक ज्योतिष संबंधी किताब खरीदी और अपनी बहन की राशि के बारे में पढ़ने लगा, अगर उससे कुछ मदद मिल पाती तो, लेकिन ऐसा कुछ नहीं हुआ। उसी बुकस्टॉल पर हार्रोल्ड रोबिंस के चोरी के उपन्यासों के ढेर के नीचे छुपी मुझे अपनी एक किताब दिखाई दी, जो दस साल पहले प्रकाशित हुई थी। इतने समय तक किसी ने भी इसे नहीं खरीदा था। मैंने उसे ढेर के नीचे से उठाकर सबसे ऊपर रख दिया। कभी उम्मीद नहीं छोड़नी चाहिए!

तीसरे दिन हम बारलोगंज वापस लौट आए और मिस बन को घर पर ही पाया।

वह देहरादून के पलटन बाजार से आगे नहीं गई होगी, ऐसा लग रहा था और प्रोफेसर को वहीं पर धोखा दे दिया, उसे छोड़ने से पहले उसने अपने लिए तीन सूट सेट के कपड़े, दो जोड़ी सैंडिल, एक चंदन की कंघी, एक खुशबू की शीशी और अपनी स्कूल की किताबों के लिए स्कूल बैग खरीद लिया था।

### 5 मई

और अब मिस्टर बग्स के गायब होने की बारी थी।

"क्या तुमने हमारे विल को देखा है?" मेरे दरवाजे पर खड़ी होकर मिसेज बग्स पूछ रही थी।

"सुबह से तो नहीं, मिसेज बग्स।"

"वे मुझे कहीं नहीं मिल रहे हैं। ब्रेकफास्ट के समय उन्होंने कहा था कि वे टहलने के लिए जा रहे हैं, लेकिन कोई नहीं जानता कि वे कहाँ पर हैं। वे स्कूल के मैदान में भी नहीं हैं, मैं वहाँ अभी पूछकर आ रही हूँ। वे तीन घंटे से गए हुए हैं।"

"चिता न करें, मिसेज बग्स। वे आ जाएँगे। पहाड़ों पर किसी ने उन्हें एक

कप चाय पीने के लिए रोक लिया होगा, और वे वहाँ पर बैठकर अपने उड़ीसा में मगरमच्छ को मारने के किस्से सुना रहे होंगे।"

लेकिन दोपहर के खाने तक मिस्टर बग्स नहीं लौटे, यह चिंता की बात थी, क्योंकि मिस्टर बग्स कभी भी अपना सबसे पसंदीदा खाना अंडे की सब्जी और पुलाव को नहीं छोड़ सकते थे।

हम उन्हें खोजने के लिए निकले। प्रेम और मैंने बारलोगंज के बाजार में उनको तलाशा और अनौपचारिक तौर पर घनश्याम के पास उनके लापता होने की रिपोर्ट भी की। बाजार में किसी ने भी उन्हें नहीं देखा था, स्कूल के बहुत सारे कर्मचारियों ने सारे पहाड़ी क्षेत्र को उनकी तलाश में छान मारा, वहाँ पर भी उनका कुछ पता नहीं चला।

दोपहर के मध्य तक जब मैं मिसेज बग्स को मिस्टर बग्स के न मिलने की जानकारी देने गया, तो मैंने उनके स्टोररूम की दिशा से बहुत जोर से हुए धमाके की आवाज सुनी।

"नीचे सीढ़ियों से कैसी आवाज आ रही है?" मैंने पूछा।

"शायद चूहा होगा।" मुझे कुछ सुनाई नहीं दिया।

मैं नीचे सीढ़ियों की ओर भागा और स्टोररूम का दरवाजा खोला। वहाँ पर मिस्टर बग्स खड़े थे, धूल-मिट्टी में सने व गुस्से में लाल-पीले हो रहे थे। वह जानना चाहते थे कि क्यों शैतान (उन्होंने पहली बार शैतान का नाम लिया, जो बेकार हो गया) मिसेज बग्स ने उन्हें घंटों तक चुप कराकर रखा। वे स्टोररूम में अपनी पुरानी वॉकिंग स्टिक की तलाश में गए थे और मिसेज बग्स ने जब दरवाजा खुला देखा तो उसे फौरन यह जाने बिना बंद कर दिया और अपने पति की अंदर से चिल्लाने की आती आवाज को भी नहीं सुन पाई। लेकिन मिस्टर बॉण्ड के प्रत्युत्पन्नामतित्व ने उनकी वहाँ उपस्थिति को प्रमाणित किया, अन्यथा संभव है कि सालों बाद वे वहाँ पर एक कंकाल के रूप में मिलते।

खानसामा अब भी उनकी खोज में गया हुआ था, इसलिए मिस्टर बग्स को अपनी करी ठंडी ही खानी पड़ी। उनका मूड अब भी खराब था, वे बैठे और अपनी बहन, जो कि टूनब्रिज वॉल में रहती थी, को खत लिखा कि वह मिसेज बग्स के लिए सुनने की मशीन भेज दे।

हवलदार घनश्याम शाम को मुझे यह खबर देने के लिए आए कि मिस्टर बग्स को आखिरी बार मैदानी इलाके राजपुर में बहुत सारे जिप्सियों की संगत में देखा गया।

"आप चिंता न करें।" मैंने कहा, "वह बुजुर्ग इनसान अपना घर खुद ढूँढ़

लेगा। एक आखिरी बार गुस्से में बिफरना, एक आखिरी बार रोमानियत भरी शरारत, पवनचक्की पर एक आखिरी बार झुकना। घनश्याम, अगर तुम्हारा कोई सपना है तो हमेशा इस बात का खयाल रखना कि कोई उसे तुमसे न छीने।"

जब वह मुझे यह बताने के लिए आया कि उसका स्थानांतरण बरेली की जेल में हो गया है तो उलझन में लग रहा था, जहाँ पर वे उन दोषी लोगों को रखते हैं, जिनकी मानसिक स्थिति ठीक नहीं होती है। इसमें कोई संदेह नहीं था कि यह उसकी एस.पी. की कविताओं को प्रकाशित करवाने का पुरस्कार था।

ये सभी प्रविष्टियाँ बीस साल पहले की हैं। मिस बन के साथ क्या हुआ? हाँ, उसने अंतत: नई दिल्ली में एक ब्यूटी पार्लर खोल लिया, लेकिन मैं अब भी आपको यह बताने की स्थिति में नहीं हूँ कि दिल्ली में किस स्थान पर या उसका नाम क्या है?

वे दो या तीन साल के बाद मसूरी के कब्रगाह में अपने पुराने दोस्तों की कब्र के पास ही आराम कर रही हैं। रेव बग्स टूनब्रिज वेल्स के घर चले गए और उनकी बहन ने उन्हें एक भारी समाधि का पत्थर दिया, जिससे उनमें खड़े होने की चाहत न बचे और वे मगरमच्छ की खोज में कहीं बाहर न निकल जाएँ।

बीस साल में बहुत कुछ घटा, लेकिन दुर्भाग्य से सभी का जिक्र नहीं कर सकता। छोटा सा राकी अब एक शादीशुदा इनसान बन चुका है।

□

# 18

# अंतिम संस्कार

"मुझे नहीं लगता कि उसे जाना चाहिए।" चाची एम ने कहा।

"वह बहुत छोटा है," चाची बी ने सहमति दी, "वह परेशान हो जाएगा और शायद गुस्से में नखरे दिखाने लगे। तुम्हें पता है, पादरी लाल को बच्चों का अंतिम संस्कार में जाना पसंद नहीं है।"

लड़के ने कुछ नहीं कहा। वह अँधेरे कमरे की सबसे अँधेरी जगह पर बैठ गया, वह जो सोच रहा था, उसका चेहरा उसकी भनक तनिक भी नहीं लगने दे रहा था। उसके पिता के ताबूत को अगले कमरे में रखा गया था। उस व्यक्ति के थके, उदास व हाव-भाव से विहीन चेहरे को ढक्कन से हमेशा के लिए ढक दिया गया था, जो उस लड़के के लिए बहुत ही महत्त्वपूर्ण था। कोई भी बात नहीं कर रहा था, न चाचा, न ही चाची और न ही दादा-दादी। इन सब में जिसको सबसे कम जिसको फर्क पड़ता, वह मम्मी जो कई मील दूर अपने दूसरे पति के साथ थी। उसने उसे तब से नहीं देखा था, जब वह चार साल का था—यह करीब पाँच साल पहले की बात है—अब तो उसे उनका चेहरा भी ठीक से याद नहीं।

घर लोगों से भरा था—दोस्त, रिश्तेदार, पड़ोसी। वहाँ मौजूद कुछ लोगों ने उसे बहलाने की कोशिश की, लेकिन उसकी चुप्पी और आँसुओं से कोसों दूर व्यवहार से निराश होकर लौट गए। बहुत से समझदार लोगों ने उससे दूरी बनाकर रखी थी।

शोक प्रकट करने के शब्दों से माहौल गमगीन था, लोगों द्वारा बोले गए शब्द वातावरण में ऐसे घूम रहे थे, जैसे हवा में पतंगें मँडराती हैं। कितनी दुःखद घटना है···केवल चालीस···किसी को भी स्थिति की गंभीरता का अंदाजा नहीं था···अपने बच्चे से बहुत लगाव था···

बच्चे को इस बात का एहसास था कि पहाड़ी क्षेत्र के उस स्थल पर जो भी

इनसान पढ़ता था, उस समय वहाँ पर मौजूद था। पहली बार वे सभी उसके पिता के लिए वहाँ आए थे, जो कि कभी सामाजिक व्यक्ति नहीं रहे। उस लड़के के अलावा उसके पिता के जीवन में किताबें, संगीत, फूल व टिकटों को संग्रह करना ही सम्मिलित था।

एक छोटे से जनाजे को घोड़ों द्वारा खींची जानेवाली गाड़ी की सहायता से गेट की ओर बढ़ाया गया। कुछ मजबूत व्यक्तियों ने ताबूत को उठाया हुआ था और फिर इसे गाड़ी में भी चढ़ाया। जनसमूह धीरे-धीरे आगे बढ़ने लगा। कब्रिस्तान करीब एक मील था। जिनके पास अपनी गाड़ी नहीं थी, उन्होंने इस दूरी को पैदल ही तय किया।

लड़का एक खिड़की पर खड़ा होकर गेट से गुजरते छोटे से समूह को आगे बढ़ते हुए टकटकी लगाए देख रहा था। कुछ समय के लिए उसे भुला ही दिया गया था, उसे वहाँ नौकरों के संरक्षण में छोड़ दिया गया था, पीछे बोलने वाले केवल वे ही लोग थे, बाहर काफी धुंध थी। धुंध घाटी में पूरी तरह फैल गई थी और ऐसा लग रहा था, जैसे किसी गीले तौलिए से पर्वत के चेहरे को ढक दिया गया हो। वहाँ मौजूद हर व्यक्ति गीला हो चुका था, हालाँकि वहाँ बारिश बिल्कुल नहीं हुई थी।

लड़के ने वहाँ तब तक इंतजार किया, जब तक सभी वहाँ से चले नहीं गए; फिर वह भी कमरे से निकला और बरामदे में चला गया। जलकुंभ के बिस्तर पर बैठे हुए माली ने लड़के को देखा और उससे पूछा कि क्या उसे किसी चीज की आवश्यकता है। लेकिन लड़के ने अपना सिर 'नहीं' में हिलाया और वापस लौट गया। शोक मनाने के लिए घर में आए लोगों द्वारा फूलों को पहुँचाए गए नुकसान से माली गुस्से में दिख रहा था, वह भी पैर घसीटता हुआ अपने निवास स्थान पर चला गया। साहब की मृत्यु का मतलब यह था कि जल्द ही उसे अपने काम से हाथ धोना पड़ेगा। घर को जल्दी ही अन्य व्यक्ति के हाथों में सौंप दिया जाएगा। लड़के को अनाथालय में भेज दिया जाएगा। आजकल बहुत कम लोग ही घरों में बगीचा रखते हैं। रसोईघर में बावरची भोजन में सभी को परोसे जानेवाले उस व्यंजन को बनाने में व्यस्त था, जो हमेशा बनाया जाता है। सभी रिश्तेदार और पादरी भी भूख से बेहाल होकर लौटे और फीका होने के बावजूद उस भोजन को करने के लिए तैयार हो गए। जल्दी ही खानसामे को भी अपने काम से हाथ धोना था, लेकिन उसके साथ बाहर स्थिति बेहतर थी; क्योंकि बावरची की माँग हमेशा बनी रहती थी।

लड़का पिछले दरवाजे से बाहर भाग गया और जंगली गुलाबों की घनी झाड़ियों के बीच में से अपना रास्ता बनाते हुए आगे बढ़ा। जब वह मुख्य रास्ते पर पहुँचा तो

वह देख पा रहा था कि शोकाकुल व्यक्ति पहाड़ी क्षेत्र से कब्रिस्तान की ओर बढ़ रहे थे। वह कुछ दूर रहकर ही उनका पीछा करने लगा।

यह वही रास्ता था, जिस पर वह प्रायः शाम की सैर करते हुए अपने पिता के साथ गुजरता था। उस लड़के को इस रास्ते पर दिखाई देने वाले करीब-करीब सभी पौधों और जंगली फूलों के नाम याद थे, जो इस पहाड़ी ढलान पर उगे थे। यह और इनके साथ-साथ विभिन्न प्रकार के कीड़े और पक्षियों के बारे में भी उसके पिता ने बताया था।

उत्तर की ओर नजर डालने पर उसने ऊँचे शिवालिक और चिरकाल तक रहनेवाली बर्फ को देखा। कब्रिस्तान में कब्रों को इस तरह बनाया गया था, जैसे कि एक दिन उनमें लेटे हुए लोगों का जाग्रत् होना संभव हो। पहली चीज, जिस पर वहाँ आनेवालों की नजर पड़ती थी, वह उस बर्फ से ढकी चोटियों पर पड़ने वाली सूरज की किरणों की चमक को देखता। शायद इसी सोच के साथ यह नजारा चुना गया था। लेकिन लड़के को ऐसा नहीं लग रहा था, जैसे कोई व्यक्ति उस भारी कब्र के पत्थरों को अलग हटाकर नजारे को देखने के लिए अपनी कब्र से जागकर बाहर आएगा। उन लोगों की आत्मा का विश्राम तो इस प्रकार था जैसे चिरकाल तक अपने रूप में दिखने वाला हिमपात। उन पत्थरों को अलग-अलग करने और ताबूत को भूमि से बाहर निकालने के लिए एक जोरदार भूकंप के झटके की जरूरत होगी। लड़का यह सोचकर हैरान था कि लोगों ने मृतक के लिए जागकर बाहर आने का रास्ता आसान क्यों नहीं बनाया था।

उन्हें इस तरह सुरक्षित रूप से दफन किया गया था कि देखकर ऐसा प्रतीत होता था कि कोई भी सचमुच नहीं चाहता कि वे बाहर निकलकर पाएँ।

'ईश्वर को तुम्हारे पिता की जरूरत है'…नेकनीयत के साथ कहे गए वाक्यों के साथ पादरी ने उसे ढाढ़स देने की कोशिश की।

और क्या भगवान् का वही दावा ठीक, उसी तरीके से उन हजारों आदमियों, औरतों व बच्चों को, जिन्हें यहाँ पर स्वच्छ तरीके से और पास-पास की कतारों में लाया गया है, के लिए भी है? वह उनके लिए क्या चाह सकता था? लड़का यह सोचकर हैरान था कि जब हम मर गए हों तो ईश्वर को हमसे क्या लाभ।

कब्र का दरवाजा खुला हुआ था, लेकिन लड़का एक पुराने पत्थर की दीवार के सहारे खड़ा होकर शोकाकुल लोगों को देख रहा था, जो इस प्रकार उलट-पलट रहे थे जैसे कोई बल्लेबाज तेज गति से गेंद फेंकने वाले गेंदबाज का सामना करने पर

व्यग्र होता है। फर्क केवल इतना था कि यहाँ पर गेंदबाज अदृश्य था और चोरी-छुपे व पीछे से आनेवाला था।

पादरी लाल की आवाज क्रियाकर्म संबंधी कार्यों के पूरा होने पर कमजोर पड़ गई और फिर ताबूत नीचे चला गया—नीचे, बहुत गहराई में। लड़का यह देखकर विस्मित हो गया था कि वह कितना नीचे जा रहा है। क्या धरती की गहराई के नीचे कोई और यहाँ से बेहतर संसार है ? कैसे कोई व्यक्ति, यहाँ तक कोई पहलवान भी ऊपर वापस आने के लिए अपना जोर लगा सकता है ? कॉमिक्स वाले सुपरमैन ने ऐसा किया था, लेकिन उसके पिता की आत्मा बहुत सभ्य थी, वह धरती, घास और छोटे पौधों की जड़ों के साथ ऊपर आने के लिए जोरदार लड़ाई नहीं कर सकती थी, या शायद वे पेड़ के समान उग जाएँ और उस तरह अपने आपको सुरक्षित वापस ऊपर ले आएँ। लड़के ने सोचा, यदि मुझे भी इस तरह डाल दिया जाए तो मैं एक फूल बन जाऊँगा, फिर एक पक्षी आएगा और मेरे बीज को उठा ले जाएगा...और इस तरह मैं बाहर निकल जाऊँगा।

पादरी के मुख से कुछ और शब्द निकले और फिर वहाँ उपस्थित शोकाकुल लोगों में से कुछ ने जाने से पहले मुट्ठी भर मिट्टी कफन पर डाली।

धीरे-धीरे दो या तीन के झुंड में शोकाकुल लोग अपने-अपने रास्ते चल दिए।

कोहरे ने सारे वातावरण को अपने आगोश में ले लिया था। किसी ने भी दीवार के पीछे लड़के को नहीं देखा। उन्हें भूख लग रही थी।

जब तक वहाँ से सब लोग नहीं चले गए, वह वहीं पर खड़ा रहा। फिर उसने ध्यान दिया कि माली या वहाँ की देखभाल करनेवाला कब्र को मिट्टी से भर रहा था। वह नहीं जानता था कि उसे आगे जाना चाहिए या नहीं। वह थोड़ा डरा हुआ था। अब बहुत देर हो चुकी थी। कब्र लगभग पूरी तरह से ढक चुकी थी।

वह मुड़ा और कब्रिस्तान से चला आया। उसके आगे का रास्ता खाली और धुंध में ढका हुआ था। वह अकेला था। उसके पिता ने एक बार उससे कहा था ? 'संसार में सबसे ज्यादा बलशाली वह व्यक्ति होता है, जो अकेला खड़ा रहता है।'

वैसे उस समय वह अकेला था, लेकिन उस क्षण वह खुद को बहुत शक्तिशाली महसूस नहीं कर पा रहा था।

एक पल के लिए उसने महसूस किया कि उसके पिता उसके साथ खड़े हैं और दोनों अपनी लंबी पैदल यात्रा में एक-दूसरे के साथ कदम ताल कर रहे हैं। सहज ज्ञान से उसने अपने पिता के गरम, आरामदायक स्पर्श की आशा करते हुए

हाथ बाहर निकाला, लेकिन वहाँ कुछ भी नहीं था, कुछ नहीं, कोई व्यक्ति नहीं!

उसने अपनी मुट्ठी बंद की और जेब के अंदर डाल ली। उसने अपना सिर नीचे झुका लिया, जिससे कि कोई उसकी आँखों के आँसुओं को न देख सके। वहाँ धुंध में लोग भी थे, लेकिन वह उनके पास नहीं जाना चाहता था, क्योंकि उन लोगों ने ही उसके पिता को उससे दूर कर दिया था।

"वे बाहर निकलने का रास्ता ढूँढ़ लेंगे।" लड़के ने क्रोधित हो अपने आप से कहा, "वे किसी भी तरह से बाहर आ जाएँगे!"

□

# 19

# ट्रक की अंतिम यात्रा

पहाड़ी क्षेत्र में फैली खामोशी को चीरती हुई हॉर्न की आवाज के साथ ही ट्रक नीचे सड़क पर आ गया। रास्ते पर दाएँ-बाएँ बकरियों का झुंड छितरा हुआ था।

चरवाहे ने उन्हें कोसा, क्योंकि सड़क पर धुएँ के गुब्बार की वजह से वे उसकी आँखों से ओझल हो गई थीं। फिर ट्रक उनको पीछे छोड़कर आगे बढ़ गया और खदान की ओर जानेवाले ऊबड़-खाबड़, कच्चे रास्ते के साथ-साथ लड़खड़ाते हुए आगे बढ़ रहा था।

ट्रक के स्टेयरिंग व्हील को सँभालते हुए दूसरे हाथ से अपनी सफेद मूँछों पर ताव देते हुए प्रीतम सिंह पगड़ीधारी सिख बैठा था। यह उसका अपना ट्रक था। उसने कभी किसी और को यह ट्रक नहीं चलाने दिया था। इन दिनों वह अपने ट्रक में पत्थरों का मलबा लादकर खदान व पहाड़ी के नीचे वाली घाटी में स्थित डिपो के दो चक्कर लगाता था। उसे प्रत्येक चक्कर के हिसाब से पैसे मिलते थे और वह हमेशा ही प्रतिदिन दो चक्कर लगाने के लिए व्याकुल रहता था।

उसके बगल में बैठा नाथू, उसका नया क्लीनर था।

नाथू एक खुशमिजाज, गोल चेहरे वाला मजबूत लड़का था। उसकी उम्र का पता लगाना मुश्किल था। वह बारह या पंद्रह साल का होगा—उसे खुद अपनी उम्र नहीं मालूम थी, चूँकि गाँव में किसी ने उसके जन्मदिन की जानकारी रखने की परेशानी उठाना जरूरी नहीं समझा, लेकिन कठिनाइयों से भरा उसका जीवन शायद उसे अपनी उम्र से और बड़ा दिखाता था। वह पहाड़ी क्षेत्र का ही रहनेवाला था, लेकिन उसका गाँव वहाँ से बहुत दूर था, अगली पर्वत श्रेणी पर।

पिछले साल आलू की फसल बरबाद हो गई थी। जिसके परिणामस्वरूप उसके पास साबुन, नमक और आटा आदि खरीदने के लिए बिल्कुल पैसा नहीं था—और

नाथू के माता-पिता तथा उसके छोटे भाई-बहन सिर्फ प्याज और चुकंदर पर निर्भर नहीं रह सकते, जो कि सूखाग्रस्त क्षेत्र में गुजारा करने के लिए एकमात्र फसल थी। वहाँ उस वर्ष गरमी में बिल्कुल बारिश नहीं हुई थी। इसलिए नाथू ने अपने लोगों को अलविदा कहा और काम की तलाश में शहर की गलियों में आ गया। किसी ने उसे पत्थरों के मलबे के डिपो पर आने की सलाह दी। वह खदानों में टूटे हुए पत्थरों को ट्रक पर लादने का काम करने के लिए अभी बहुत छोटा था, लेकिन प्रीतम सिंह जो कि एक बूढ़ा ट्रक ड्राइवर था, को किसी ऐसे व्यक्ति की तलाश थी, जो ट्रक की सफाई और देख-रेख कर सके।

नाथू बुद्धिमान व मजबूत इनसान की तरह दिखता था, इसलिए उसे दस रुपए प्रतिदिन के वेतन पर काम पर रख लिया गया।

यह छह महीने पहले की बात है और अब नाथू को ट्रक की देखभाल करने का अच्छा-खासा अनुभव हो गया था, वह उसमें घूमता, यहाँ तक कि उसी में सोता भी। उसकी मनमौजी प्रीतम के साथ अच्छी कट रही थी। प्रीतम के दो बेटे थे—जो पंजाब में अपनी खुशहाल जिंदगी बसर करते थे, लेकिन उसकी प्राण से प्रिय स्वतंत्रता उसे टूटे-फूटे पुराने ट्रक के साथ रास्तों पर रखती थी।

प्रीतम ने हॉर्न को जोर से दबाया। उस समय रास्ते पर कोई नहीं था—न तो कोई इनसान और न ही कोई जानवर—लेकिन प्रीतम को अपने हॉर्न की आवाज बहुत पसंद थी और उसे बार-बार हॉर्न दबाना भी बहुत अच्छा लगता था। प्रीतम के कानों के लिए यह आवाज किसी संगीत की तरह थी।

"इन रास्तों पर बस एक साल और," प्रीतम ने कहा, "फिर मैं अपने ट्रक को बेच दूँगा और रिटायर हो जाऊँगा।"

"इस पुराने टूटे-फूटे ट्रक को कौन खरीदेगा?" नाथू ने कहा, "यह आपसे पहले ही रिटायर हो जाएगा।"

"अब इसकी बेइज्जती मत करो, लड़के। यह ट्रक बीस साल का है—अभी इसके कुछ साल और बाकी हैं।" और अपनी बात को साबित करने के लिए उसने एक बार फिर हॉर्न बजाया। उसकी कर्कश आवाज गूँज उठी और पर्वतीय घाटी में पत्थरों से टकराकर वापस लौट आई, जिससे उसकी गूँज फिर से सुनाई दी। शिकार किए जानेवाले पक्षियों का एक जोड़ा झाड़ियों में से निकला और ट्रक के आगे से होता हुआ अधिक शांत क्षेत्र की तलाश में उड़ गया।

प्रीतम अपने रात के खाने के बारे में सोचने लगा।

कई दिनों से अच्छा खाना खाने के लिए नहीं मिला, उसने अपने आपसे बड़बड़ाते हुए कहा।

"एक हफ्ते से अच्छा खाना नहीं खाया।" नाथू ने कहा। हालाँकि वह काफी अच्छी सेहत का दिख रहा था।

"कल मैं तुम्हें बढ़िया खाना खिलाऊँगा—तंदूरी चिकन और पुलाव।"

"मैं तभी विश्वास करूँगा, जब मैं इसे देख लूँगा" नाथू ने कहा।

प्रीतम सिंह ने अपने ट्रक की गति को धीमा करने से पहले फिर से हॉर्न बजाया। मार्ग सँकरा और बहुत ढालू हो गया था। उनके सामने दुलकी चाल वाले खच्चरों की सेना चल रही थी।

जैसे ही हॉर्न की आवाज गूँजी, एक खच्चर आगे तो एक पीछे, एक पहाड़ की चोटी पर चढ़ गया तो कोई ढलान पर निकल पड़ा। जल्दी ही वहाँ पर हर जगह खच्चर-ही-खच्चर दिखाई दे रहे थे।

"आप खच्चरों को कभी नहीं समझा सकते।" प्रीतम सिंह ने कहा, जब वे लोग उन सबको पीछे छोड़कर आगे निकल गए।

उस सारे क्षेत्र की पहाड़ियाँ वीरान और सूखी पड़ी हुई थीं। अधिकतर जंगल गायब हो चुका था, कुछ सूखे पुराने चीड़ के वृक्ष अभी भी सीधी ढलान पर खड़े हुए थे। एक खास श्रेणी पर प्रचुर मात्रा में चूना पत्थर थे। ये पहाड़ी क्षेत्र वहाँ पर काम करनेवाली खदानों से पूरी तरह से बरबाद हो गए थे।

"क्या तुम्हारा पहाड़ी क्षेत्र भी इतना ही वीरान है, जितना यहाँ का है?" प्रीतम ने पूछा।

"नहीं, हमारे यहाँ अब भी कुछ पेड़ हैं," नाथू ने कहा, "अभी किसी ने भी वहाँ पर पहाड़ों को बारूद से उड़ाना शुरू नहीं किया है। हमारे घर के सामने अखरोट का एक पेड़ है, जिससे हमें प्रति वर्ष दो बाल्टी अखरोट मिल जाते हैं।"

"और क्या तुम्हारे यहाँ पानी की व्यवस्था है?"

"वहाँ पहाड़ी के नीचे एक नहर है। लेकिन खेतों के लिए हमें बारिश पर ही निर्भर रहना पड़ता है; वहाँ पिछले साल कोई बारिश नहीं हुई थी।"

"जल्दी बारिश हो जाएगी," प्रीतम ने कहा, "मैं बारिश की सुगंध को सूँघ सकता हूँ। वह उत्तर से आ रही है।"

"वह सारी धूल को भी दबा देगी।"

हर तरफ धूल थी। ट्रक पूरा धूल से भरा हुआ था। झाड़ियों की पत्तियाँ और

कुछ पेड़ों से वह भरा पड़ा था। नाथू अपनी आँखों व मुँह के अंदर भी धूल को महसूस कर सकता था। जैसे-जैसे वे खदान के पास पहुँचते जा रहे थे, धूल और भी ज्यादा बढ़ती जा रही थी। अब जिस तरह की धूल का एहसास उन्हें हो रहा था, वह अलग तरह की, सफेद, आँखों में चुभने वाली और नासिका के छिद्रों में परेशानी पैदा करनेवाली थी।

विस्फोट करने का काम चल रहा था।

प्रीतम सिंह ट्रक को एक पड़ाव पर ले गया।

"आओ, यहाँ पर थोड़ा इंतजार करते हैं।" उसने कहा।

वे दोनों वहा पर खामोशी से बैठकर विंडस्क्रीन से सड़क पर थोड़ी दूरी पर मौजूद क्षतिग्रस्त चट्टान को देखने लगे, जो सड़क से सौ फीट की दूरी पर थी। वहाँ पर जीवन का कोई निशान नहीं था।

अचानक हुए विस्फोट से पड़ी गहरी दरारें साफ नजर आ रही थी और पहाड़ी क्षेत्र बाहर की ओर बढ़ गया था। जमीन व पत्थर पहाड़ों के साथ टकराकर 'तड़-तड़' की जोरदार आवाज कर रहे थे।

झाड़ियों व छोटे पेड़ों को हवा में उड़ते हुए देखकर नाथू डर गया। यह नजारा हमेशा ही उसे भयभीत कर देता था—वह पहाड़ों के छोटे-छोटे टुकड़ों में टूटने को देखकर उतना भयभीत नहीं होता था, जितना कि पेड़ों को एक ओर गिरते और बरबाद होते देखकर होता था। उनको बरबाद होते देखकर वह अपने घर के पेड़ों—अखरोट, काजू और देवदार—के पेड़ के बारे में सोचने लगता था। उसे यह सोचकर हैरानी होती कि एक दिन उनके साथ भी ऐसा ही कुछ होगा, और क्या पूरा पहाड़ी क्षेत्र इस क्षेत्र की तरह ही एक दिन वीरान हो जाएगा। न पेड़, न घास, न पानी—बस दम घोंटने वाली सुरंगों व खदानों की धूल ही बचेगी।

प्रीतम ने एक बार फिर अपने हॉर्न को जोर से इसलिए बजाया कि साइट पर मौजूद लोगों को पता चल सके कि वह आ रहा है। उसने अपने ट्रक को बाहर एक छोटे से छप्पर के पास खड़ा किया, जहाँ पर कॉण्ट्रैक्टर और फॉरमैन चाय की चुस्कियाँ ले रहे थे। उनसे कुछ दूरी पर कुछ मजदूर एक बड़े से पत्थर को हथौड़े से छोटे-छोटे टुकड़ों में तोड़ रहे थे। पत्थरों का एक ढेर ट्रक पर चढ़ाने के लिए तैयार था, जबकि जिस पहाड़ में अभी-अभी विस्फोट किया गया था, उसके टुकड़े उस पहाड़ी क्षेत्र में यहाँ-वहाँ फैले हुए थे।

"आओ, हमारे साथ एक कप चाय पी लो।" कॉण्ट्रैक्टर ने उन्हें बुलाते हुए कहा।

"पत्थरों को लादने का काम शुरू करवाओ, मैं सारा दिन खाली नहीं बैठ सकता।" प्रीतम ने कहा, "अभी मुझे एक चक्कर और लगाना है—और आजकल दिन भी छोटे होते जा रहे हैं। मैं रात को ट्रक नहीं चलाना चाहता।"

लेकिन यह कहकर वह वहाँ रखी बेंच पर बैठ गया और स्टॉल पर दो कप चाय का ऑर्डर भी दे दिया। सुपरवाइजर ने मजदूरों से कहा कि वे ट्रक पर पत्थरों को लादना शुरू करें। विष्णु ने जाली को ट्रक के पिछले हिस्से में रख दिया।

नाथू उस समय पीछे खड़ा रहा, जब मजदूर पत्थरों को ट्रक पर लाद रहे थे। वह यह सोचकर खुश हो रहा था कि वह मोटा-ताजा है, पतले लोगों को सर्दी ज्यादा लगता है—जैसे कॉण्ट्रैक्टर, एक पतला सा आदमी, जो अपने महँगा ओवरकोट पहनने के बावजूद ठंड से काँप रहा था।

अपने आपको गरम रखने के लिए वह पत्थरों को लदवाने में मजदूरों की मदद करने लगा।

"यह उम्मीद मत रखना कि इस मदद के बदले तुम्हें पैसे दिए जाएँगे।" कॉण्ट्रैक्टर ने कहा। जिसके लिए खर्च किया जानेवाला हर पैसा उसके लाभ को कम कर देता था।

"चिंता न करें," नाथू ने कहा, "मैं कॉण्ट्रैक्टरों के लिए काम नहीं करता, मैं प्रीतम सिंह के लिए काम करता हूँ।"

"ठीक कहा," प्रीतम ने आवाज लगाई, "नाथू से आप सोच-समझकर बोलें—वह किसी का नौकर नहीं है।"

ट्रक को पत्थरों से भरने में करीब एक घंटे का समय लगा। कॉण्ट्रैक्टर तब तक खुश नहीं हुआ, जब तक उस ट्रक में एक भी पत्थर रखने की जगह नहीं बची। फिर छह में से चार मजदूर पत्थरों के ढेर पर चढ़ गए, उन्हें ट्रक में ही चढ़कर वापस खदान तक आना था। कॉण्ट्रैक्टर उनका सुपरवाइजर था और अन्य लोग उनका पीछा जीप में करने लगे।

"चलो चलें!" स्टीयरिंग व्हील के पीछे जाते हुए प्रीतम सिंह ने कहा, "मैं यहाँ वापस आना और फिर आठ बजे तक घर जाना चाहता हूँ। आज मुझे एक शादी की पार्टी में जाना है।"

नाथू छलाँग लगाकर प्रीतम की बगल में बैठ गया। प्रीतम दरवाजे को बंद करने के लिए उसे जोर-जोर से ठोकने लगा। यह तब तक बंद नहीं होता था, जब तक उसे जोर से धकेला न जाए। लेकिन वह बस छूने भर से खुल जाता था।

प्रीतम हमेशा मजाक किया करता था कि उसके ट्रक के दरवाजों को सैलो टेप से बंद करना होगा। वह एक मजाकिया किस्म का इनसान था। उसने इंजन को शुरू किया और हॉर्न बजाया। जैसे ही ट्रक वापसी यात्रा पर निकल पड़ा, उसने एक गाना बजा दिया।

ट्रक में बैठे मजदूर भी गाना गा रहे थे, ट्रक घुमावदार पहाड़ी रास्तों पर आगे बढ़ रहा था। नाथू को चक्कर आ रहा था। उसके बगल वाला दरवाजा जोर-जोर से खड़खड़ा रहा था।

"बहुत तेज मत चलाओ।" उसने कहा।

"ओह!" प्रीतम ने कहा, "तुम कब से मेरी ड्राइविंग से परेशान होने लगे?"

"बस आज ही।" नाथू ने कहा।

"और तुम्हें आज क्या हो गया है?"

"पता नहीं, बस आज का दिन ही कुछ ऐसा है, मुझे लगता है।"

"तुम बूढ़े हो रहे हो।" प्रीतम ने कहा, "तुम्हारी परेशानी यही है।"

"बस मेरी उम्र तक पहुँचने का इंतजार करो।" नाथू ने कहा।

"बस अब और गुस्ताखी नहीं।" प्रीतम ने कहा और एक्सिलेटर पर पैर रखा तथा तेजी से ट्रक चलाने लगा।

जैसे ही वे लोग एक मोड़ पर थोड़ा मुड़े, विष्णु ने अपनी खिड़की से बाहर देखा। उसे बस ऊपर आकाश और नीचे घाटी नजर आई। वह बिल्कुल किनारे पर थे, लेकिन आमतौर पर पहाड़ी रास्तों पर ऐसा ही होता था।

कुछ और सड़क के दोहरे मोड़ों को पार करने के बाद रास्ता घाटी में तेजी से नीचे ढलाननुमा हो गया।

"मैं अभी ब्रेक्स को चैक करता हूँ," प्रीतम ने कहा। और उसने उस पर पूरा जोर लगा दिया, इस झटके से पीछे बैठे मजदूरों में से एक लगभग गिर गया था। वे इसके विरोध में चिल्लाने लगे।

"ठहरो!" प्रीतम सिंह चिल्लाया, "आप लोग अपने घर के पास ही हो!"

"किसी छोटे रास्ते को लेने के बारे में मत सोचो।" नाथू ने कहा।

ठीक उसी समय रास्ता भटका हुआ एक पशु का बच्चा बीच रास्ते में भागता हुआ आ गया। प्रीतम सिंह ने उस बच्चे को बचाने के लिए स्टेरिंग व्हील को दाईं ओर घुमा दिया, लेकिन वहाँ पर सड़क तेजी से बाईं ओर मुड़ रही थी। ट्रक किनारे पर चढ़ गया।

जैसे ही वह पलटा, कुछ क्षणों के लिए वह सीधी चट्टान के किनारे पर ही लटक गया, ट्रक के पीछे बैठे मजदूर उछल पड़े। वे आगे को लुढ़क गए और क्योंकि ट्रक बाहर निकली हुई चट्टान से जा टकराया था, ट्रक का दरवाजा खुल गया। नाथू उससे बाहर आ गिरा।

फिर ट्रक तेजी से आगे पत्थरों पर उछलता हुआ बढ़ रहा था और एक अस्त-व्यस्त पुराने शाहबलूत के पेड़ की शाखा से टकराकर रुकने से पहले दो बार पलटा भी। लेकिन अगर ट्रक को उस पेड़ का सहारा नहीं मिला होता तो वह कई सौ फीट गहरी खाई में नीचे गिर गया होता।

दो मजदूर पहाड़ की ढलान पर बैठ गए, वे गहरे सदमे में और बुरी तरह से डरे हुए थे। तीसरे आदमी ने खुद को किसी तरह ऊपर खींचा और मदद माँगने के लिए खदान की ओर वापस भागा।

नाथू बिछुओं के बिस्तर पर जा गिरा। उसे हर जगह टीस हो रही थी, लेकिन उसे सचमुच में चोट नहीं लगी थी।

उसकी पहली कोशिश खड़े होने और सड़क पर वापस मजदूरों के साथ दौड़ने की थी। फिर उसे एहसास हुआ कि प्रीतम सिंह अब भी ट्रक के अंदर ही है।

विष्णु सीधी ढलान से चिल्लाता हुआ नीचे उतरा कि "प्रीतम, प्रीतम! आप ठीक हो?"

उसे कोई जवाब नहीं मिला।

फिर नाथू ने देखा कि प्रीतम का हाथ और आधा शरीर ट्रक के खुले हुए दरवाजे से बाहर लटक रहा है। प्रीतम सिंह जिस स्थिति में उस समय था, वह बहुत ही अजीब थी, वह आधा अंदर था और आधा बाहर। जब नाथू उसके और पास गया तो उसने देखा कि प्रीतम सिंह ड्राइवर सीट में फँस गया है, वह स्टेरिंग व्हील के बीच में जकड़ा हुआ है, जिसने उसकी छाती को बुरी तरह से जकड़ रखा है। नाथू को लगा वह मर गया है। लेकिन जैसे ही वह वापस मुड़ने व सीधी ढलान पर वापस चढ़ने वाला था कि उसका ध्यान इस पर गया कि प्रीतम सिंह ने अपनी काली हो चुकी व सूजी हुई एक आँख को खोला। उसने सीधा नाथू की ओर देखा।

"आप जिंदा हो?" डर से आतंकित नाथू के मुँह से धीरे से ये शब्द फूटे।

प्रीतम सिंह ने भी धीमी आवाज में जवाब दिया, "तुम्हें क्या लगता है?"

इतना कहकर उसने अपनी आँखें फिर से बंद कर लीं।

जब कॉण्ट्रैक्टर और उसके लोग वहाँ पर पहुँचे, तो उन्हें प्रीतम सिंह को उस

टूटे-फूटे ट्रक से बाहर निकालने में एक घंटे का समय लगा, और उसे शहर के बड़े अस्पताल में पहुँचाने में एक और घंटे का समय लग गया। उसकी हँसली की हड्डी टूट चुकी थी व उसका कंधा भी अपनी जगह से हिल गया था, साथ ही और बहुत सी हड्डियाँ टूट चुकी थीं। लेकिन डॉक्टरों ने कहा कि वह ठीक हो जाएगा—ट्रक के लिए ऐसा कहना बहुत बड़ी अतिशयोक्ति होगी।

तो ट्रक बरबाद हो गया, प्रीतम सिंह ने नाथू से उस समय कहा, जब वह कुछ दिनों के बाद उससे मिलने गया। "अब मैं घर चला जाऊँगा और अपने बेटों के साथ रहूँगा। लेकिन तुम दूसरे ट्रक पर काम कर सकते हो।"

"नहीं।" नाथू ने कहा, "मैं भी अपने घर वापस जा रहा हूँ।"

"घर जाकर तुम वहाँ क्या करोगे?"

"अपनी जमीन पर खेती-बाड़ी का काम करूँगा। यहाँ पर जिंदगी को विस्फोट कर बरबाद करने से अच्छा है कि मैं जमीन पर खेती करके कुछ उगाऊँ।"

वे दोनों कुछ समय के लिए शांत हो गए।

"तुम जानते हो," प्रीतम सिंह ने अंततः कहा, "अगर वह पेड़ नहीं होता तो शायद मेरा ट्रक पहाड़ के कदमों में जाकर समाप्त हो गया होता और मैं भी यहाँ ऐसे पट्टियों में लिपटा हुआ नहीं पड़ा होता, न ही तुमसे बात कर रहा होता। वह पेड़ ही था, जिसने मुझे बचाया। इस बात को हमेशा याद रखना, मेरे बेटे!"

"मैं याद रखूँगा" नाथू ने कहा।

□

# 20
# पहाड़ों की धूल

## ~1~

ठंड आई और गई, बिना किसी बूँदाबाँदी के। पहाड़ी क्षेत्र की ढलुआ भूमि सारी-की-सारी गरमी के कारण भूरी हो चुकी थी और खेत खाली पड़े थे। पुराने हल से कठोर खेत पर विष्णु के बैल द्वारा जोताई की जा रही थी, उसकी कठोर भूमि पर शायद ही कोई छाप पड़ रही थी। फिर भी, विष्णु ने बीज बुआई के लिए तैयार रखा हुआ था। एक अच्छा मानसून और उसके परिवार के पास अगली सर्दी तक लहलहाते मक्का और चावल के खेत होंगे।

गरमी झुलसाकर चली गई और कुछ बादल दक्षिणी-पश्चिमी सीमा पर जमा भी हुए।

"मानसून आ रहा है।" विष्णु ने घोषणा की।

उसकी बहन पूजा छोटी नहर पर कपड़े धो रही थी। यदि मानसून जल्दी नहीं आएगा तो नहर सूख जाएगी, उसने कहा, "देखो, इस साल इसके पानी का बहाव कितना कम हो गया है। याद है, वहाँ नहर के किनारे बहुत से अलग-अलग फूल उगते थे? इस साल एक भी नहीं है।"

"सर्दियाँ भी सूखी ही चली गई थीं, यहाँ तक कि बर्फ भी नहीं पड़ी," विष्णु ने कहा।

"मुझे इसके अलावा अब तक की कोई सर्दी याद नहीं, जब बर्फ न पड़ी हो," उसकी माँ ने कहा, "जिस साल तुम्हारे पिता की मृत्यु हुई थी, तब इतनी बर्फ पड़ी थी कि गाँववाले शवदाह की चिता को घंटों तक जला भी नहीं पाए थे···और अब हर जगह देखो आग-ही-आग है।" उन्होंने पर्वतों की तरफ इशारा किया, जो कि जंगल के धुएँ से आधे छुप गए थे।

रात के समय वे अपने छोटे से मकान के बाहर बैठकर जंगल में फैली आग को देखते थे। एक लाल लकीर पर्वतों के आस-पास खिंची हुई थी। हिमालय के हजारों पेड़ आग की लपटों में जल रहे थे। चीड़, देवदार, चिनार के वृक्ष, जिन्हें विकसित होने में सौ साल लग जाते हैं। अब किसी पर्यटक द्वारा बरती गई असावधानी से जलाई गई आग-सूखी घास ने तेज हवाओं के चलते पूरे जंगल को अपनी चपेट में ले लिया। वहाँ उस आग को शांत करनेवाला कोई नहीं था। उसे अपने आप धीरे-धीरे थमने में कई दिन लग जाएँगे।

"यदि मानसून कल आ जाता है तो आग अभी गायब हो जाएगी।" विष्णु ने कहा। वह हमेशा से आशावादी रहा। वह केवल बारह साल का है, लेकिन घर में वही एक अकेला पुरुष था, जिसे यह देखना पड़ता था कि घर में परिवार, उसके बैल, बड़े से काले कुत्ते और मुरगियों के लिए पर्याप्त खाना है कि नहीं।

अगले दिन वहाँ बादल आए, लेकिन केवल बूँदा-बाँदी तक ही सीमित रहे।

"यह तो बस शुरुआत है।" विष्णु ने मिट्टी वाले पानी की बाल्टी को सीढ़ियों पर रखते हुए कहा।

"लेकिन आमतौर पर बारिश की शुरुआत मूसलधार बारिश के साथ होती है।" उसकी माँ ने कहा।

लेकिन इस साल कोई मूसलधार बारिश हुई। क्षितिज पर बादल जमा हुए थे, लेकिन वे फीके और बेदम थे तथा जल्द ही गायब हो भी गए। मानसून वाले बादल काले होंगे और आर्द्रता से लदे होते होंगे। उन दिनों कुछ ऐसे संकेत थे—या अच्छी वर्षा के संकेतों का अभाव था, जिससे लंबी सूखाग्रस्त गरमियों की चेतावनी मिल रही थी। सभी पक्षी शांत थे या फिर अनुपस्थित थे। हिमालय क्षेत्र की बंसत ऋतु आमतौर पर मानसून के आने की आहट को फर के पेड़ों से आनेवाले तेज तीक्ष्ण स्वरों के द्वारा मिलती थी, जिसे अब तक न तो देखा और न ही सुना गया था। झींगुर चीड़ के वृक्षों पर कानफोड़ू आवाज में पहली वर्षा के संकेत देने में अपनी महत्त्वपूर्ण भूमिका निभाते हैं, पता नहीं, वे कहाँ गायब थे।

पूजा का खूबानी का पेड़ हर साल गरमियों में आमतौर पर उन्हें बाल्टी भर फल देता था। पर उसने इस साल केवल एक मुट्ठी भर खूबानी ही पैदा कीं, जिसमें पहले जैसा रस और स्वाद बिल्कुल नहीं था। वह पेड़ मरने ही वाला था, उसकी पत्तियाँ पूरी तरह से सूख चुकी थीं। सौभाग्यवश, पिछले वर्ष हुई उपज से अखरोट, एक डिब्बा भरा हुआ गेहूँ और एक धान के डिब्बे को संग्रहित कर लिया गया था,

जिससे कि वे इस पूरे साल अनाज की कमी को तो पूरा कर लेंगे, लेकिन ऐसा लग रहा था कि जैसे उस वर्ष उन्हें कोई ताजा फल व सब्जियाँ नहीं मिलेंगी। उनके पास भविष्य के लिए बचाकर रखने के लिए भी कुछ नहीं था। कुछ तीस मील की दूरी पर स्थित तेहरी से अपनी आवश्यकता पूर्ति का सामान लाने के लिए पैसों की आवश्यकता थी। गाँव में पैसे कमाने का कोई जरिया मौजूद नहीं था।

"मैं मसूरी जाऊँगा और काम की तलाश करूँगा" विष्णु ने घोषणा की।

"लेकिन मसूरी पहुँचने के लिए बस से दो दिन की यात्रा करनी होगी।" माँ ने कहा, "वहाँ पर ऐसा कोई परिचित नहीं है, जो तुम्हारी मदद कर सके। हो सकता है, तुम्हें कोई काम न मिले।"

"मसूरी में गरमियों के मौसम में अनेक काम होते हैं। मैदानी इलाकों से अमीर लोग अपनी छुट्टियाँ बिताने आते हैं। वहाँ होटलों, दुकानों और ऐसे स्थलों की भरमार है, जहाँ पर वहाँ आनेवाले लोग अपना पैसा खर्च कर सकते हैं।"

"लेकिन वे तुम्हारे ऊपर अपना पैसा खर्च नहीं करेंगे।"

"वहाँ पैसा कमाया जा सकता है। यदि ऐसा नहीं होगा तो मैं घर वापस आ जाऊँगा। और फिर मैं नग टिब्बा पर्वत पर भी जा सकता हूँ। इसमें केवल ढाई दिन लगेंगे और इस तरह मैं बस का किराया भी बचा लूँगा।"

"मत जाओ भाई," पूजा ने निवेदन किया, "वहाँ पर कोई नहीं होगा, जो तुम्हारे लिए खाना बनाएगा—तुम बीमार पड़ जाओगे।"

लेकिन विष्णु ने अपना मन बना लिया था, इसलिए उसने अपना कुछ सामान कंधे पर लटकाने वाले कपड़े के बैग में डाल लिया और उसकी माँ ने अपनी ड्राइंग रूम की दीवार में छिपाकर रखे कुछ सिक्के निकालकर उसे जबरदस्ती दे दिए। पूजा ने खास पराँठे और अंडे की भुर्जी का नाश्ता तैयार किया, एक मुरगी को भी इस मौके पर दावँ पर लगा दिया गया। विष्णु ने कुछ पराँठे अपने बैग में रख लिये। फिर अपनी माँ और बहन से विदा ले गाँव के रास्ते से आगे चल पड़ा।

एक मील चलने के बाद वह हाईवे पर वहाँ पहुँच गया, जहाँ छोटे से गाँव के बाहर बस स्टैंड था। वहाँ पर काफी बड़ी तादाद में गाँव के लोग बस के आने की राह देख रहे थे। एक घंटा इंतजार करने के बाद वहाँ बस आई, लेकिन गाँव के लोग इतनी देर तक बस का इंतजार करने के आदी हो चुके थे। जब तक कि बस आ नहीं जाती और उन्हें उनकी मंजिल पर सुरक्षित नहीं पहुँचा देती, तब तक धैर्य रखने की उनकी आदत बन चुकी थी, वे धैर्यशील लोग थे। हालाँकि विष्णु इतना धैर्यशील नहीं

था, फिर भी उसने इंतजार करना सीख लिया था—देर से आनेवाली बस का और देर से आनेवाले मानसून का भी।

## ~2~

घाटी और पर्वतों के रास्ते पर शक्तिहीन कमजोर लोगों को लिये एक छोटी बस चली जा रही थी। ड्राइवर की ओर से की गई एक छोटी गलती भी उन सभी को नीचे चट्टानों में गिराकर टुकड़े-टुकड़े करने के लिए काफी थी।

हम कितने छोटे हैं—विष्णु ने पहाड़ों के ऊँचे-ऊँचे शिखर और आसमान की विशालता को देखकर अपने मन में सोचा, हममें से हर एक वर्षा की एक बूँद से अधिक नहीं है। काश, मेरे पास बारिश की कुछ बूँदें ही होतीं!

वहाँ पर उत्तर की ओर अब आग जल रही थी, लेकिन रास्ता दक्षिण की तरफ चला जा रहा था, जहाँ पर कोई भी जंगल नहीं था, केवल खाली भूरी पहाड़ी की ढलान थी। नदी के नीचे वहाँ छोटे-छोटे धान के खेत थे, लेकिन दुर्भाग्यवश नदी नीचे की ओर बहती थी, न कि ऊपर चोटी की ओर। वहाँ पर ऐसा कोई सस्ता तरीका नहीं था, जिससे पानी को सीधे झुकाव से मैदान तक लाया जा सके, जो कि केवल बारिश के पानी पर निर्भर करता था।

विष्णु बस की खिड़की से एकटक नदी को देख रहा था, जो कि नीचे बह रही थी। नदी के किनारों पर लगे वे शिलाखंड अब नजर आने लगे थे, जो पानी के ऊँचे स्तर से ढके रहते थे, पानी का स्तर निरंतर नीचे गिर रहा था।

"यहाँ कोई पेड़ क्यों नहीं है?" उसने जोर से पूछा और साथी यात्रियों का ध्यान अपनी ओर आकर्षित कर लिया। अगली सीट पर एक बूढ़ा आदमी बैठा था, जो कि लगातार खाँसे जा रहा था। हालाँकि वह गरम दिन था, फिर भी उसने सिर पर ऊनी टोपी और अपनी गरदन में पुराना मफलर लपेट रखा था।

"यहाँ पर भी कभी पेड़ हुआ करते थे।" उसने कहा, "लेकिन ठेकेदारों ने मकान और फर्नीचर के लिए देवदार के पेड़ों को काट डाला। चीड़ की लकड़ी को धूप के लिए समाप्त कर दिया गया। चीड़ के पेड़ की पत्तियों को पशुओं के चारे के लिए इस्तेमाल कर लिया गया। अगर तुम नजदीक से देखोगे तो अभी भी कुछ पेड़ों के कंकाल तुम्हें यहाँ पर मिल जाएँगे—और जो कुछ झाड़ियों के निशान तुम्हें यहाँ पर मिलेंगे, उनकी पत्तियों को बकरियों ने खा डाला है।"

"यह सब कब हुआ?" विष्णु ने पूछा।

"कुछ साल पहले। ऐसा अभी भी दूसरे क्षेत्र में हो रहा है, हालाँकि अब पेड़ों को काटना निषेध है। केवल वही जंगल शेष हैं, जो कि नगर से बहुत दूर हैं, जहाँ कोई आने-जाने का रास्ता नहीं है।" उसे खाँसी का दौरा अचानक आ गया, लेकिन उसे एक अच्छा श्रोता मिल गया था और वह अपनी बात को जारी रखने के लिए उत्साहित था। रास्तों का निर्माण हमारे या तुम्हारे जीवन को आसान करता है, लेकिन किसी के लिए यही रास्ता अनिष्टकारी भी होता है। शहरों से अमीर लोग यहाँ आते हैं। वे जो कुछ खरीदना चाहते हैं, खरीदते हैं—जमीन, पेड़, लोग।

"आप मसूरी क्यों जा रहे हैं, अंकल?" विष्णु ने विन्रमतापूर्वक पूछा। वह बड़े लोगों को हमेशा अंकल या आंटी कहकर संबोधित करता था।

"मुझे खाँसी है, जो काफी समय से ठीक नहीं हो रही है। शायद अस्पताल में इसका इलाज हो जाए। तुम्हें पता है, डॉक्टर गाँवों में आना पसंद नहीं करते—गाँवों में वे लोग पैसा नहीं कमा सकते, इसलिए हमें शहरों में डॉक्टरों के पास जाना होता है। मेरा एक भाई था, जिसका इलाज मसूरी में भी नहीं हो सका, उन्होंने उसे दिल्ली जाने के लिए बोला। उसने अपने बैल बेचे और दिल्ली चला गया, लेकिन वहाँ उसे कहा गया कि अब बहुत देर हो चुकी है। वह रास्ते में ही मर गया। मैं दिल्ली नहीं जाऊँगा। मैं अजनबियों के बीच में मरना नहीं चाहता।"

"आप ठीक हो जाओगे, अंकल।" विष्णु ने कहा।

"ऐसा कहने के लिए भगवान् तुम्हें खुश रखे। और तुम, तुम शहर क्यों जा रहे हो?"

"काम की तलाश में घर में पैसों की जरूरत थी।"

"हमेशा से ऐसा ही होता है। तुम्हारे जैसे बहुत से लोग होते हैं, जिन्हें पैसे की जरूरत को पूरा करने के लिए घर से दूर जाना पड़ता है। लेकिन भूले-भटके कहीं और मत भटक जाना। कभी अपने दोस्तों के बहकावे में मत आना कि फिल्म स्टार बनने के लिए बंबई जाएँ। यहाँ अपने गाँव में भूखे मरना बेहतर है, बजाय इसके कि तुम बंबई जाओ और सड़कों पर भूखे मर जाओ। मेरा एक भतीजा है, जो बंबई गया था। तस्करों ने उसे अफीम बेचने के काम में डाल दिया और अब वह जेल में है। बड़े शहरों से दूर रहो बच्चे, अपना पैसा कमाओ और वापस घर लौट जाओ।"

"मैं ऐसा ही करूँगा, अंकल। मेरी माँ और बहन गरमियों का मौसम खत्म होने से पहले मेरे आने का इंतजार करेंगी।"

बूढ़े आदमी ने जोश में सिर हिलाया और फिर से खाँसने लगा। अब वह ऊँघने

लगा था। बस का अंदर का भाग तंबाकू के धुएँ और पेट्रोल की भभक से महक रहा था, जिसके कारण विष्णु को सिरदर्द होने लगा था। उसने अपना चेहरा खिड़की के पास रख लिया, जिससे वह अधिक-से-अधिक ताजी हवा पा सके, लेकिन धूल उसके मुँह और आँखों के अंदर जा रही थी।

धूल भरे बहुत सारे घंटों के बीतने के पश्चात् बस मसूरी में आ गई। अपने आवेग में आकर बस का ड्राइवर, जो भी रास्ते में उसे दिख रहा था, उसे देखकर हॉर्न बजा रहा था। यात्री घबराए हुए नीचे उतरे और अपने अलग-अलग रास्तों पर चल दिए। बूढ़ा आदमी पैर घसीटता हुआ अस्पताल को चल दिया।

विष्णु ने भी वहाँ पहुँचते ही काम की तलाश शुरू कर दी। उसे वहाँ रात में रुकने के लिए निवासस्थान की जरूरत थी और उसकी हालत ऐसी थी कि वह सस्ते-से-सस्ता होटल भी नहीं खरीद सकता था। इसलिए वह एक से दूसरी दुकान पर पहुँचता, सभी रेस्तराँ और खाने-पीने की जगहों पर काम के बारे में पूछने के लिए रुकता—वह कोशिश में था कि रात को सोने, भोजन और एक न्यूनतम मजदूरी का काम मिल जाए। मिठाई की एक दुकान पर लड़के ने उसे बताया कि वहाँ पिक्चर पैलेस में काम है, जो शहर के तीन सिनेमाघरों में से एक है। हिल स्टेशन का प्रमुख मार्ग लोगों की भीड़ से खचाखच भरा हुआ था, इसका मौसम हाल ही में शुरू हुआ था, वहाँ पर जो भी लोग मौजूद थे, उनमें से बहुत से पर्यटक थे, जो कि दिल्ली और अन्य बड़े शहरों से आए थे।

जब विष्णु पिक्चर पैलेस पर पहुँचा तो स्ट्रीट लाइट जल चुकी थी और दुकानें रोशनी से नहा उठी थीं।

## ~ 3 ~

वह व्यक्ति जो सिनेमा का टी स्टॉल चला रहा था, उसने हाल ही में पिछले कामगार को उसकी गलती के कारण निकाल दिया था। वह जब भी किसी नए लड़के को रखता तो उसे चेतावनी दे देता कि मैं तुम्हारे द्वारा तोड़ी गई सभी प्लेटों और कपों का हिसाब रखूँगा और उनकी कीमत तुम्हारी तनख्वाह से महीने के अंत में काट लूँगा।

जैसा कि विष्णु की तनख्वाह पचास रुपए महीना तय थी, यदि उसे अपनी पूरी तनख्वाह लेनी थी तो बहुत सावधानी से सारे महीने काम करना होता था।

"मेरे पहले महीने में", चितरु ने कहा, "जो चाय स्टॉल पर काम करनेवाले लड़कों में से एक था, मैंने छह कप और पाँच प्याली तोड़े थे और उस माह मेरा

मेहताना तीन रुपए मिला था, इसलिए सावधान रहना।"

विष्णु का काम चाय व समोसे तैयार करने में मदद करना और इन आहारों को सिनेमा देखने आई जनता को इंटरवेल के दौरान बेचना था, और उसके पश्चात् उन बरतनों को धोना था। उसकी तनख्वाह के अतिरिक्त वह जितनी उसके पेट में समाए, उतनी चाय पी सकता था। लेकिन चीनी की मात्रा पर नियंत्रण रखना होता था।

विष्णु को जल्दी ही काम मिल गया और वहाँ उसे चाय के स्टॉल पर काम करनेवाले अन्य लड़कों के मुकाबले काम में निपुण होने में ज्यादा समय नहीं लगा। चाय के स्टॉल पर काम करनेवाले अन्य दो लड़के भी थे—चितरु और बाली। चितरु एक आरामपसंद, आलसी लड़का था, जो कि हमेशा अपने हिस्से के काम को दूसरों पर डालने की कोशिश करता था। लेकिन वह बहुत उदार भी था और पहले ही हफ्ते के दौरान उसने पाँच रुपए विष्णु को उधार दे दिए थे। बाली चायवाले लड़के का काम करने के साथ-साथ पोस्टर लगाने का काम भी करता था। जैसा कि सिनेमा सुबह के दौरान बंद रहता था। इस समय बाली या तो मसूरी में पोस्टर लगाने में या उपयुक्त दीवारों पर पोस्टर चिपकाने में व्यस्त रहता।

पोस्टर बहुत ही काम के होते हैं। उसने दावा किया। वह पुरानी दीवारों को गिरने से बचाते हैं।

चितरु के मसूरी में रिश्तेदार रहते थे और वह वहीं सोता था। लेकिन विष्णु और बाली दोनों का अपना कोई नहीं था, इसलिए उन्हें सिनेमा हॉल में ही सोना पड़ता था। आखिरी शो के बाद हॉल पर ताला लग जाता, इसलिए उन्हें जो पसंद होती, उस महँगी सीट पर कब्जा खाली सिनेमा हॉल में भी नहीं कर पाते थे। उन्हें टिकट ऑफिस के पास के उपकक्ष के गंदे कालीन पर ही सोना पड़ता, जहाँ वे प्राय: बर्फीली हिमालय की हवाओं का कहर भी झेलते।

बाली दीवारों के कोने पर पोस्टर बोर्ड को लगाकर उस जगह को काफी आरामदायक बना देता था, जो उनके लिए एक छोटी सी गुफा जैसा होता, जहाँ पर वे सो जाते और हवा से बचे रहते थे। हालाँकि उनके पास अपना एक-एक कंबल ही था, इसलिए वे अपने कंबल को एक साथ रखते और अपने आप को एक गरम शॉल में कस लेते थे।

शो के दौरान, हर रोज जब विष्णु सिनेमा देखने आए लोगों के लिए चाय ले जाता तो वहाँ कोई-न-कोई ऐसा होता, जो उससे कठोर व्यवहार करता और अपमानजनक बातें कहता। एक बार उसने जब चाय कॉलेज में पढ़ने वाले एक छात्र

के जूतों पर चाय गिरा दी थी तो उसने उसे जोर से लात मारी। जब विष्णु ने इसकी चाय स्टॉल के मालिक को शिकायत की, लेकिन उसने कहा कि ग्राहक हमेशा सही होता है। तुम्हें उस समय वहाँ से हट जाना चाहिए।

जब वह इस तरह अपना जीवनयापन करने का आदी हो गया तो नियमित तौर पर वहाँ पर आनेवाले कुछ ग्राहकों से विष्णु की बनने लगी।

उदाहरण के लिए छलनी जैसी मूँछों वाले एक विशाल कद के ग्राहक थे, जो अपनी चाय प्याली से पीते थे। वे जैसे ही चाय पीते, उनके होंठ चूषण पंप की तरह हिलने लगते और प्याली की चाय में हुई छोटी सी हलचल के साथ ही चाय कुछ पलों में ही गायब हो जाती। विष्णु को आश्चर्य होता कि क्या उस जवान व्यक्ति के ऊपर के होंठों में कोई छिपकर बैठा है, कुछ चीज जो कि अचानक टपक पड़ती है और उस पर गिर जाती है। वह कुछ ग्राहकों की खास आदतों के किस्से अपने साथियों के साथ साझा करके मजा लेता था।

विष्णु ने इस तरह की सजी-धजी महिलाएँ पहले कभी नहीं देखी थीं। उसके गाँव की लड़कियाँ, जिसमें उसकी बहन भी सम्मिलित है, दिखने में अच्छी और प्रायः तगड़ी हुआ करती थीं। लेकिन वे कभी इन शहर की बहुत खुशहाल औरतों की तरह खुशबू या मेकअप का इस्तेमाल नहीं करती थीं।

महँगे कपड़े और आभूषण पहनी हुई औरतें विष्णु को कभी ज्यादा देर तक नहीं देखतीं या देखतीं भी तो उदासी भरी दृष्टि ही डालतीं। लेकिन अन्य औरतें उस पर ध्यान देतीं, उससे दयाभाव दिखातीं और जब वह उनके सामने से कप और प्लेटें ले जाता तो उसे कुछ टिप भी देतीं। विष्णु ने जाना कि वह महीने में मिलने वाली टिप से भी कुछ कमाई कर सकता है। जब उसे पहले महीने का मेहनताना मिला तो उसमें से कुछ पैसे घर भेजना उसके लिए संभव हो गया।

चितरु उसे पोस्ट ऑफिस तक ले गया और मनी ऑर्डर फार्म भरने में उसकी मदद की। विष्णु ने गाँव के स्कूल से पढ़ाई की थी, लेकिन उसे औपचारिक पेपरवर्क और फार्म आदि भरने की आदत नहीं थी। चितरु शहर का लड़का था, वह सब जानता था, यहाँ तक कि वह पढ़-लिख भी सकता था।

सिनेमा हॉल वापस जाते समय चितरु ने कहा, "हम चूना पत्थर की खदानों पर और अधिक पैसा कमा सकते हैं।"

"ठीक है, कोशिश करते हैं।" विष्णु ने कहा।

"अब नहीं," चितरु ने कहा, जो इन दिनों हिल स्टेशन के बहुत ही व्यस्त

माहौल का आनंद उठा रहा था, "इस मौसम के पश्चात्—मानसून के बाद।"

लेकिन वहाँ अभी भी किसी मानसून के आने की कोई संभावना नहीं थी, केवल अचानक होनेवाली बूँदाबाँदी, जो कि मैदानी क्षेत्र की हवा को साफ करने के लिए होती थी, वही थी। विष्णु को सोचकर अजीब लग रहा था कि उससे दूर रहकर उसकी माँ और बहन का क्या हाल होगा। उसे अपने घर की याद सताने लगी थी।

अपनी सारी जगमगाहट के साथ हिल स्टेशन बाहर से सुंदर दिखने वाला एक ऐसा तोहफा था, जिसके भीतर कुछ भी नहीं था।

एक दिन सिनेमा में विष्णु ने उस बूढ़े व्यक्ति को देखा, जो उसके साथ बस में आया था। उसने उसे लंबे अरसे से खोए हुए दोस्त की तरह संबोधित किया। पहले तो बूढ़े आदमी ने उसे पहचाना नहीं, लेकिन जब विष्णु ने पूछा कि उसकी बीमारी ठीक हो गई या नहीं तो बूढ़े आदमी ने उसे पहचाना और कहा, "तो तुम अभी भी मसूरी में हो, यह अच्छा है। मुझे लगा था कि तुम दिल्ली चले गए होगे और ज्यादा पैसा कमा रहे होगे।" उसने यह भी बताया कि वह अब थोड़ा ठीक है और अस्पताल में अपना इलाज करवा रहा है। विष्णु उसके लिए एक कप चाय लाया और इसके लिए पैसा लेने से इनकार कर दिया। यह उसे फ्री में मिलने वाली चाय वाले कोटे में सम्मिलित हो सकता था। जब शो खत्म हो गया, तो बूढ़ा आदमी अपने रास्ते चला गया और विष्णु ने उसे दोबारा नहीं देखा।

सितंबर में शहर खाली होना शुरू हो जाता था। नल या तो सूख रहे थे या केवल मिट्टी वाला पानी उनमें से टपक रहा था। एक पतली फुहार दिन के अंत में पर्वतों पर पड़ रही थी, लेकिन वहाँ बारिश का कोई नामोनिशान नहीं था। जब धुंध साफ हो गई तो पतझड़ की हवा देवदार से फुसफुसाते हुए आई।

महीने के अंत में पिक्चर पैलेस के मैनेजर ने सभी को एक नोटिस दिया, एक हफ्ते की मजदूरी दी और घोषणा की कि सर्दियों के लिए सिनेमा बंद रहेगा।

## ~ 4 ~

बाली ने कहा, "मैं काम की तलाश में दिल्ली जा रहा हूँ। मैं अगली गरमियों में वापस आऊँगा। तुम क्या करोगे, क्यों नहीं तुम भी मेरे साथ चलते? दिल्ली में काम तलाशना आसान होता है।"

"मैं चितरु के साथ रहूँगा।" विष्णु ने कहा, "हम लोग खदान पर काम कर सकते हैं।"

"मुझे बड़े शहर पसंद हैं।" बाली ने कहा, "मुझे बहुत सारी दुकानें, लोग और तेज आवाजें पसंद हैं। मैं कभी अपने गाँव वापस नहीं जाऊँगा। वहाँ पर पैसा कमाने का, मजा करने का कोई साधन नहीं है।"

बाली ने अपनी जरूरत की चीजों की एक पोटली बनाई और बस स्टैंड के लिए निकल पड़ा। विष्णु ने अपने लिए एक जोड़ी सस्ते जूते खरीदे, क्योंकि उसके पुराने वाले जूते फटकर चीथड़े बन चुके थे। उसके बाद उसके पास जो भी बाकी पैसे बचे, उनको उसने अपने घर मनी ऑर्डर से भेज दिया। फिर वह और चितरु पत्थर तोड़ने वाली खदान, जो कि मसूरी से आठ मील पैदल की दूरी पर थी, की ओर चल पड़े।

उनको इस बात का आभास हो गया था कि वे खदान के नजदीक पहुँच चुके हैं, क्योंकि पत्थरों के बड़े-बड़े टुकड़ों के टूटने से जो धुआँ उठ रहा था, उसके गुबार को हवा में लहराते हुए देखा। हवा में फैली धूल ने सामने दृष्टिगत पहाड़ को आँखों से ओझल कर दिया था। जब उन्हें पहाड़ दिखने लगा तो पहाड़ की चोटी गायब हो चुकी थी, जिसे बारूद से इसलिए उड़ा दिया गया था कि जमीन के नीचे पत्थरों की घनी परत तक खदान को जाने में सक्षम बनाया जा सके।

निचली ढलान पर अब भी कुछ पेड़ों के अवशेष पड़े हुए दिखाई दे रहे थे, जबकि बाकी सबकुछ, जैसे घास, फूल, झाड़ियाँ, पक्षी, तितलियाँ, टिड्डे, गौरैया—सभी गायब हो चुके थे। पत्थरों में रहनेवाली एक छिपकली ने अपना सिर दरार में से निकालकर उसके क्षेत्र में घुसपैठ करनेवालों को देखना चाहा। फिर किसी प्रागैतिहासिक जुझारू की तरह वह वापस अपने भूमिगत स्थल में चली गई।

"मैं जब छोटा था तो यहाँ पर आया करता था।" चितरु ने खुशी से घोषणा करते हुए कहा।

"तब भी क्या खदान यहाँ पर थी?"

"ओह, नहीं। मेरे दोस्त और मैं—हम यहाँ पर स्ट्राबेरीज के लिए आया करते थे, जो इस सारे पर्वतीय इलाके में उगा करती थीं। वह जंगली स्ट्राबेरी थी, लेकिन बहुत ही स्वादिष्ट होती थी।"

"अब वह कहाँ है?" विष्णु ने पूरी तरह से उजड़ चुके उस पर्वतीय स्थल पर यहाँ-वहाँ नजर घुमाते हुए पूछा।

"सभी गायब हो गईं।" चितरु ने कहा, "हो सकता है कि अगले पर्वत पर कुछ मिल जाए।"

जैसे ही वे खदान के पास पहुँचे, ठीक उसी समय हुए एक जोरदार धमाके ने पर्वतीय इलाके को हिलाकर रख दिया। चितरु ने रास्ते पर हो रही पत्थरों की वर्षा

से विष्णु को बचाने के लिए एक पहाड़ के लटकते हुए टुकड़े के नीचे खींच लिया। धूल के गुब्बार ने एक बार फिर उनको अपने में समाहित कर लिया, विष्णु को जोर से खाँसी होने लगी। थोड़ी देर बाद जब वातावरण थोड़ा साफ हुआ, तो उन्होंने अपने ऊपर से पत्थरों के बड़े से अंबार को अपने सामने देखा।

चितरु विष्णु से उम्र व आकार दोनों में बड़ा था, उसको वहाँ पर तत्काल ही एक मजदूर के तौर पर काम मिल गया, लेकिन खदान के फोरमैन ने विष्णु को एक नजर देखा और बोला, "तुम बहुत छोटे हो। तुम पत्थरों को तोड़ने व उन भारी-भारी पहाड़ी पत्थरों को उठाकर ट्रक तक नहीं पहुँचा पाओगे। अतः तुम चले जाओ और कोई दूसरा काम तलाश करो।"

उसे मजदूरों की कैंटीन में चाय बनाने और बरतन धोने का काम दिया गया, लेकिन वह इन कामों से तंग आ चुका था। उसने वापस मसूरी जाने का मन बना लिया था कि उसने अपने कंधे पर एक भारी हाथ का दबाव महसूस किया। जब उसने ऊपर देखा तो सफेद दाढ़ी वाले पगड़ीधारी एक सिख को अपनी ओर भौचक्का हो देखते हुए पाया।

"मुझे अपने ट्रक पर एक क्लीनर की जरूरत है।" उन्होंने कहा, "काम तो आसान है, लेकिन काम करने के घंटे ज्यादा हैं।"

विष्णु ने तत्क्षण ही उनके रूखे व्यवहार का उत्तर तो दिया, लेकिन बहुत ही खुश होकर।

"आप कितना पैसा देंगे?" उसने पूछा

"एक दिन के पंद्रह रुपए और तुम्हारे खाने व सोने का इंतजाम डिपो पर होगा।"

"जहाँ तक मुझे समझ आया, मुझे खाना नहीं बनाना होगा।" विष्णु ने कहा।

ट्रक ड्राइवर जोर से हँसने लगा। "हो सकता है कि तुम वही करना चाहो, जब एक बार तुम डिपो पर मिलने वाला खाना चख लो। तो तुम मेरे ट्रक पर आ रहे हो? ठीक से सोच लो।"

"मैं आपका हुआ," विष्णु ने कहा और चितरु की ओर अलविदा कहने के लिए हाथ हिलाया। वह उस सिख आदमी के पीछे-पीछे उसके ट्रक पर चल दिया।

## ~ 5 ~

पहाड़ी क्षेत्र में फैली खामोशी को चीरती हुई हॉर्न की आवाज के साथ ही ट्रक नीचे सड़क पर आ गया। रास्ते पर दाएँ-बाएँ बकरियों का झुंड छितरा हुआ था।

चरवाहे ने उन्हें कोसा, क्योंकि सड़क पर धुएँ के गुब्बार की वजह से वे उसकी आँखों से ओझल हो गई थीं, और फिर ट्रक उनको पीछे छोड़कर आगे बढ़ गया और खदान की ओर जानेवाले ऊबड़-खाबड़, कच्चे रास्ते के साथ-साथ लड़खड़ाते हुए आगे बढ़ रहा था।

ट्रक के स्टेयरिंग व्हील को सँभालते हुए दूसरे हाथ से उसने अपनी सफेद मूँछों पर ताव देते हुए प्रीतम सिंह बैठा था। यह उसका अपना ट्रक था। उसने कभी किसी और को यह ट्रक नहीं चलाने दिया था। हर दिन वह अपने ट्रक में पत्थरों का मलबा लादकर खदान व पहाड़ी के नीचे वाली घाटी में स्थित डिपो के दो चक्कर लगाता था। उसे प्रत्येक चक्कर के हिसाब से पैसे मिलते थे और वह हमेशा ही प्रतिदिन दो चक्कर लगाने के लिए व्याकुल रहता था।

उसके बगल में बैठा विष्णु उसका नया क्लीनर था। एक माह से भी कम समय के अनुभव ने ही विष्णु को ट्रक की देखभाल, उसमें घूमने व उसी में सोने का समय भी बिताने के कारण सभी काम में निपुण बना दिया था। उसकी मनमौजी प्रीतम, जो कि पचास वर्ष का सिख था, के साथ अच्छी कट रही थी, प्रीतम के दो बेटे भी थे—जिनमें से एक गाँव में किसान था तो दूसरा यहाँ से कोसों दूर लंदन में शराब का व्यवसाय करता था। वह अपने दोनों बेटों में से किसी के भी साथ रह सकता था, लेकिन उसकी प्राण से प्रिय स्वतंत्रता उसे टूटे-फूटे पुराने ट्रक के साथ रास्तों पर बनाए रखती थी।

प्रीतम ने हॉर्न को जोर से दबाया। उस समय रास्ते में कोई नहीं था—न तो कोई इनसान और न ही कोई जानवर, लेकिन प्रीतम को अपने हॉर्न की आवाज बहुत पसंद थी और उसे बार-बार हॉर्न दबाना भी बहुत अच्छा लगता था। उसने शेखी बघारते हुए कहा कि यह उत्तर भारत का सबसे तेज आवाज करनेवाला हॉर्न है। हालाँकि यह भी सत्य था कि कोई भी उस आवाज को सुनता तो उसके मन में एक तरह का खौफ बैठ जाता, क्योंकि उसकी आवाज एक चिंघाड़ते हाथी की आवाज से भी तेज थी—लेकिन प्रीतम के कानों के लिए यह आवाज किसी संगीत की तरह थी।

प्रीतम का व्यवहार विष्णु के साथ बहुत अच्छा था, इसलिए उन दोनों के बीच ट्रक में साथ बैठकर एक साथ बहुत सारी यात्राएँ करने के कारण एक मित्रता का रिश्ता पनप गया।

"इन हड्डियों को तोड़ने वाले रास्ते पर बस एक साल और," प्रीतम ने कहा, "फिर मैं अपने ट्रक को बेच दूँगा और रिटायर हो जाऊँगा।"

"लेकिन इस पुराने टूटे-फूटे ट्रक को कौन खरीदेगा?" विष्णु में पूछा, "यह आपसे पहले ही रिटायर हो जाएगा।"

"अब इसकी बेइज्जती मत करो, लड़के। यह बस बीस साल की है—अभी इसके कुछ साल और बाकी हैं।" और अपनी बात को साबित करने के लिए उसने एक बार फिर हॉर्न बजाया। उसकी कर्कश आवाज गूँज उठी और पर्वतीय घाटी में पत्थरों से टकराकर वापस लौट आई, जिससे उसकी गूँज फिर से सुनाई दी। शिकार किए जानेवाले पक्षियों का एक जोड़ा झाड़ियों में से निकला और वहाँ से भी अधिक शांत क्षेत्र की तलाश में उड़ गया।

प्रीतम अपने रात के खाने के बारे में सोचने लगा।

कई दिनों से अच्छा खाना खाने के लिए नहीं मिला।

"मुझे कई हफ्तों से अच्छा खाना खाने के लिए नहीं मिला," विष्णु ने कहा, हालाँकि अब वह उन दिनों से अधिक हृष्ट-पुष्ट लग रहा था, जब वह सिनेमा के चाय के खोके पर काम करता था।

"आज रात मैं तुम्हें एक अच्छे होटल में खाना खिलाऊँगा—तंदूरी चिकन और पुलाव।"

उसने एक बार फिर अपना हॉर्न अपने वायदे को पक्का करने के लिए बजाया। फिर उसने अपने ट्रक की रफ्तार को धीमा कर दिया, क्योंकि आगे का रास्ता बहुत सँकरा व ढलुआ था और उनके सामने खच्चरों का एक झुंड चल रहा था।

जैसे ही हॉर्न की आवाज गूँजी, एक खच्चर आगे तो एक पीछे, एक पहाड़ की चोटी पर चढ़ गया तो कोई ढलान पर निकल पड़ा। वहाँ पर हर जगह खच्चर-ही-खच्चर दिखाई दे रहे थे। प्रीतम खच्चरों को कोस रहा था तो खच्चरों को हाँकने वाला प्रीतम को, लेकिन वे लोग जल्दी ही उन सबको पीछे छोड़कर आगे निकल गए।

उस सारे क्षेत्र की पहाड़ियाँ वीरान और सूखी पड़ी हुई थी। अधिकतर जंगल गायब हो चुका था।

"क्या तुम्हारा पहाड़ी क्षेत्र भी इतना ही वीरान है, जितना यहाँ का है?" प्रीतम ने पूछा।

"नहीं, हमारे यहाँ अब भी कुछ पेड़ हैं," विष्णु ने कहा, "अभी किसी ने भी वहाँ पर पहाड़ों को बारूद से उड़ाना शुरू नहीं किया है। हमारे घर के सामने अखरोट का एक पेड़ है, जिससे हमें प्रति वर्ष दो बाल्टी अखरोट मिलते हैं। वहाँ पर एक खूबानी का भी पेड़ है। लेकिन फलों के हिसाब से यह साल खराब रहा। इस साल

बारिश बिल्कुल नहीं हुई और जलस्रोत भी वहाँ से बहुत दूर हैं।"

"जल्दी बारिश हो जाएगी," प्रीतम ने कहा, "मैं बारिश की सुगंध को सूँघ सकता हूँ। वह उत्तर से आ रही है। इस बार सर्दी जल्दी आ जाएगी।"

"वह सारी धूल को भी दबा देगी।"

हर तरफ धूल थी। ट्रक पूरा धूल से भरा हुआ था झाड़ियों की पत्तियाँ और कुछ पेड़ों से वह भरा पड़ा। विष्णु को अपनी आँखों व मुँह के अंदर भी धूल को महसूस कर सकता था। और जैसे-जैसे वे खादान के पास पहुँचते जा रहे थे, धूल और भी ज्यादा बढ़ती जा रही थी। अब जिस तरह की धूल का एहसास उन्हें हो रहा था, वह अलग तरह की—सफेद, आँखों में चुभने वाली और नासिका के छिद्रों में परेशानी पैदा करनेवाली थी।

वे लोग सुबह से विस्फोट कर रहे थे।

"आओ यहाँ पर इंतजार करते हैं।" प्रीतम ने ट्रक को एक पड़ाव पर ले जाते हुए कहा।

वे दोनों वहाँ पर खामोशी से बैठकर विंडस्क्रीन से सड़क पर थोड़ी दूरी पर मौजूद क्षतिग्रस्त चट्टान को देखने लगे। वहाँ पर विस्फोट से पड़ी गहरी दरारें साफ नजर आ रही थीं और पहाड़ी क्षेत्र बाहर की ओर बढ़ गया था। जमीन व पत्थर पहाड़ों के साथ टकराकर तड़-तड़ की जोरदार आवाज कर रहे थे।

झाड़ियों व छोटे पेड़ों को हवा में उड़ते हुए देखकर विष्णु डर गया। यह नजारा हमेशा ही उसे भयभीत कर देता था—वह पहाड़ों के छोटे-छोटे टुकड़ों में टूटने को देखकर उतना भयभीत नहीं होता था, जितना कि पेड़ों को एक ओर गिरते और बरबाद होते देखकर होता था। उनको बरबाद होते देखकर वह अपने घर के पेड़ों—अखरोट, काजू और देवदार के पेड़ के बारे में सोचने लगता था, उसे यह सोचकर हैरानी होती कि एक दिन उनके साथ भी ऐसा ही कुछ होगा, क्या पूरा पहाड़ी क्षेत्र इस क्षेत्र की तरह ही एक दिन वीरान हो जाएगा। न पेड़, न घास, न पानी—बस दम घोटने वाली सुरंगों व खदानों की धूल ही बचेगी।

## ~ 6 ~

प्रीतम ने एक बार फिर अपने हॉर्न को जोर से इसलिए बजाया कि साइट पर मौजूद लोगों को पता चल सके कि वह आ रहा है। उसने अपने ट्रक को बाहर एक छोटे से छप्पर पर पार्क किया, जहाँ पर कॉण्ट्रैक्टर और फॉरमैन चाय की चुस्कियाँ

ले रहे थे। उनसे कुछ दूरी पर कुछ मजदूर, जिनमें से चितरु भी एक था, एक बड़े से पत्थर को हथौड़े से वार कर छोटे-छोटे टुकड़ों में तोड़ रहे थे। पत्थरों का एक ढेर ट्रक पर चढ़ाने के लिए तैयार था, जबकि जिस पहाड़ में अभी-अभी विस्फोट किया गया था, उसके टुकड़े उस पहाड़ी क्षेत्र में यहाँ-वहाँ फैले हुए थे।

"आओ, हमारे साथ एक कप चाय पी लो।" कॉण्ट्रैक्टर ने उन्हें बुलाते हुए कहा।

"मैं सारा दिन खाली नहीं बैठ सकता," प्रीतम ने कहा, "अभी मुझे एक चक्कर और लगाना है—आजकल दिन भी छोटे होते जा रहे हैं। मैं रात को ट्रक नहीं चलाना चाहता।"

लेकिन यह कहकर वह वहाँ रखी बेंच पर बैठ गया और स्टॉल पर दो कप चाय का ऑडर भी दे दिया। फॉरमैन ने मजदूरों के समूह के बीच गश्त लगाई और उनसे कहा कि वे ट्रक पर पत्थरों को लादना शुरू करें। विष्णु ने जाली को ट्रक के पिछले हिस्से में रख दिया। फिर वह अपने आपको गरम रखने के लिए चितरु व पत्थरों को लादने का काम कर रहे लोगों के साथ मिलकर उनकी मदद करने लगा।

"यह उम्मीद मत रखना की इस मदद के बदले तुम्हें पैसे दिए जाएँगे," शर्मा कॉण्ट्रैक्टर ने कहा, जिसके लिए खर्च किया जानेवाला हर रुपया उसके लाभ को कम कर देता था।

"चिंता न करें," विष्णु ने कहा, "मैं कॉण्ट्रैक्टरों के लिए काम नहीं करता, मैं दोस्तों के लिए काम कर रहा हूँ।"

"ठीक कहा है," प्रीतम ने आवाज लगाई, "विष्णु से आप सोच-समझकर बोलें, वह किसी का नौकर नहीं है।"

शर्मा तब तक खुश नहीं हुआ, जब तक उस ट्रक में एक भी पत्थर रखने की जगह नहीं बची। फिर विष्णु ने अपना चाय का कप पिया और तीन लोग बिना छत वाले ट्रक में लगे पत्थरों के ढेर पर चढ़ गए।

"ठीक है, चलो चलें!" प्रीतम ने कहा, "मैं आज काम जल्दी खत्म करना चाहता हूँ—विष्णु और मैं आज रात बहुत अच्छा खाना खाने वाले हैं।"

विष्णु छलाँग लगाकर प्रीतम के बगल में बैठ गया। प्रीतम दरवाजे को बंद करने के लिए उसे जोर-जोर से ठोकने लगा। यह तब तक बंद नहीं होता था, जब तक उसे जोर से धकेला जाए। लेकिन वह बस छूने भर से खुल जाता था।

इस ट्रक को प्लास्टर लगाकर जोड़ना होगा, प्रीतम ने मजाक किया। वह एक

मजाकिया इनसान था। उसने इंजन को शुरू किया और जैसे ही वह कॉण्ट्रैक्टर और फॉरमैन के आगे से गुजरा, उसने अपना हॉर्न बजा दिया।

"विस्फोट की वजह से वे एक कान से बहरे हो गए हैं," प्रीतम ने कहा, "मैं उन्हें दूसरे कान से भी बहरा कर दूँगा।"

मजदूर गाना गाने लगे, जैसे ही ट्रक घुमावदार रास्तों पर आगे बढ़ा। विष्णु की बगल में दरवाजा जोर से खड़खड़ा रहा था। उसे चक्कर आ रहा था।

"बहुत तेज मत चलाओ।" उसने कहा।

"ओह," प्रीतम ने कहा, "और तुम कब से मेरी ड्राइविंग से परेशान होने लगे?"

"बस आज ही," विष्णु ने बेचैन होते हुए कहा, "मुझे बस ऐसा लगा, बस इतना ही।"

"तुम बूढ़े हो रहे हो," प्रीतम ने कहा, "तुम्हारी परेशानी यही है।"

"मुझे भी ऐसा लगता है।" विष्णु ने कहा।

प्रीतम अपने आपको जवान महसूस कर रहा था, वह खुशी से झूम रहा था। वह बहुत तेज ट्रक चला रहा था।

जैसे ही वे लोग एक मोड़ पर थोड़ा मुड़े, विष्णु ने अपनी खिड़की से बाहर देखा। उसे बस ऊपर आकाश और नीचे घाटी नजर आई। वह बिल्कुल किनारे पर थे, लेकिन आमतौर पर पहाड़ी रास्तों पर ऐसा ही होता था।

कुछ और सड़क के दोहरे मोड़ों को पार करने के बाद रास्ता घाटी में तेजी से नीचे ढलाननुमा हो गया। ठीक उसी समय पशु का एक बच्चा बीच रास्ते में भागता हुआ आ गया। प्रीतम सिंह वे उस बच्चें को बचाने के लिए स्टीयरिंग व्हील को दाईं ओर घुमा दिया, लेकिन वहाँ पर सड़क तेजी से बाईं ओर मुड़ रही थी। ट्रक किनारे पर चढ़ गया।

जैसे ही वह पलटा, कुछ क्षणों के लिए वह सीधी चट्टान के किनारे पर ही लटक गया, ट्रक के पीछे बैठे मजदूर उछल पड़े। वह आगे को लुढ़क गए, और क्योंकि बाहर निकली हुई चट्टान से जा टकराया, ट्रक का दरवाजा खुल गया। विष्णु उससे बाहर आ गिरा।

ट्रक तेजी से आगे पत्थरों पर उछलता हुआ, बढ़ रहा था और एक अस्त-व्यस्त पुराने शाहबलूत के पेड़ की शाखा से टकरा कर रुकने से पहले दो बार पलटा भी। लेकिन अगर ट्रक उस पेड़ का सहारा नहीं मिला होता तो वह कई सौ पीट गहरी खाई में नीचे गिर गया होता।

दो मजदूर पहाड़ की ढलान पर बैठ गए, वे गहरे सदमे में और बुरी तरह से हिले हुए थे। तीसरे आदमी ने खुद को किसी तरह ऊपर खींचा और मदद माँगने के लिए खादान की ओर वापस भागा।

विष्णु बिछुओं के बिस्तर पर जा गिरा। उसे हर जगह टीस हो रही थी, लेकिन उसे सचमुच में चोट नहीं लगी थी। उसके गिरने के कारण बहुत से बिच्छु क्षतिग्रस्त हो चुके थे।

उसकी पहली कोशिश खड़े होने और सड़क पर वापस दौड़ने की थी। फिर उसे एहसास हुआ कि प्रीतम सिंह अब भी ट्रक के अंदर ही है।

विष्णु सीधी ढलान से चिल्लाता हुआ नीचे उतरा कि "प्रीतम अंकल, आप ठीक हो?"

"उसे कोई जवाब नहीं मिला।"

## ~ 7 ~

जब विष्णु ने देखा कि प्रीतम का हाथ और आधा शरीर ट्रक के खुले हुए दरवाजे से बाहर लटक रहा है, तो कुछ बहुत बुरा घटने के डर ने उसे घेर लिया। प्रीतम सिंह जिस स्थिति में उस समय था, वह बहुत ही अजीब थी, वह आधा अंदर था और आधा बाहर। विष्णु वापस मुड़ने व सीधी ढलान पर वापस चढ़ने वाला था कि विष्णु का ध्यान इसपर गया कि प्रीतम सिंह ने अपनी रक्त रंजित व सूजी हुई आँखें खोलीं। उसने सीधा विष्णु की ओर देखा।

"आप जिंदा हो?" डर से आतंकित विष्णु के मुँह से धीरे से ये शब्द फूटे।

प्रीतम सिंह ने भी धीमी आवाज में जवाब दिया, "तुम्हें क्या लगता है?" इतना कहकर उसने अपनी आँखें फिर से बंद कर लीं। जब कॉण्ट्रैक्टर और उसके लोग वहाँ पर पहुँचे, तो उन्हें प्रीतम सिंह को उस टूटे-फूटे ट्रक से बाहर निकालने में एक घंटे का समय लगा, और उस दूसरे शहर के बड़े अस्पताल में पहुँचाने में एक और घंटे का समय लग गया। उसकी बहुत सी हड्डियाँ टूट चुकी थीं और उसकी पसली में भी फैक्चर था व उसका कंधा भी अपनी जगह से हिल गया था। लेकिन डॉक्टरों ने कहा कि वह ठीक हो जाएगा—ट्रक के लिए ऐसा कहना बहुत बड़ी अतिशयोक्ति होगी।

"तो ट्रक बरबाद हो गया", प्रीतम सिंह बीच-बीच में कराहते हुए विष्णु से उस समय कहा, जब वह कुछ दिनों के बाद उससे मिलने गया। "अब मैं घर चला जाऊँगा और अपने बेटों के साथ रहूँगा। और तुम क्या करोगे, मेरे बेटे? मैं तुम्हारे

लिए अपने दोस्त के ट्रक पर काम की व्यवस्था कर सकता हूँ।"

"नहीं," विष्णु ने कहा, "मैं जल्दी ही अपने घर वापस जा रहा हूँ।"

"और घर जाकर तुम वहाँ क्या करोगे?"

"अपनी जमीन पर खेती-बाड़ी का काम करूँगा। यहाँ पर जीवन को विस्फोट कर बरबाद करने से अच्छा है कि मैं जमीन पर खेती करके कुछ उगाऊँ।"

वे दोनों कुछ समय के लिए शांत हो गए।

"विकसित होती चीजों के लिए कुछ कहना है," प्रीतम सिंह ने कहा, "लेकिन पेड़ों के लिए, शायद मेरा ट्रक पहाड़ के कदमों में जाकर समाप्त हो गया और मैं भी यहाँ ऐसे पट्टियों में लिपटा हुआ नहीं पड़ा होता, न ही तुमसे बात कर रहा होता। वह पेड़ ही था, जिसने मुझे बचाया। इस बात को हमेशा याद रखना, मेरे बेटे!"

"मैं याद रखूँगा और मैं आपके उस वायदे को भी याद रखूँगा, जो आपने मुझे खाना खिलाने का किया था।"

खदान में विष्णु की अंतिम रात को भारी बर्फबारी हुई। वह चितरु के साथ जमीन पर उस जगह सोया, जिसे मजदूरों के लिए बनाया गया था। हवा के साथ उड़कर बर्फ के कण उनके सोने के स्थान के प्रवेश द्वार पर आ रहे थे, सुनसान पड़े पहाड़ी क्षेत्र में सन्नाटा गूँज रहा था। सुबह होने पर विष्णु ने जब अपनी आँखें खोलीं तो हर तरफ सफेद बर्फ की चादर बिछी हुई थी। जिस छप्पर के अंदर विष्णु सो रहा था, उसकी दीवारों पर भी बर्फ की चादर जम गई थी और उन्हें बाहर आने के लिए अच्छी खासी मशक्कत करनी पड़ी।

विष्णु चितरु के पास टी स्टॉल पर चला गया, वहाँ पर उसने एक गिलास मीठी चाय पी और दो सूखे बंद खाए। उसने चितरु से विदा ली और घर जाने के लिए लंबे रास्ते पर बढ़ चला। भारी बर्फबारी के कारण सारा रास्ता गाड़ियों के आवागमन के लिए बंद कर दिया गया था और उसे इस रास्ते पर पैदल ही आगे बढ़ना था।

वह सारा दिन पहाड़ी क्षेत्र में कदमताल करता रहा, बस थोड़ा सुस्ताने के लिए रास्ते में पड़ने वाले छोटे-छोटे गाँवों में ठहर जाता। रात होने को थी और उसे अब भी अपने गाँव पहुँचने के लिए दस मील चलना था। लेकिन उसके साथ अन्य राहगीर भी थे, और उन लोगों के साथ उसने रात गुजारने के लिए एक टिन के छोटे से छज्जे के नीचे शरण ली। उन लोगों ने वहाँ आग जलाई और उसके चारों ओर घेरा बनाकर बैठ गए, वहाँ बैठा हर आदमी एक-एक करके अपने घर व खेतों के बारे में बता रहा था, वहाँ पर बैठे सभी लोगों का मत था कि इस समय पड़ी बारिश

और बर्फ सर्दी की फसलों को बचाने के लिए ही हुई है। किसी ने गाना गाया तो किसी ने भूत की कहानी सुनाई। विष्णु को ऐसा लग रहा था, जैसे वह अपने घर पहुँच गया, वह उनकी कहानियाँ सुनता-सुनता सो गया। सुबह वे सभी अलग हो गए और अपने-अपने रास्ते पर चल दिए।

जब विष्णु अपने गाँव पहुँचा तो दोपहर हो चुकी थी।

सारे खेत बर्फ से ढके हुए थे और पहाड़ों से निकलने वाली जलधारा अपने प्रचंड रूप में आ चुकी थी। जैसे ही वह अपने घर जाने के लिए सीढ़ियों पर चढ़ा, उसे कुत्ते के भौंकने की आवाज सुनाई दी और उसकी माँ का बड़ा सा काले रंग का मैस्टिफ उसकी ओर बर्फ पर दौड़ता हुआ आ गया। कुत्ते ने उस पर छलाँग लगा दी और उसके हाथों को चाटने लगा, फिर वापस घर की ओर सबको बताने के लिए दौड़ पड़ा। पूजा ने उसे आँगन में से ही आते हुए देख लिया और अंदर की ओर चिल्लाते हुए दौड़ पड़ी, "विष्णु आ गया है, मेरा भाई आ गया है!"

उसकी माँ 'विष्णु, विष्णु' चिल्लाती हुई घर से बाहर दौड़ी।

विष्णु खेतों से होता हुआ घर की ओर आ रहा था, और उसे देखकर ऐसा लग रहा था, जैसे वह घर पहुँचने की जल्दी में नहीं है, वह दौड़ी नहीं, वह अपने घर आने के इस पल का मजा, अपनी माँ और बहन के मुसकराते चेहरों को देखते हुए लेना चाहता था, जो घर के दरवाजे पर उसका इंतजार कर रही थीं।

अब जल्दबाजी करने की जरूरत नहीं थी। अब वह लंबे समय तक उनके साथ रहनेवाला था। पिक्चर पैलेस के मैनेजर को गरमी के मौसम के लिए अब किसी और की तलाश करनी होगी...यह उसका घर है और ये उसके खेत हैं! यहाँ तक कि यहाँ पर गिरने वाली बर्फ भी उसकी अपनी है। जब यहाँ की बर्फ पिघल जाएगी तो वह अपने खेतों की सफाई करेगा और उनको उपजाऊ बनाएगा और उन्हें धन-धान्य से भरपूर करेगा।

अब वह खुद को बहुत बड़ा व बहुत मजबूत महसूस करने लगा था, क्योंकि यहाँ पर वह लंबे-लंबे पैरों के डग भरता हुआ उस जमीन पर वापस आया था, जिसे वह बहुत प्यार करता था।

□

# 21

# अश्ले वापस आएगा ?

वह मकान चट्टान के अंदर वाला घर कहा जाता था, क्योंकि यह एक चट्टान के नीचे खड़ा हुआ था। एक आदमी जो दूर चला गया—वह मकान का मालिक रोबॉर्ट अश्ले था। वह इनसान जो पीछे रह गया था—वह परिवार का पुराना सेवक—प्रेम बहादुर था।

अश्ले बहुत साल पहले चला गया था। उस समय वह अपने तीसवें दशक के अंतिम सालों का एक कुँवारा इनसान था, जब उसने अचानक निश्चय किया कि वह अद्‌भुत कार्य, रोमांच और दूर-दराज के स्थानों में खो जाना चाहता है। उसने मकान की चाबियाँ प्रेम बहादुर को दे दी थीं, जिसने उसके परिवार की तीस सालों तक सेवा की थी और फिर अपने सफर पर चल पड़ा।

किसी ने उसे श्रीलंका में देखा। उसके बारे में यह भी सुना गया कि वह बर्मा में मोगोक में माणिक की खदानों के आस-पास कहीं है। फिर वह जावा में सुंदा जलग्रीवा के अंशों को ढूँढ़ने चला गया। उसके पश्चात् उसके बारे में खबरें मिलना बंद हो गया। कई वर्ष बीत गए। इतने साल तक हिल स्टेशन का यह मकान खाली पड़ा रहा।

प्रेम बहादुर अभी भी वहाँ था, जो आउट हाउस में रहता था।

प्रतिदिन वह टीले के नीचे वाले घर को खोलता, सभी कमरों के फर्नीचर को साफ करता, सुनिश्चित करता कि पलंग की चादरें और तकिए साफ हैं, फिर अश्ले के गाउन और चप्पलों को व्यवस्थित करता।

बीतें दिनों में अश्ले जब कभी यात्रा या लंबी पद यात्रा के पश्चात् पहाड़ों में स्थित अपने घर में आता, इसकी परवाह किए बिना कि समय क्या है, वह सबसे पहले नहाना और अपने गाउन तथा चप्पलें बदलना पसंद करता था। प्रेम बहादुर अब भी

उन्हें तैयार रखता था। उसे अभी भी यकीन था कि रोबॉर्ट एक दिन अवश्य आएगा।

अश्ले ने स्वयं भी यह कहा था।

"प्रेम, छोटे लड़के, मेरे लिए सबकुछ तैयार रखना। मैं एक या दो साल या इससे अधिक समय के बाद आ सकता हूँ, लेकिन आऊँगा जरूर, मेरा तुमसे यह वायदा है। मैं चाहता हूँ कि महीने की पहली तारीख को तुम मेरे वकील मिस्टर कपूर के पास जाओ। वह तुम्हें तनख्वाह और अन्य जरूरी कामों को पूरा करने के लिए आवश्यक पैसा देंगे। मैं चाहता हूँ कि तुम इस मकान को हमेशा टिपटॉप रखो।"

"क्या आप अपनी पत्नी को साथ लाएँगे, साहब?"

"भगवान् के लिए नहीं, तुम्हारे दिमाग में यह विचार कैसे आया?"

"मुझे लगा शायद, क्योंकि आप घर को तैयार रखना चाहते हैं।"

"मेरे लिए तैयार रखो, प्रेम, मैं नहीं चाहता कि मैं घर आऊँ और चीजों को घर में अस्त-व्यस्त हालत में पाऊँ।"

इसलिए प्रेम घर का ध्यान रखता था, हालाँकि इतने सालों में उसे अश्ले की ओर से कोई खबर नहीं मिली थी। उसके साथ क्या हुआ? जब भी स्थानीय निवासी मॉल पर मिलते, तब लोगों को बातचीत करने के लिए यह रहस्य सबसे जीवंत विषय होता। बाजार में दुकानदार भी अश्ले की कमी महसूस करते, क्योंकि वही एक इनसान था, जो दिल खोलकर खर्चा करता था।

उसके रिश्तेदारों को अभी भी उसके जिंदा होने का विश्वास था। कुछ महीनों पहले ही उसके एक भाई का पता लगा था, जिसके कनाडा में फार्म थे और जो भारत में ज्यादा समय तक नहीं रह सका था। उसने आगे के खर्चों के लिए कुछ राशि वकील के पास जमा करवाई थी और प्रेम से कहा था कि वह पहले की तरह ही घर का खयाल रखे। उस वेतन से प्रेम की कुछ जरूरतों की पूर्ति तो हुई थी। इसके अलावा प्रेम को यह विश्वास भी हो गया था कि रोबॉर्ट वापस आएगा।

उसकी जगह अगर कोई और होता तो घर तथा उस जगह की ओर से पूरी तरह बेखबर हो जाता, लेकिन प्रेम बहादुर ने ऐसा नहीं किया। उसके मन में अपने उस मालिक के लिए सच्चा सम्मान था, जो वहाँ पर उपस्थित नहीं था। प्रेम बहुत बूढ़ा था—अब करीब साठ साल का और उसमें कुछ खास शक्ति भी नहीं थी। जो कि खाँसी और छाती की परेशानियों से पीड़ित था, लेकिन उसे रोबॉर्ट का बचपन और जवानी, दोनों अच्छे से याद थे। वे बहुत बार शिकार के लिए और पर्वतों में मछली पकड़ने के लिए साथ-साथ जाते थे। वे बाहर एक साथ तारों के नीचे सोते, बर्फीले

पर्वतों की नहरों में नहाते और एक ही खाना बनाने वाले पात्र में खाना खाते थे। एक बार जब वे बारिश के मौसम के दौरान छोटी नदी पार कर रहे थे, तब वे बिना चेतावनी के अचानक आई बाढ़ के प्रकोप की वजह से पानी के तेज बहाव के साथ घूम गए। उन्होंने बचाव के लिए एक साथ प्रयत्न किया। हिल स्टेशन पर वापस आने पर अश्ले ने सभी को कहा कि प्रेम ने उसकी जान बचाई, जबकि प्रेम ने भी उतनी ही विनम्रता से सबको बताया कि रोबॉर्ट ने उसके लिए अपनी जान दावँ पर लगाई।

इस साल मानसून जल्दी शुरू होकर देर से खत्म हुआ। यह सितंबर तक लंबा खिंच आया, जिससे प्रेम बहादुर की खाँसी और बुरी तरह बढ़ गई और उसका साँस लेना पहले से भी मुश्किल हो गया।

वह बरामदे में चारपाई पर लेटा हुआ बाहर फुलवारी की ओर ताक रहा था, जहाँ पर मुट्ठी भर फूलों दाहलिया, शंखपुष्पी, स्नेकलीली के प्रफुल्लित होने की शुरुआत थी। अंततः सूरज अब साफ झलकने लगा था। हवा दक्षिण-उत्तर से उत्तर-पूर्व की तरफ चलने लगी थी और बारिश करनेवाले बादल दूर चले गए थे।

प्रेम बहादुर ने अपनी चारपाई फुलवारी की तरफ खिसका ली और धूप में लेट गया, अपने छोटे से हुक्के का कश लेने लगा था, जब उसने रोबॉर्ट अश्ले को गेट पर देखा।

उसने उठने की कोशिश की, लेकिन उसके पैर उसका साथ नहीं दे रहे थे। हुक्का उसके हाथों से छूट गया।

अश्ले फुलवारी के रास्ते से घूमता हुआ नीचे आ गया और अपने पुराने नौकर के सामने आकर रुक गया, उसे देखकर मुसकराने लगा। वह उस दिन से एक दिन भी बड़ा नहीं दिख रहा था, जब प्रेम बहादुर ने उसे पिछली बार देखा था।

"तो तुम अंततः आ ही गए!" प्रेम ने कहा।

"मैंने तुम्हें कहा था न, मैं वापस आऊँगा।"

"बहुत साल हो गए, लेकिन तुम बिल्कुल भी नहीं बदले।"

"न ही तुम बदले, बूढ़े साथी।"

"मैं तुमसे बूढ़ा, बीमार और कमजोर हो गया हूँ।"

"तुम अब अच्छे हो जाओगे, इसलिए तो मैं आया हूँ।"

"मैं घर को खोल दूँगा।" प्रेम ने कहा और इस बार वह आसानी से स्वयं उठ पा रहा था।

"यह जरूरी नहीं है।" अश्ले ने कहा।

"लेकिन तुम्हारे लिए सबकुछ तैयार है।"

"मैं जानता हूँ, मैंने इस बारे में सुना है कि मेरे पीछे तुमने सब चीजों का कितनी अच्छी तरह से खयाल रखा। तो आ जाओ, जरा आस-पास के नजारे को एक आखिरी बार देख लें। हम रुक नहीं सकते, तुम्हें पता है।"

प्रेम थोड़ा हैरान था, लेकिन उसने मुख्य दरवाजा खोला और रोबॉर्ट को स्वागत कक्ष से ऊपर की सीढ़ी से बेडरूम तक ले गया। रोबॉर्ट ने ड्रेसिंग गाउन और चप्पलों को देखा और फिर उसने अपना हाथ प्यार से बूढ़े आदमी के कंधों पर रख दिया।

जब वे सीढ़ियों से नीचे सूरज की रोशनी में वापस आए तो प्रेम को खुद को देखकर आश्चर्य हुआ कि वह यहाँ है तो फिर उसका चुस्त शरीर जो चारपाई पर तना हुआ था—हुक्का जमीन पर था, जहाँ यह गिरा हुआ था, क्या था?

प्रेम ने अश्ले की ओर घबराहट भरी नजरों से देखा।

"लेकिन वह कौन है, जो वहाँ लेटा हुआ है?"

"यह तुम थे। अब केवल खाली शरीर, खाली खोपड़ी। और यह सचमुच तुम हो, मेरे साथ खड़े हुए हो।"

"तुम मेरे लिए आए हो?"

"जब तक तुम तैयार नहीं होते, मैं नहीं आ सकता था। मेरी बात करो तो मैंने शरीर बहुत पहले छोड़ दिया था। लेकिन तुम दृढ़ता से यहाँ चिपके रहना चाहते थे, इस मकान के साथ रहते हुए। क्या तुम तैयार हो अब?"

"और घर?"

"दूसरा कोई इसमें रहेगा। लेकिन अब आओ, यह समय मछली पकड़ने के लिए जाने का है।"

अश्ले प्रेम को हाथ पकड़कर ले गया। वे देवदार के नीचे विचित्र सूर्य की रोशनी में चलते रहे। अंतत: उन्होंने उस जगह को हमेशा के लिए छोड़ दिया।

□

# 22

# हवा की आवाज

पर्वतों पर मार्च का महीना संभवत: सबसे दु:खदायी होता है। सर्दी के मौसम की बारिश प्राय: ओलों और पत्थरों के साथ होती है और उत्तर की ओर से आनेवाली हवा पर्वतीय भाग को चीरती हुई भयानक दबाव के साथ आती है। वे लोग जो सर्दियों का मौसम पहाड़ी इलाकों में गुजारते हैं, सारा समय आग के पास ही जमे रहते, यदि वे आग का खर्चा नहीं उठा सकते तो बिस्तर में पहुँच जाते हैं।

मैंने बूढ़ी मिस मेकेंजी को तीन-तीन गरम बोतलों के साथ बिस्तर में पाया। मैंने एक आरामदायक कुरसी को लिया और कुछ समय के लिए मैंने तथा मिस मेकेंजी ने बादलों की गड़गड़ाहट व रोशनी के खेल का मजा लिया। जोरदार बारिश छत पर भयंकर शोर कर रही थी, और हमें अपनी बातों को सुनने के लिए अपनी आवाज ऊँची करनी पड़ती थी। जब बारिश की बूँदें खिड़कियों पर सज गईं तो खिड़की से बाहर दिखने वाली पर्वत की चोटियाँ अस्पष्ट और धुँधली दिखाई पड़ने लगीं। दरवाजे पर जोरदार हवा का प्रहार जारी रहा और मकान के चारों ओर घूमती हुई, पूरा जोर लगाकर भीतर आने का निश्चय कर चुकी थी, उसने चिमनी के नीचे अपना रास्ता भी बनाया, लेकिन वहाँ भी गड़गड़ाहट और असमर्थता भरा उसका विरोध ही नजर आया।

"आपकी चिमनी में वहाँ एक भूत है और वह वहाँ से बाहर नहीं निकल पा रहा है।" मैंने कहा।

"उसे यहीं रहने दो।" मिस मेकेंजी ने कहा।

सामने वाली पहाड़ी पर एक चमकीला प्रकाश जगमगा रहा था, जो मुझे पल भर के लिए बरबादी की चाल लगी, जिसके होने का एहसास मुझे कतई नहीं था।

"आप पहाड़ की जली हुई चोटी पर देख रहे हैं, जब वहाँ तूफान आता है, तब

वह हमेशा जल उठती है।" मिस मेकेंजी ने कहा।

"हो सकता है, वहाँ चट्टानों के भीतर लोहे के टुकड़े जमा हों।" मैंने कहा।

"मुझे नहीं पता, लेकिन यही एक कारण है कि हमेशा से वहाँ कोई भी ज्यादा दिनों तक घर बनाकर नहीं रह सका। लगभग सभी घर जो वहाँ बने हुए थे, इस तरह अचानक हुई रोशनी से प्रभावित हुए और जल गए।"

"मुझे लगा, मैंने कुछ बरबादियाँ अभी-अभी देखी हैं।"

"कुछ नहीं, बस मलबा। जब वे पहली बार पहाड़ों की चोटी पर रहने के लिए आए थे तो उन्होंने इस स्थान को चुना था। बाद में वे उस जगह पर चले गए, जहाँ अभी शहर बसा हुआ है। जली हुई पहाड़ की चोटियों को हिरण, चीतों, बंदरों और उनके भूतों के लिए छोड़ दिया गया।"

"ओह, इसलिए यह इतना डरावना भी है।"

"तो इसलिए वे ऐसा कहते हैं, शाम होते ही इस तरह की बातें। लेकिन तुम भूतों में विश्वास नहीं करते, करते हो?"

"नहीं, आप करते हैं?"

"नहीं, लेकिन जब तुम उनकी कहानियाँ सुनोगे, तो समझ जाओगे कि वे क्यों कहते कि पहाड़ी डरावनी है। सुनो।"

मैंने सुना है, "लेकिन मैं पहले हवा और बारिश के अलावा और किसी चीज की उपस्थिति महसूस नहीं कर सका।" फिर मिस मेकेंजी की साफ-साफ सुनाई देने वाली आवाज का स्तर वहाँ मौजूद अन्य सभी तत्त्वों से ऊपर उठा और मैंने उन्हें कहते हुए सुना।

"...यह एक प्रेम में असफल प्रेमियों की सच्ची बहुत पुरानी कहानी है, इसमें केवल सच है और कुछ नहीं। इस घटना के घटने के कुछ हफ्तों पहले रॉबर्ट से उसके माता-पिता के घर पर मिली थी। वह अठारह वर्षीय लंबा, खूबसूरत और जवानी से भरपूर पुरुष लगता था। वैसे तो उसका जन्म भारत में हुआ था, लेकिन रॉबर्ट के पिता रिटायर होने पर इंग्लैंड वापस जानेवाले थे। उसके पिता मजिस्ट्रेट थे, लेकिन मेरे खयाल से इसका उस कहानी पर कोई असर नहीं होनेवाला।

उनके वापस जाने की योजना उनकी इच्छा के अनुरूप फलित नहीं हो सकी। जानते हो, रॉबर्ट प्रेम में पड़ गया। याद है न, किसी अंग्रेज लड़की से नहीं, बल्कि एक पहाड़ी लड़की से, जो जलती हुई पहाड़ी के पीछे बसे गाँव की भूमि के मालिक की बेटी थी। इस घटना को आज के समय में भी सामान्य नहीं कहा जा सकता। फिर

पच्चीस साल पहले तो यह बिल्कुल ही अनसुना किस्सा था। रॉबर्ट को पहाड़ियों पर चलना पसंद था और जब उसने पहली बार अपनी प्रेयसी को देखने के बजाय उसकी आवाज सुनी तो उस समय भी वह जंगल में दूर तक पैदल ही चला जा रहा था। बाद में ऐसा कहा गया कि वह उसकी आवाज से प्रेम करने लगा था। वह गाना गा रही थी—गीत का स्वर धीमा और कानों में रस घोलने वाला था, जो उसके दिल में घर कर गया। जब उसने लड़की के चेहरे की ओर देखा तो उसे हताशा नहीं हुई। वह जवान और सुंदर थी। उसने उसे देखा और अपनी मन-मोहक मुसकान की एक झलक भर देकर अपना चेहरा घुमा लिया।

रॉबर्ट ने अपनी व्याकुलता को शांत करने के लिए लड़की के पिता के गाँव की पूछताछ की और बिना किसी तामझाम के शादी के लिए लड़की का हाथ उसके पिता से माँग लिया। शायद उसने ऐसा कदम यह सोचकर उठाया कि साहब इस आग्रह से इनकार नहीं करेंगे। दूसरी तरफ उसके लिए यह कोई मामूली बात नहीं थी, उसने बहुत साहस के साथ ऐसा किया था, क्योंकि अगर उसकी जगह कोई और जवान व्यक्ति होता और जंगल में किसी अकेली लड़की को देखकर उस पर मोहित होता तो उसके साथ जबरदस्ती कर रफूचक्कर हो जाता, लेकिन रॉबर्ट प्रेम में पड़ चुका था, इसलिए उसने एक विवेकी पुरुष की भाँति व्यवहार किया।

बेशक लड़की के पिता की इस प्रस्ताव में तनिक भी रुचि नहीं थी। वे एक ब्राह्मण थे और उन्हें विदेशी के साथ अपनी इकलौती कन्या का विवाह करके अपने खानदान के नाम को खराब नहीं करना था। रॉबर्ट ने लड़की के पिता के साथ बहस नहीं की और न ही उसने अपने माता-पिता से कुछ कहा, क्योंकि वह जानता था कि इस पर उनकी प्रतिक्रिया निराशाजनक और उसको आहत करनेवाली होगी। वे अपने बेटे के सिर पर चढ़े प्यार के भूत को उतारने का हर संभव प्रयास करते।

लेकिन रॉबर्ट ने जंगल में जाना पहले की तरह जारी रखा—वहाँ देखो, वहाँ सनोबर और शाहबलूत के झुंड हैं—वहाँ उसका सामना अकसर उस लड़की से होता, लड़की वहाँ पर अपने पशुओं के लिए चारा और घर में जलावन के लिए लकड़ियाँ एकत्र करने आती। ऐसा नहीं लगता था कि लड़की को उसकी मोहब्बत से इनकार है और उसे गुस्सा आ रहा है। रॉबर्ट उसकी भाषा थोड़ी-थोड़ी जानता था, इसलिए जल्दी ही अपनी भावनाओं को उसके सामने व्यक्त करने में समर्थ हो गया। हालाँकि लड़की को उसकी घर-परिवार द्वारा बनाई गई सीमाओं ने चेताया, लेकिन लड़के के उसके प्रति पूरी तरह से प्रेम में डूबे व्यवहार ने सभी सीमाओं को

तोड़ दिया। आखिरकार वह सिर्फ एक छोटी बालिका ही थी। छोटी बालिका, जो एक युवा पुरुष के प्रेम में आसक्त, उसके घर-परिवार, खानदान की जानकारी से बेखबर। वह जानती थी कि उसके पिता इस विवाह के लिए कभी राजी नहीं होंगे, इसलिए उन्होंने एक साथ भाग जाने का निश्चय किया। कितना रोमांटिक है न! लेकिन यह हुआ था। लेकिन बस यह नहीं हुआ कि इसके बाद उन्होंने खुशी-खुशी अपना सारा जीवन व्यतीत किया।

"क्या इसके बाद उनके माता-पिता ने उनका पीछा किया?"

"नहीं, उन दोनों ने एक रात उस जली हुई पहाड़ी पर एक खँडहर इमारत में मिलने का निश्चय किया। वही खँडहर जो तुमने अभी-अभी देखा, तब से अब तक उसमें कुछ ज्यादा बदला नहीं है, इसके अलावा कि तब वहाँ एक छत का और भाग था। उन्होंने अपना घर छोड़ दिया और बिना किसी मुश्किल के पहाड़ी रास्ते की तरफ अपना रुख किया। मिलने के बाद उन्होंने समतल रास्ते तक पहुँचने के लिए एक नदी के किनारे बने छोटे रास्ते से आगे बढ़ने की योजना बनाई।

इसके बाद, लेकिन कौन जानता था कि उन्होंने क्या सोचा था, भविष्य के कौन से सपने ने उन्हें मंत्र-मुग्ध किया था। उनके खँडहर में पहुँचते ही तूफान आ गया। उन्होंने गीली छत के नीचे शरण ली—वह भी इसी तरह का तूफान था—हवा का जोरदार प्रकोप और बूँदों तथा ओलों की मूसलधार बारिश के साथ-साथ हर एक मिनट में बिजली का जोरदार गड़गड़ाहट के साथ आकाश पर मँडराना। वे उस कमजोर जर्जर हालत में पहुँच चुकी इमारत में एक-दूसरे का साथ पाकर भीग रहे थे। किसी को नहीं पता था कि उसके बाद क्या हुआ। लेकिन अगली सुबह उनके जले हुए शरीर पुरानी इमारत के फटे हुए पीले पत्थरों पर पाए गए।

मिस मेकेंजी ने बोलना बंद कर दिया और मैंने देखा कि कुछ दूरी पर बिजली पूरे जोश के साथ गड़गड़ा रही है और वर्षा का वेग कुछ कम हो गया है, लेकिन चिमनी अभी भी खाँसने और अपना गला साफ करने में व्यस्त थी।

मिस मिकेंजी ने अपनी कहानी पर मेरे विश्वास को और भी गहरा करने के उद्देश्य से कहा कि इसका एक-एक शब्द सही है। हाँ, लेकिन मानो जली पहाड़ की चोटी भयानक क्यों है, यह एक अलग विषय है। मुझे भूतों का कोई अनुभव नहीं है।

खैर, तुम्हें उन्हें चिमनी से दूर रखने के लिए आग की जरूरत है। मैंने कहा, "उन्हें जाने दो।" मेरे पास मेरा बरसाती कोट और छतरी थी तथा मेरा घर भी दूर नहीं था।

अगली सुबह, जब मैंने जली हुई पहाड़ी की ओर जाने के लिए ढलान वाले रास्ते पर बढ़ना शुरू किया, तब आसमान साफ था, और चूँकि वहाँ अब भी जोरदार हवा के थपेड़े जारी थे, लेकिन स्थिति भयानक नहीं थी। एक घंटे की चढ़ाई मुझे पुराने खँडहर पर ले आई—अब वहाँ कुछ भी नहीं, बस पत्थरों का अंबार था, जैसा कि मिस मिकेंजी ने कहा था। दीवार का एक हिस्सा और चिमनी का एक कोना टूटा हुआ था। नीचे धरती पर घास-फूस और घास निकल गई थी और मलबे में जंगली सेक्सीफ्रेग फूल उग गए थे।

मुझे उस जगह को देखकर आश्चर्य हुआ, जोरदार हवा के थपेड़ों और आसमान से बरसने वाली आग जब उन पर गिरी होगी तो उन्होंने कहाँ पर शरण ली होगी।

इनसानी संपर्क के एहसास की गरमाहट को महसूस करने के इरादे से मैंने ठंडे पत्थरों को छुआ। मैंने कान लगाकर सुना और कुछ पुरानी प्रतिध्वनियों, कुछ लौटकर आनेवाली स्वर की तरंगों का इंतजार किया, जो मुझे उन मरे हुए प्रेमियों की आत्माओं के पास ले जाए। लेकिन वहाँ बस देवदार के पेड़ों से आती हवा के खाँसने की आवाज थी।

मेरा खयाल है, मैंने शायद हवा की आवाज को सुना या शायद नहीं, निस्संदेह ही वह हवा की आवाज थी, वह किसी मरे हुए जीव की आवाज नहीं बल्कि हवा की आवाज थी।

□

# 23

# सम्मान की प्रतीक—फूलों की माला

ख्याति है, लेकिन अस्थायी तौर पर
तेज गति के समुदाय की बागडोर पर
कल के बहुत से हीरो कमजोर पड़ गए।

अपने इंग्लैंड से लौटने के कुछ समय बाद मैं देहरादून के अपने पुराने घर के मुख्य मार्ग पर चलता जा रहा था। मैं दुकानों और राहगीरों को जानने के लिए निहार रहा था कि मेरी अनुपस्थिति में इनमें क्या-क्या बदलाव हुआ। मैं इस जगह से तीन साल के लिए दूर था। जब मैं यहाँ से गया था तो मुझमें लड़कपन बाकी था, लेकिन जब मैं औसत स्तर की शैक्षिक योग्यता को अपने कुछ ईर्ष्यालु दोस्तों को दिखाने के लिए घमंड के साथ वापस आया तो इक्कीस वर्ष का हो चुका था। (मैंने अपने उस निर्वासन काल के दौरान जिस अकेलेपन का अनुभव किया, उसकी चर्चा अपने दोस्तों से नहीं की, क्योंकि जानता था, इससे उन पर मेरा रोब नहीं पड़ेगा।) जब मैं विपरीत दिशा से आते हुए एक भिखारी से मिला तो उस समय मैं घड़ी के टावर के पास था। इस एक बात में देहरादून बदला नहीं था, पहले की तरह अब भी भिखारी काफी अधिक संख्या में थे। हाँ, मुझे यह जरूर मानना होगा कि वे तंदुरुस्त दिखते थे।

इस भिखारी की दाढ़ी बिखरी हुई थी। फूली हुई, गुहामय छाती और टेड़े-मेड़े पैर, जिन पर बहुत सारे भूरे रंग के फोड़े थे। उसके कंधे ऐसे दिखते थे जैसे कि वह कभी बहुत ज्यादा शक्तिशाली हुआ करता था और उसके वे हाथ जो भीख वाले कटोरे को मेरी ओर बढ़ा रहे थे, अभी भी मजबूत दिखाई देते थे।

वह इतना असहाय नहीं दिख रहा था कि मुझसे भीख पा सके, और उससे दूर जाने के दौरान मैंने उसकी आँखों में एक जानी-पहचानी झलक देखी। वह आदमी कुछ परिचित सा लगा, शायद वह एक ऐसा भिखारी था, जिसने मुझे कई सालों के

बाद देखने के बावजूद पहचान लिया था। यहाँ तक कि वह मुसकराने का प्रयत्न भी करता हुआ मुझे कुछ टूटे हुए पीले दाँत दिखा रहा था, और उससे पीछा छुड़ाने के लिए मैंने एक सिक्का निकाला, उसके कटोरे में गिराया और जल्दी से उससे अलग हो गया।

अभी मैं करीब सौ गज तक ही गया था, जब यादों की भीड़ के साथ मैंने भिखारी को पहचान लिया। वह मेरे बचपन का एक हीरो, हसन था, जो कि हमारे जिले का सबसे प्रतिभाशाली पहलवान था।

मैं वापस मुड़ा और अपने कदमों को उसी दिशा में तेजी से आगे बढ़ाने लगा, जहाँ से आया था, मैं इस उम्मीद के साथ बढ़ा जा रहा था कि मैं उस आदमी को नहीं पकड़ सकता, और वह आखिरकार बाजार की भीड़ में खो गया। ऐसा नहीं है कि मैं फिर उससे नहीं मिला, बेशक दो या तीन दिनों में दोबारा मिला—मुख्य मार्ग को छोड़कर मैं शहर के बगीचे में चला गया और वहाँ की ताजा घास पर पसर गया, अपनी यादों में मैं वापस उन दिनों को जीने लगा, जब मैं हृष्ट-पुष्ट और आशावाद से भरा हुआ था, दस साल का लड़का था, जिंदगी को गुजारने के इस महान् खेल को फटेहाल अवस्था में खेलने का मोहभंग होना अभी बाकी था।

जीवन के उन सुनहरे दिनों में जब मैं स्कूल से अकसर गैर-हाजिर रहा करता था और स्कूल से गैर-हाजिरी के समय ने भी मुझे बहुत कुछ सिखाया, और इसी सीख के लिए मैं स्कूल से ज्यादा गैर-हाजिर रहने लगा था—उस समय मैं कभी-कभी कुश्ती देखने के लिए अखाड़े की ओर बढ़ता और बगीचे में एक कोने में खड़ा होकर कुश्ती के दावँ देखता। दो प्रतिद्वंद्वियों को एक-दूसरे से भिड़ते हुए मैं अपनी ठुड्डी को हाथ में प्याले के तौर पर रखकर रेलिंग के सहारे झुका रहता और लहराती मांसपेशियों को डर के साथ देखता, और जब कभी कोई पहलवान अपने प्रतिद्वंद्वी को पछाड़ने के लिए चतुराई भरा दाँव लगाता या फिर से उसे पीठ के बल पटककर चित्त कर देता तो मैं भी अन्य दर्शकों के साथ ताली बजाता।

इन पहलवानों के बीच सबसे आर्कषक और दिलचस्प नवयुवक, पतंग बनाने वाले का लड़का हसन था। जिसके पास शक्तिशाली पैर, बहुत चौड़े कंधों वाला शानदार शरीर था, और जब कभी वह किसी दाँव में विफल होता तो उस समय उसका प्रतापी जानवर जैसा जोशीला और ताकतवर बदन विजयी बनाता था। वह सभी छोटे बच्चों का आदर्श था, हममें से बहुत सारे बच्चे उसका अनुसरण करते थे और मैं उसका विशेष तौर से प्रिय था। वह मुझे अपने कंधों पर उठाकर अखाड़े में

ले जाता और अपने दोस्तों तथा साथी पहलवानों से मिलवाता था।

देहरादून का चैंपियन होने के कारण हसन जल्द ही पूरे जिले में अपनी उत्कृष्ट कला के प्रदर्शन का प्रतिनिधित्व करने लगा था। उसकी तकनीक दिन-प्रति-दिन बेहतर हो रही थी, वह अपने बाहुबल के साथ-साथ अपने दिमाग का भी इस्तेमाल करने लगा और हर कोई उसकी इस प्रतिभा को देखकर कहता कि वह राष्ट्रीय स्तर का चैंपियन बन इतिहास रचने वाला था।

बारिश के मौसम के अंत का समय था, जब बड़े स्तर पर प्रदर्शित मेले के दौरान किस्मत ने उसके जीवन को एक नया आकार देने के लिए एक मोड़ लिया। रानी भी उस मेले को देखने के लिए वहाँ पर आई हुई थी—वह भी कुश्ती के खेल को देखने के लिए वहाँ पर ठहर गई, और जब उसने हसन को कुश्ती के अखाड़े में निर्वस्त्र देखा तो उसने दूसरों की अपेक्षा अधिक रुचि लेना शुरू कर दिया। ऐसा कहा जाता था कि वह एक क्रोधी और अनैतिक स्वभाव की महिला थी, जो कि अपने कमजोर और अस्वस्थ पति से संतुष्ट नहीं थी। वह हसन की मर्दानगी पर मोहित हो गई थी, इस कारण औपचारिक तौर पर उसे अपने व्यक्तिगत अंगरक्षक के पद पर नियुक्त कर लिया।

रानी एक धनवान महिला थी और जीवन के चालीस बरस पार करने के बावजूद एक कामुक और आकर्षक थी। हसन के लिए उसके कहे अनुसार उससे प्रेम करना कोई कठिन कार्य नहीं था और कुल मिलाकर वह उसकी नौकरी करके खुश था। यह सही है कि अब वह पहले की तरह कुश्ती नहीं करता था, लेकिन इसके बावजूद वह जब भी किसी प्रतियोगिता में भाग लेता, तो उसकी शोहरत और शारीरिक गठन दोनों ही उसके प्रतिद्वंद्वियों को अभिभूत कर देते और वे उसका अधिक प्रतिरोध नहीं करते। एक या दो प्रसिद्ध पहलवानों को जिले में आमंत्रित किया गया। रानी ने उन्हें दिल खोलकर धन दिया और इसी कारण उन्होंने स्वयं को हसन के समक्ष कमजोर साबित कर उसके हाथों हार स्वीकार कर ली। रानी के घर में हसन का जीवन बहुत आरामदायक और आसान था। हसन एक साधारण सा इनसान था, वह अपने आप को वहाँ पर बहुत ही सुरक्षित महसूस किया करता। और इसका श्रेय रानी और खुद हसन को भी जाता है। उसका मन उससे उतनी जल्दी नहीं भरा, जितनी जल्दी और मर्दों से भर जाता था।

लेकिन रानियाँ धोबिन की तरह प्राणघातक होती थीं और जब लंबे समय से चली आ रही व जिस पर ध्यान न दिया जा रहा हो, उस बीमारी ने अपना भयानक

रूप लिया तो एक ही झटके में रानी की सारी सुंदरता को समाप्त कर दिया, रानी ने भी अधिक समय तक उससे मुकाबला नहीं किया और उसे अपने शरीर में जहर घोलने व उसके आकर्षक शरीर को समाप्त करने दिया। ऐसा कहना गलत होगा कि जब रानी का देहांत हुआ तो हसन का दिल टूट गया था।

उसकी भावनाएँ रानी के प्रति न तो इतनी अधिक तीव्र थीं और न ही वह इतना संवेदनशील था कि उसकी मौत से टूट जाता। हालाँकि उन हालातों में उसे दूसरों की सहानुभूति प्राप्त हुई, फिर भी उसे अपनी संवेदना को प्रकट करने में मुश्किल हुई। वह दयालु था, लेकिन संवेदनशील व्यक्ति नहीं था।

उसने रानी की बहुत अच्छी तरह से सेवा की और जहाँ तक उसे पता था कि अब उसके पास न तो कोई काम है और न ही धन था। राजा के पास उसके अपने व्यक्तिगत मन बहलाव के बहुत से साधन थे और उसे एक ऐसे पहलवान की आवश्यकता नहीं थी, जो कि कमर से थोड़ा झुका हुआ हो।

समय बदल गया था। हसन के पिता मर चुके थे और वहाँ पतंगें बनाने का व्यवसाय ऐसा नहीं रह गया था, जिससे जीवनयापन किया जा सके। इसलिए हसन वापस वही करने लगा, जो उसने हमेशा किया था—पहलवानी। लेकिन वहाँ अखाड़े में भी पैसा बनाना संभव नहीं था। यह केवल व्यावसायिक अखाड़े में ही संभव था कि समाज में एक प्रतिष्ठित स्थान व रहन-सहन को बनाया जा सके। इसलिए जब घूमते-फिरते रहनेवाले सर्कस के लोगों का एक समूह, जिसमें एक नीग्रो, एक रूसी, एक कोकने, चाइनीज और एक विशाल काया वाला सिख शामिल थे—शहर में आया और यह चुनौती दी कि कोई भी यदि उनमें से किसी के सामने कुश्ती के अखाड़े में पाँच मिनट तक खड़ा रहेगा तो वे उसे सौ रुपए व एक संविदा-पत्र देंगे। हसन ने इस चुनौती को स्वीकार किया।

वह रूसी पहलवान के विरुद्ध मुकाबले में खड़ा हो गया। वह एक भालू जैसा आदमी था, जिसने अपनी आँखों पर काला मास्क पहन रखा था, बस दो मिनट में ही हसन के देहरादून के समर्थकों ने अपने हीरो को रिंग पर लटका हुआ देखा, उसके सिर व पेट पर घूसों की बारिश हुई थी, और अंततः बुरी तरह से उसे रस्सियों से बाहर फेंक दिया गया।

इस अपमान के बाद हसन ने दोबारा कभी किसी प्रतियोगिता में भाग नहीं लिया। हाँ, मैं उसे कभी-कभी अखाड़े पर देखता, जहाँ पर वह बच्चों को कुश्ती के कुछ दावँ सिखाकर कुछ रुपए पा लेता। अब उसकी तोंद निकल आई थी और ठोढ़ी

के नीचे चरबी जमा होने लगी थी। मैं भी छोटा बच्चा नहीं था, लेकिन उसके पास मेरे लिए हमेशा चेहरे पर एक मुसकराहट और हृदय से दी गई शाबाशी होती थी।

मुझे याद है, जब मैं विदेश जानेवाला था तो उससे कुछ दिन पहले मैंने उसे देखा था। वह बड़ी मुश्किल से अखाड़े की ओर बढ़ रहा था। वह अपना सारा तेज जल्दी ही खो चुका था, जो उसे कभी अखाड़े में अजेय बनाता था। हाँ, उस समय मैंने अपने आप से कहा था—

फूलों की माला आपके मस्तक पर कुम्हलाती है
वह तुम्हारे पराक्रम का बखान नहीं करती···

यह घटना करीब तीन साल पहले की है। हसन का भिखारी में तब्दील होना, अंतत: समय के बदलाव और समय के बीतने दोनों का ही निराशा में डुबोने वाला परिणाम है। पचास साल पहले का एक मशहूर स्थानीय पहलवान कभी, गरीबी और तिरस्कार झेले इसकी कल्पना भी नहीं की जा सकती थी। उस दौर में पहलवान अपने पुराने दोस्तों की संगत व अपनी वीरता के सच्चे-झूठे किस्सों के बार-बार किए जानेवाले वर्णन से ही ऊब जाता होगा। उसे कभी भुलाया नहीं जाता होगा। लेकिन उन दिनों की बात ही और थी, लोगों की जिंदगी सुकून भरी थी। उन दिनों हर इनसान का समाज में एक विशेष स्थान होता था, जब एक इनसान को उसके गुजरे जीवन में प्राप्त उपलब्धियों के लिए प्रशंसा प्राप्त होती रहती थी, जबकि उसकी असफलताओं पर मिट्टी डाल उन्हें भुला दिया जाता था। लेकिन आज का जीवन बहुत तेजी से भाग रहा है, लोगों के व्यवहार में कठोरता आ गई है, उन्हें दूसरे इनसान की खुशी व तकलीफों से कोई मतलब नहीं है। आज लोग अपने जीवन के लाभों के बारे में सोचने व अपने युवावस्था के आदर्शों की प्रशंसा करने में व्यतीत होता है।

यह हसन से मेरा सामना होने के कुछ दिन बाद की बात है कि मैंने लोगों के एक छोटे झुंड बनाकर उसको रास्ते के किनारे पर खड़े हुए पाया, यह स्थान क्लॉक टावर से अधिक दूर नहीं था। वे लोग स्थिर होकर नाले में कुछ देख रहे थे, लेकिन साथ-ही-साथ कुछ डर के साथ उससे एक निश्चित दूरी भी बनाए हुए थे। मैं भी उस झुंड में जाकर मिल गया, जब मैंने उस चीज को देखा तो पता चला, उस नाले में एक लाश थी, जो लोगों की जिज्ञासा का कारण बनी हुई थी। उस लाश का सिर नाली में नीचे छुपा हुआ था, जबकि पैर खुले नाले के आगे की ओर निकले हुए थे। ऐसा लग रहा था, जैसे वह व्यक्ति नाले में रेंगते हुए मर गया था। उसने अपने सिर को नाले में यह सोचकर गड़ाए रखा कि इस संसार को उसके इस आखिरी असफल

प्रयास के बारे में कुछ भी पता न चल सके।

जब नगरपालिका के कर्मचारी अपनी गाड़ी में वहाँ पहुँचे और मृत शरीर को नाले से बाहर निकाला, तो मक्खियों व नीली मक्खियों का एक बड़ा सा झुंड उसके चेहरे से मानो विरोध का स्वर बुलंद करते हुए उभर आया। उसका चेहरा मिट्टी से सना हुआ था, लेकिन मैंने उस भिखारी को पहचान लिया, वह हसन ही था।

एक तरह से देखा जाए तो यह तसल्ली की ही बात थी कि लोगों ने उसे भुला दिया था, यह जानने का एक आश्वासन था कि वह भुलाया जा चुका था, लोग भूल चुके थे कि जिस इनसान का अवशेष आज इस अवस्था में है, कभी उसे पौरुष का देवता माना जाता था। मैं भी उस मृत शरीर की पहचान करने के लिए आगे नहीं बढ़ा। शायद इस तरह मैंने हसन को एक आखिरी बार अपमानित होने से बचा लिया।

□

# 24

# पुराने दिनों की याद

मैंने मिस मेकेंजी से भेंटस्वरूप मालबार की मछलियों का एक टिन लिया, इसलिए उनके क्रोध की ज्वाला कुछ शांत हो गई।

एक और डॉक्टर से मुलाकात, ऐसा ही है न? उन्होंने अपने चश्मे के अंदर से झाँकती आँखों से मुझे उलाहना भरे अंदाज में देखकर कहा। मैं इस दौरान कई मौतें मर जाती हूँ।

मिस मेकेंजी, पचासी वर्ष की उम्र में भी काफी चुस्त-दुरुस्त थीं, उनके अभी ऊपर जाने की कोई संभावना नहीं दिखती थी। वे उस पहाड़ी पर बसे स्थल की सबसे पुरानी निवासी थीं। वे चोटी के ऊपर जानेवाले रास्ते को आधा पार करने के बाद एक छोटी सी कुटिया में रहती थीं। उनकी कुटिया को देखकर ऐसा लगता था, जैसे कोई ऊपर अतरी गाँव तक जाने का रास्ता तय करते-करते आधे रास्ते में ही थककर रुक गया। उनकी कुटिया रास्ते पर से नजर नहीं आती थी, क्योंकि वह शाहबलूत व चिनार के पेड़ों से ढकी हुई थी।

"मैं कहीं बाहर था," मैंने बताया, "मुझे दो सप्ताह के लिए दिल्ली जाना पड़ा। आशा करता हूँ कि आप ठीक होंगी?"

मैं मिस मेकेंजी का रिश्तेदार नहीं था, न ही बहुत पुराना दोस्त, लेकिन उनको अपने जानने वाले लोगों को यह महसूस करवाने की आदत थी कि उनके प्रति उनकी कुछ जिम्मेदारी बनती है।

मैं शिकायत नहीं कर सकती। मौसम अच्छा है, और पादरी ने मुझे कुछ अंडे भेज दिए।

उन्हें जो भी कुछ खाने के लिए दिया जाता था, उसे वे बड़े से गोदाम में सँभालकर रखती थीं। उनकी चालीस रुपए महीने की पेंशन उनके लिए केवल दाल

और चावल खरीदने की ही मंजूरी देती थी, लेकिन उनके जानने वाले लोगों की उनके लिए चिंता के कारण वे लोग अकसर इंग्लैंड से तोहफे के तौर पर जो कुछ भेजा करते थे, उससे उनके खाने के लिए बहुत कुछ जमा हो जाता था, साथ ही उनके पास बात करने के लिए बातचीत का विषय भी रहता था।

"मैं खुश हूँ कि आपके पास कुछ अंडे हैं," मैंने कहा, "पता है, अब उनकी कीमत चार रुपए प्रति दर्जन है।"

"हाँ, मैं जानती हूँ। एक समय था, वह प्रति दर्जन छह आना हुआ करते थे।"

"शायद करीब तीस साल पहले।"

"नहीं, पच्चीस, मुझे याद है। मे टेलर के अंडे हमेशा अच्छे हुआ करते थे। वे फेयरवाइल में रहती थीं, राजा हाउस के समीप एक पुराने घर में।"

"क्या उनके पास मुरगी फार्म था?"

"ओह, नहीं, उन्होंने मुरगियाँ पाल रखी थीं। बहुत साधारण सी मुरगियाँ, सफेद पनामा टोपी या रोड आयरलैंड जैसी नहीं; लेकिन उनकी मुरगियाँ अंडे बहुत अच्छे देती थीं। वे जानती थीं कि अपने पक्षियों को स्वस्थ कैसे रखा जाए...मे टेलर मेरी दोस्त थीं। जानते हो, वह किसी को ऐसे ही अंडे नहीं देती थीं।"

"ओह! व्यावहारिक तौर पर कहा जाए तो मुझे लगता है कि मिस टेलर अब मर चुकी होंगी।"

"ओह हाँ, मर चुकी थीं। उनकी बहन ने देखा था।"

मुझे एक कहानी की अनुभूति हुई। "यह कैसे हुआ था?"

"ओह, वास्तव में यह अभी तक रहस्य बना हुआ है। मे और शैरलेट की एक-दूसरे के साथ कभी नहीं बनी, लेकिन फिर भी वे एक साथ रहने के लिए राजी थीं, यह आश्चर्य की बात थी। यहाँ तक कि बचपन में भी वे दोनों लड़ती रहती थीं। लेकिन शैरलेट हमेशा से ही बिगड़ी हुई थी—जानते हो, काफी सुंदर भी थी। मैंने जब से मे को जाना, तब वह पैंतीस साल की थी—एक अच्छी औरत, अगर तुम मेरा मतलब समझ रहे हो तो। वह घर की देखभाल करती, भोजन बनाती और अन्य सम्मानित लोगों की तरह चर्च जाती थी। उसे सब पसंद करते। लेकिन शैरलेट बहुत मूडी और बदमिजाज थी। वह अपने आप में रहती—हमेशा से ऐसा ही करती, जब से उनके माता-पिता की मृत्यु हुई। उसे शराब कुछ ज्यादा ही पसंद थी।"

"दोनों में से कोई शादी-शुदा नहीं थीं।"

"नहीं, मुझे समझ आ गया, इसलिए वे एक साथ रहती थीं। मैं किसी ऐसे के

साथ रहने के बजाय अकेले रहना पसंद करूँगी, जिसके साथ मुझे बार-बार समझौता करना पड़े। फिर चाहे दो बहनें ही क्यों न हों?"

"शैरलेट एक गे थी। यह एक ऐसी नई चीज थी, जो एक समय पर कोलवेंसेंट होम के सिपाहियों के बीच काफी लोकप्रिय थी। उसने शादी के कई प्रस्तावों को ठुकरा दिया था और फिर जब उसने शादी करने के बारे में सोचा तो अच्छे प्रस्ताव बचे ही नहीं थे। वह तब करीब तीस की उम्र की थी। फिर उसने पीना शुरू किया—बहुत ज्यादा, मेरा मतलब है, अधिकतर गिन और ब्रैंडी। उन दिनों यह बहुत सस्ती हुआ करती थी। मेरे खयाल से गिन की एक बोतल दो रुपए में मिल जाती थी।"

"कितना मजा आता होगा। मैं एक पीढ़ी देर से पैदा हुआ था।"

"इसमें एक अच्छाई भी है, हो सकता है कि तुम्हारा अंत भी उसी तरह होता, जिस तरह शैरलेट का हुआ।"

"क्या उन्होंने कभी संकल्प प्रलाप किया था।"

"उसने ऐसा कुछ नहीं किया था। शैरलेट की व्यवस्था बहुत मजबूत थी।"

"और आपके पास भी है मिस मेकेंजी, अगर आप बुरा न मानें तो मैं यही कहूँगा।"

"जब मैं खरीदने में समर्थ होती हूँ या कोई पेशकश करता है···तो थोड़ी-बहुत ले लेती हूँ।" उन्होंने मुझे ऐसे देखा, जैसे उन्हें सब समझ आ गया।

"क्या आपने कभी मिस टेलर के साथ शराब पी थी?"

"नहीं, मैंने कभी नहीं पी थी। मैं कभी उसकी संगत में नहीं रही। वह जब पी लेती तो सब जगह पर घूमती रहती। उसे बिल्कुल भी होश नहीं होता कि कहाँ पर है। एक बार तो उसने नाई के साथ बैठकर शराब पी और फिर उसने गड्ढे में गिरकर अपनी एड़ी तोड़ ली।

"खुशकिस्मत थी, उसका सिर नहीं फटा।"

"नहीं, उसका सिर तो नहीं फटा था, बल्कि इससे भी बुरा यह हुआ कि उसकी बहन मे—वह बेचारी प्यारी सी इनसान।"

"क्या उसने अपनी बहन का सिर फोड़ दिया, उसने ऐसा किया क्या?" मैंने अपना षड्यंत्रकारी दिमाग लगाया। "मे ने नाई के बारे में जानकारी क्यों एकत्र की?"

"कोई नहीं जानता कि क्या बात थी, लेकिन शायद उसी तरह की कोई बात हो सकती है।"

"खैर, एक रात दोनों की भयंकर लड़ाई हो गई थी। शैरलेट ने शराब पी हुई

थी और मे हमेशा की तरह उसको डाँट रही थी।"

"घातक है," मैंने कहा, "शराबी को कभी डाँटना नहीं चाहिए।"

मिस मेकेंजी ने मुझे अनसुना कर दिया और अपनी बात को आगे बढ़ाती गई।

"उसने शैरलेट को ईश्वर की ओर से मिले दंड के बारे में कुछ कहा। इसके बाद वह मे का सिर था, जो गंभीर चोट से छिन्न-भिन्न हो गया। शैरलेट अचानक गुस्से में आग बबूला हो गई थीं, मे की बातें सुनकर अगर वह नशे में न होती तो भी गुस्से में पागल हो जातीं। उसने मे की खोपड़ी पर किसी भारी चीज से वार किया था। उसने किस चीज से मे पर वार किया था, यह शैरलेट ने कभी नहीं बताया। वह चीज बोतल नहीं हो सकती थी, क्योंकि अगर होती तो लगने के बाद उसके टूटे हुए टुकड़े वहाँ पर बिखर जाते। वह कोई भारी चीज रही होगी, जिसे कभी-कभी लेखक कुंठित करनेवाला यंत्र कहता है।

जब शैरलेट ने देखा कि उसने क्या कर दिया है, तो वह आपे से बाहर हो गई। लोगों ने उसे दो दिन बाद खँडहरों में पाया, वह लगातार अनाप-शनाप बड़बड़ा रही थी कि अगर मे उसके साथ चिपकी नहीं होती तो उसकी शादी बहुत पहले हो चुकी होती।"

"क्या उस पर हत्या का केस दर्ज हुआ?"

"नहीं, सारे मामले को दबा दिया गया। शैरलेट को राँची के पागलखाने में भेज दिया गया था। हमने दोबारा उसके बारे में कभी नहीं सुना। मे को यहाँ दफनाया गया था। यदि तुम पुराने कब्रिस्तान में जाओ तो तुम्हें बाएँ हाथ से तीसरी तरफ दूसरी पंक्ति में उसकी क्रब मिल जाएगी।"

"मैं कभी वहाँ पर जाऊँगा। जो लोग उन बहनों को जानते होंगे, उनके लिए यह जोरदार झटका होगा।"

"हाँ, मैं यह सब जानने के बाद थोड़ा उदास रहने लगी थी। मैं मे को बहुत पसंद करती थी। और फिर उसकी सभी मुरगियाँ बिक चुकी थीं, मुझे अंडे भी कहीं और से लेने पड़ते थे, मुझे उनका स्वाद वैसा नहीं मिला, जैसा कि उसके अंडों में हुआ करता था। मैं फिर भी यही कहूँगी कि क्या दिन थे—अच्छे-पुराने दिन—जब एक दर्जन अंडे छह आने और शराब केवल दो रुपए प्रति बोतल मिल जाया करती थी।" □

# 25

# शाबाश, अच्छा काम किया

धुक्की माली उन बीजों की सफाई कर रहा था, जो पुराने सुनसान पड़े रहनेवाले कुएँ के पास के क्षेत्र में प्रचुरता में उत्पन्न हो गए थे। वह एक बूढ़ा आदमी था, जो दुबला-पतला, झुका हुआ और कमजोर भी था; लेकिन शारीरिक तौर पर वह हमेशा से ऐसा ही था। उसकी सारी शक्ति उसकी कलाइयों और उसकी लंबी-लंबी अंगुलियों में थी। वह कांतिहीन, शक्तिहीन सा दिखाई देती थी; लेकिन उसे शराब की लत थी।

"क्या तुम कुएँ को ढकने जा रहे हो?" मैंने पूछा। मैं आठ साल का था और धुक्की का बहुत प्रिय था। वह मेरे जन्म के बहुत पहले से माली का काम करता था, उसने मेरे पिता के लिए उनके मृत्युपर्यंत काम किया और अब मेरी माता तथा सौतेले पिता के लिए काम करता था।

"मुझे लगता है कि मुझे इसे जरूर ढकना होगा।" धुक्की ने कहा, "ऐसा मेजर साहब चाहते हैं। वे किसी भी दिन आ सकते हैं। यदि आकर उन्होंने देखा कि कुआँ अभी भी नहीं ढका हुआ है तो वे अपने सेना वाले तेवर में आ जाएँगे और मुझे दूसरी नौकरी तलाशनी पड़ेगी।"

मेजर साहब मेरे सौतेले पिता थे, मेजर समरस्किल। वे एक लंबे, बलवान, सवेग व्यक्ति थे, जिन्हें पोलो खेलना और सुअरों का शिकार करना पसंद था। वे मेरे पिता से काफी अलग थे। मेरे पिता मुझे हमेशा पढ़ने के लिए किताबें दिया करते थे। मेजर कहा करते थे—यदि मैं बहुत अधिक पढ़ाई करूँगा तो मैं स्वप्न देखने वाला व्यक्ति बन जाऊँगा और यह कहकर किताबों को मुझसे दूर ले जाते थे। मैं उन्हें नापसंद करता था और मेरी माँ से उनकी शादी मुझे नहीं भाती थी।

"लड़का बहुत कोमल है," मैंने उन्हें अपनी माँ को कहते हुए सुना था,

"मुझे यह ध्यान देना होगा कि वह घुड़सवारी सीख ले।"

लेकिन इससे पहले कि घुड़सवारी का सबक देने की वे तैयारी करते, तब तक मेजर के सैन्य दल को पेशावर जाने का आदेश मिल गया। कई सीमांत जातियों की ओर कुछ परेशानी की अपेक्षा की जा रही थी। वह दो महीने के लिए दूर गए थे। जाने से पहले उन्होंने धुक्की के लिए पुराने कुएँ को ढकने का एक सख्त निर्देश दिया था।

फुलवारी के बीच में एक खुला कुआँ है, जो बहुत ही घिनौना और भयंकर है—मेरे सौतेले पिता ने कहा, "जब तक मैं आऊँ, तब तक तुम यह सुनिश्चित कर देना कि वह पूरी तरह से ढका हुआ हो।"

धुक्की नहीं चाहता था कि इस पुराने कुएँ को ढक दिया जाए। यह वहाँ पर पचास साल से भी पहले से था। यह यहाँ पर उस समय से था, जब यहाँ मकान नहीं बना था। उसकी दीवारों में कबूतरों के घर थे। उनकी धीमी-धीमी गुटर-गूँ की प्यारी आवाज ने सारी फुलवारी को संगीतमय किया हुआ था। गरमियों के मौसम में, गरम और सूखे महीनों में, जब नल तक सूख जाते थे, तब कुएँ का पानी ही एकमात्र जलस्रोत था, जिस पर निर्भर रहा जाता था। भिश्ती अब भी उस कुएँ के पानी का इस्तेमाल करते थे। वे मसक में कुएँ का पानी भरते और मकान के पास रास्तों को धूलमुक्त रखने के लिए उस पर पानी का छिड़काव करते थे।

धुक्की ने मेरी माँ से आग्रह किया कि उस कुएँ को थोड़ा सा खुला छोड़ दिया जाए।

"उन कबूतरों का क्या होगा?" उसने पूछा।

"ओह, उसकी चिंता मत करो, वे कोई दूसरा कुआँ ढूँढ़ लेंगे।" मेरी माँ ने कहा, "इसे जल्दी ही बंद कर दो, धुक्की, मैं यह नहीं चाहती कि साहब आएँ और देखें कि तुमने अभी तक उनके आदेश का पालन नहीं किया है।"

ऐसा लगता था कि मेरी माँ मेजर से थोड़ा डरती थीं। हम जिनसे प्यार करते हैं, उनसे कैसे डर सकते हैं? यह एक पहेली थी, जिसमें मैं उस वक्त भी उलझा हुआ था और आज भी उलझाया हुआ हूँ।

मेजर की अनुपस्थिति ने जीवन को फिर से खुशहाल बना दिया था। मैं अपनी किताबों की तरफ लौट आया, अपने प्रिय बरगद के पेड़ के नीचे लंबा समय बिताता, बाल्टी भर आम खाता और फुलवारी में धुक्की से बात करते हुए समय बिताता।

न ही वह, और न ही मैं, मेजर के वापस आने की राह देख रहे थे। धुक्की मेरी माँ के दूसरे विवाह के पश्चात् भी यहीं रहा, केवल माँ के प्रति अपनी वफादारी और मेरे प्रति उसके दयाभाव के कारण। वह सुचमुच मेरे पिता का सच्चा सेवक था।

लेकिन मेरी माँ असमंजस में निर्बल और असहाय सी दिखती थीं और बहुत से लोग, जिनमें मेजर समरस्किल सम्मिलित थे, उनके रक्षक के तौर पर उभर आते थे। वह उन लोगों को पसंद करती थीं, जो उनके लिए इस तरह का भाव रखते थे।

"तुम्हारे पिता इस कुएँ को पसंद करते थे।" धुक्की ने कहा, "वे प्राय: शाम को एक स्केच बुक के साथ बैठ जाते थे, जिसमें वे पक्षियों, फूलों और कीड़ों के चित्र बनाते थे।"

मुझे वे सब चित्र याद हैं, मुझे यह भी याद है कि कैसे उन सभी चित्रों को मेजर द्वारा उस समय घर से बाहर फेंक दिया गया था, जब वे इस घर में आए थे। धुक्की भी इसके बारे में जानता था। मेरे पास उनकी यादों के रूप में ज्यादा चीजें नहीं थीं।

"इस कुएँ को बंद करना बुरा काम है।" धुक्की ने फिर कहा, "कोई मूर्ख या शराबी व्यक्ति ही शायद इस कुएँ में डूबेगा।"

लेकिन फिर भी अनमने मन से उसने कुएँ को ढकने की तैयारियाँ की थीं। साल की लकड़ी, ईंट, सीमेंट के ढेर को सुव्यवस्थित ढंग से कुएँ के आस-पास जमा दिया गया था।

"कल," धुक्की ने कहा, "मैं इसे आज नहीं, कल ढक दूँगा। पक्षियों को एक दिन और यहाँ रहने दो बाबा, सुबह तुम पक्षियों को कुएँ से भगाने में मेरी सहायता कर सकते हो।"

जिस दिन मेरे सौतेले पिता आनेवाले थे, उस दिन माँ ने एक ताँगा किराए पर लिया और खरीदारी करने के लिए बाजार गईं। उन दिनों केवल कुछ लोगों के पास ही कार थी। यहाँ तक कि कर्नल भी ताँगे में जाते थे। अब तो एक क्लर्क भी उसमें बैठना अपनी शान के खिलाफ समझता है।

हम लोग जानते थे कि मेजर शाम से पहले घर नहीं आनेवाले, इसलिए मैंने निश्चय किया कि मैं अपनी आखिरी सुबह का पूरा-पूरा इस्तेमाल करूँगा। मैंने अपनी सारी पसंदीदा पुस्तकें उठाईं और उनको घर के बाहर आउटहाउस में

एकत्र करके रख दिया, जहाँ मैं समय-समय पर उनको पढ़ने के लिए आ सकूँ। फिर मेरी जेबें पूरी तरह से आमों से भर गईं, मैं बरगद के पेड़ पर चढ़ा। वह जून की गरमी का सबसे ठंडा और अंधकारमय स्थान था।

पत्तियों की ओट से मैं छुपकर देख सकता था कि धुक्की कुएँ के पास जा रहा है। वह उस कुएँ को ढकने का काम अनमने मन से कर रहा था।

"बाबा," उसने मुझे कई बार बुलाया। लेकिन मैं बरगद के पेड़ से उतरकर काम करने का इच्छुक नहीं था। धुक्की ने एक लंबा लकड़ी का फट्टा पकड़ा और उसे कुएँ के आखिरी छोर पर जमा दिया। फिर उसने हथौड़े से पीटना शुरू कर दिया। बरगद के पेड़ के जिस स्थान पर मैं बैठा था, वहाँ से वह बहुत बूढ़ा और झुका हुआ दिखाई दे रहा था।

ताँगे की घंटी की झनकार और उसके जंग लगे पहिए की गड़गड़हाट से मुझे पता चला कि एक ताँगा गेट पर आ रहा है। मेरी माँ बाजार से इतनी जल्दी वापस नहीं आ सकती थीं। मैंने पेड़ की घनी व चमकदार पत्तियों से झाँका और उसे देखकर लगभग अपनी टहनी से गिरने वाला हो गया। ताँगे में मेरे सौतेले पिता मेजर थे। वे अपने आने के समय से पहले ही आ गए थे।

मैं पेड़ से नीचे नहीं आया। जब तक मेरी माँ बाजार से नहीं आती, तब तक मेरा अपने सौतेले पिता के सामने आने का कोई इरादा नहीं था।

मेजर ताँगे से नीचे उतर गए और वहाँ खड़े होकर निगरानी कर रहे थे कि उनका सामान बरामदे में ठीक से ले जाया जा रहा है। उनका मुँह लाल था और उनकी मोटी मूँछों का अंतिम छोर तेल में डूबा हुआ था। धुक्की ने अधूरे मन से उन्हें सलाम किया।

"ओह, तो तुम यहाँ हो दुष्ट बूढ़े" मेजर चिल्लाए, वैसे उन्होंने यह बात मित्रतापूर्ण और परिहास में कहने का प्रयास किया।

"यह बगीचे से अधिक जंगल लग रहा है, मैं देख सकता हूँ। तुम इन सब कामों के लिए बहुत बूढ़े हो चुके हो, धुक्की। तुम्हारे रिटायर होने का समय आ गया है! और मेम साहब कहाँ हैं?"

"बाजार गई हैं।" धुक्की ने कहा।

"और लड़का?"

धुक्की ने इशारे में अपना कंधा हिलाया। "मैंने लड़के को आज नहीं देखा है, साहब।"

"लानत है!" मेजर ने कहा, "घर वापसी पर इसी तरह का स्वागत होता है। ठीक है, जाओ, बावरची लड़के को उठाओ और उसे कहो कि सोडा लाए।"

"बावरची लड़का गया हुआ है।" धुक्की ने कहा।

"ठीक है, दोगुना धिक्कार है मुझ पर!" मेजर ने कहा।

ताँगा जा चुका था और मेजर ने ऊपर से नीचे फुलवारी की ओर कदमताल करना शुरू कर दिया। फिर उन्होंने कुएँ पर धुक्की का अधूरा काम देखा। उनके चेहरे का रंग गुस्से से जामुनी होने लगा और वे लंबे-लंबे डग भरते हुए कुएँ के पास आ गए, फिर बूढ़े माली पर बरस पड़े।

धुक्की ने बहाना बनाना शुरू किया। उसने ईंटों की कमी, भतीजे की बीमारी, सीमेंट की अपर्याप्तता, खराब मौसम, कृपाहीन भगवान् के बारे में कहा। जब इन सबसे मेजर को किसी तरह की संतुष्टि होती नहीं दिखी तो धुक्की ने कुएँ के नीचे कुछ बुदबुदाती, बड़बड़ाती आवाजों के बारे में बताना शुरू किया और कुएँ की गहराई की तरफ इशारा किया। मेजर ने नीचे दीवार पर पैर रखा और नीचे देखा। धुक्की उस ओर इशारा करता रहा। मेजर थोड़ा और नीचे झुक गए।

धुक्की का हाथ तेजी से घूम रहा था, जैसे कोई जादूगर इशारे करता है। उसने वास्तव में मेजर को धक्का नहीं दिया था। उसने केवल एक बार नीचे की ओर मेजर को थपथपाया था। मैंने अपने सौतेले पिता के जूतों की एक झलक पाई, जैसे ही वे कुएँ के अंदर डूबने वाले थे, उस समय मैं खुद को ऐलिस इन वंडरलैंड की उस ऐलिस की कल्पना करने से नहीं रोक सका, जब वह खरगोश के बिल में घुसते ही गायब हो गई थी।

उस समय पानी में बहुत ही जबरदस्त छटपटाहट थी और सारे कबूतर उड़कर बँगले की छत पर जा बैठे; लेकिन वहाँ बैठने से पहले उन्होंने उस जगह की हवा में तीन चक्कर लगाए।

लंच के समय तक या फिर टिफिन या मध्याह्न के समय जैसा कि उस समय को हम उन दिनों बोला करते थे—धुक्की ने कुएँ को लकड़ी के तख्ते से अच्छी तरह ढक दिया था।

"मेजर खुश हो जाएँगे," मेरी माँ ने कहा, "जब वे घर आएँगे। यह शाम तक पूरा तैयार हो जाएगा, हो जाएगा न धुक्की?"

शाम तक कुआँ पूरी तरह से ईंटों से ढक चुका था। धुक्की ने उस दिन इतनी तेजी से काम किया था कि जितना तेज कभी नहीं किया था।

अगले कुछ हफ्तों में मेरी माँ की चिंता बेताबी में बदल गई, उनकी चिंता उदासी में और उनकी उदासी फिर परित्याग में बदल गई। लड़का होने के नाते और बहुत ज्यादा तेजस्वी होने के कारण मुझे आशा थी कि उन्हें दिलासा देने के लिए कुछ कर सकता हूँ।

उन्होंने सेना दल के कर्नल को पत्र लिखा और उन्हें वहाँ से सूचित किया गया कि मेजर दो सप्ताह पहले ही छुट्टी लेकर अपने घर गए थे। इस विशाल भारत की विशालता में मेजर कहीं गायब हो गए थे।

यह बहुत आसान था कि इनसान खो जाए और फिर कभी न मिले। सात महीने बीत जाने के पश्चात् भी मेजर के नहीं लौटने पर यह परिकल्पना की गई कि दो में से एक घटना घट सकती है। या तो रेलगाड़ी में ही उनकी हत्या हो गई हो और उनकी लाश को किसी नदी में बहा दिया गया हो या वे किसी जनजातीय लड़की के साथ भाग गए हों, और देश के किसी दूर-दराज के इलाके में रह रहे हों।

हम जो लोग उनके जाने के बाद घर में रह गए थे, के लिए जरूरी था कि अपने जीवन को आगे बढ़ाएँ। बारिश समाप्त हो गई थी और अमरूद का मौसम आनेवाला था।

मेरी माँ उस सेना दल के कर्नल, जो राज-प्रताप के 32वें फुट के थे, के साथ मेल-जोल बढ़ाने लगी थीं। वह एक बुजुर्ग, आरामतलब यथोचित रूप से अन्यमनस्क व्यक्ति थे, जो किसी के रास्ते में आनेवाले व्यक्ति बिल्कुल नहीं थे, लेकिन बस घर में रखी चॉकलेट की पट्टी को छोड़ दिया जाए तो।

"वे एक अच्छे साहब हैं," धुक्की ने उनका अवलोकन करते हुए कहा, उस समय मैं उसके बगल में बोगन बेलिया के पीछे खड़ा हुआ था और बरामदे की सीढ़ी पर कर्नल को सैर करते हुए देख रहा था। "देखो, वे अपनी सोला टोपी को कैसे शानदार ढंग से पहनते हैं। उससे उनका सिर पूरी तरह से ढका हुआ है।"

"वे अंदर से गंजे हैं।" मैंने कहा

"कोई बात नहीं, मुझे लगता है कि वे ठीक होंगे।"

"और यदि वे नहीं होंगे तो," मैंने कहा, "हम कुएँ को दोबारा खुला छोड़ सकते हैं।"

धुक्की ने होज पाइप के नोजल को नीचे गिरा दिया और पानी हमारे पैरों तक आ गया। लेकिन उसने जल्दी ही खुद को सँभाल लिया और मेरा हाथ

पकड़कर मुझे पुराने कुएँ, जो अब सीमेंट से पक्का हो चुका है, अब जो किसी शादी के केक की तरह लगता था, के और पास ले गया।

"हमें अपने पुराने कुएँ को नहीं भूलना चाहिए," उसने कहा, "बाबा, आओ हम इसे सुंदर बनाते हैं, शायद कुछ गमले इसके लिए ठीक रहेंगे।"

और हम दोनों ने साथ मिलकर उचित दाम पर कुछ गमले खरीदे और कुएँ को फर्न तथा कषायमूल से सजाया। सभी ने धुक्की को बहुत अच्छा काम करने के लिए बधाई दी। मुझे सिर्फ एक बात का अफसोस था कि कबूतर वहाँ से जा चुके थे।

□

# 26

# बंदर

अगली सुबह मुझे पक्का पता नहीं था कि मैं सपना देख रहा था या रात में कुत्ते को सचमुच भौंकते हुए और कुटिया के नीचे से पहाड़ी की तरफ दौड़ते हुए देख रहा था। वहाँ पर एक सुनहरे रंग का कोकर, एक रिट्रीवर, पीक, एक डाक्सहूण, एक काले रंग का लेब्राडोर और एक-दो विचित्र कुत्ते और थे। उन्होंने आधी रात में ही मुझे अपने भौंकने की आवाज से उठा दिया और इतनी तेज आवाज की कि मैं अपने बिस्तर से उठकर खुली खिड़की से बाहर देखने लगा। मैंने आकाश में चंद्रमा की रोशनी में उन्हें साफ-साफ देखा, पाँच या छह कुत्ते दीवार और मानसून में बहुत बड़ी-बड़ी उग आई घास से उत्तेजित होकर झपट रहे थे।

ऐसा केवल इसलिए था, क्योंकि कुत्तों की इतनी सारी प्रजातियों को देखकर मैं थोड़ा भ्रमित हो गया था। मुझे कॉटेज में आए केवल एक हफ्ता ही हुआ था और फिर भी मेरी अपने अधिकतर पड़ोसियों से बातचीत शुरू हो गई थी। कर्नल फैनशॉ, जो भारतीय सेना से सेवानिवृत्त थे, मेरे निकटतम पड़ोसी थे। उनके पास एक मुर्गा था, जो काले रंग का था। एक आंग्ल-भारतीय अविवाहिता बुजुर्ग, जो देवदार के पेड़ों के पीछे रहती थीं, उनके पास केवल बिल्लियाँ थीं। (हालाँकि मेरी समझ में यह कभी नहीं आया कि बिल्लियों पर अविवाहिता का एकाधिकार क्यों होता है।) एक दूध वाले के पास कुछ मिश्रित प्रजातियों के कुत्ते हैं। और एक पंजाबी उद्योगपति, जिसने राजा की पुरानी हवेली को खरीदा था—उस पर कब्जा करने से पहले ही—संपत्ति को एक चौकीदार के हवाले छोड़ दिया, जिसके पास एक-एक बड़ा सा तिब्बती नस्ल का कुत्ता था।

मेरे आस-पड़ोस में रहनेवाले इन कुत्तों में से कोई भी उन जैसा नहीं दिखता था, जिस तरह के कुत्तों को मैंने रात में देखा था।

"क्या यहाँ किसी के पास रिट्रीवर कुत्ता है?" मैंने कर्नल फैनशॉ से उस समय पूछा, जब मैं उनसे संध्या के समय सैर करते समय मिला।

"मेरे जानने वालों में से किसी के पास नहीं है।" उन्होंने कहा और यह कहते हुए मेरी ओर अपनी घनी भौंहें के बीच स्थित तिरछी नजरों से देखा, "क्यों, क्या तुमने उस तरह का कोई कुत्ता आस-पास देखा है?"

"नहीं, मुझे थोड़ा आश्चर्य हुआ। यहाँ इस क्षेत्र में बहुत सारे कुत्ते हैं, नहीं हैं क्या?"

"ओह, हाँ, यहाँ लगभग सभी के पास कुत्ते हैं। बेशक कभी भी किसी के भी कुत्ते को चीता उठाकर ले जाता है। पिछली सर्दियों में मैंने भी एक छोटा शिकारी कुत्ता खो दिया था।"

कर्नल फैनशॉ, जो कि एक लंबे व लाल चेहरे वाले व्यक्ति थे, मुझसे ऐसे भी कुछ सुनने की उम्मीद में मेरा इंतजार कर रहे थे—या फिर वह बस चढ़ाई चढ़ने के कारण फूलने लगी अपनी साँसों के सामान्य होने की प्रतीक्षा में कुछ समय के लिए ठहर गए थे।

उस रात मैंने कुत्तों की आवाज को फिर सुना। मैं खिड़की की तरफ गया और बाहर देखा। चाँद पूरे गोल आकार में था, उसकी चाँदनी में शाहबलूत के वृक्ष की पत्तियाँ चाँदी की तरह चमक रही थीं।

कुत्ते पेड़ों के अंदर देखकर भौंक रहे थे। लेकिन मैं पेड़ों में कुछ भी नहीं देख सका, यहाँ तक कि एक उल्लू भी नहीं। मैं जोर से चीखा और कुत्ते जंगल के अंदर गायब हो गए।

जब मैं कर्नल फैनशॉ से अगले दिन मिला तो उन्होंने मुझे आशा भरी दृष्टि से देखा। वह उन कुत्तों के बारे में कुछ जानते थे, जिन्हें लेकर मैं इतना परेशान था। लेकिन वह इस इंतजार में थे कि मैं उस बारे में क्या कहता हूँ। मैंने तय किया, मैं उनकी उम्मीद को पूरा करूँगा।

मैंने कहा, "मैंने रात के बीच कम-से-कम छह कुत्तों को देखा। एक कोकर, एक रिट्रीवर, एक पीक, एक डाक्सहूण, एक काले रंग का लेब्राडोर और एक-दो मिश्रित प्रजाति के। अब मुझे पूरा विश्वास है कि आपको जरूर पता होगा कि वे कौन थे?"

कर्नल आनंदित थे। यह मैं, उनकी आँखें जिस प्रकार चमक रही थीं, उससे बता सकता हूँ कि वह मेरी बातों का आनंद ले रहे थे।

"तुमने मिस फेयर चाइल्ड के कुत्तों को देखा है।" उन्होंने आत्मसंतुष्टि के साथ कहा।

"ओह, और वे कहाँ रहती हैं?"

"मेरे प्यारे, वह नहीं है। पंद्रह साल पहले मर चुकी है।"

"फिर, उनके कुत्ते यहाँ क्या कर रहे हैं?"

"बंदरों को खोज रहे हैं।" कर्नल ने कहा। और वे मेरी प्रतिक्रिया जानने के लिए खड़े हो गए।

"मैं डरा हुआ हूँ," मैंने कहा, "मैं समझा नहीं।"

कर्नल ने कहा, "मैं जरा तुम्हें समझाऊँ। क्या तुम भूतों पर विश्वास करते हो।"

"मैंने कभी कोई भूत नहीं देखा।" मैंने कहा।

"लेकिन, तुमने देखा है मेरे प्यारे, तुमने देखा है। मिस फेयर चाइल्ड के कुत्ते सालों पहले मारे गए—एक कोकर, एक रिट्रीवर, एक पीक, एक डचशुंड और दो मोगरेल। उन्हें एक छोटी सी पहाड़ी पर बलूत पेड़ के अंदर दफना दिया गया था। ध्यान रहे, उनकी मृत्यु पर किसी तरह का कोई संदेह नहीं है। वे सभी थोड़े बूढ़े थे और उनकी मृत्यु के बाद उनकी स्वामिनी भी अधिक समय तक जीवित नहीं रही थीं। उनकी मृत्यु तक उनके पड़ोसियों ने उनकी देखभाल की।"

"और मिस फेयर चाइल्ड उस मकान में ही रहती थीं, जहाँ मैं रहता हूँ। क्या वह जवान थी?"

"वह अपने चालीसवें दशक के मध्य में थीं, एक हृष्ट-पुष्ट औरत थीं। जिन्हें घर से बाहर खेले जानेवाले खेलों से लगाव था। जो मर्दों की ज्यादा परवाह नहीं करती थीं। मुझे लगा कि तुम उनके बारे में जानते हो।"

"नहीं, आपको पता है, मैं ज्यादा समय से यहाँ नहीं हूँ। लेकिन वह क्या था, जो आपने बंदरों के बारे में कहा था? कुत्ते बंदरों को क्यों खोज रहे हैं?"

"आह, वह कहानी का रोचक हिस्सा है। क्या तुमने कभी लंगूर बंदरों को देखा, जो कभी-कभी बलूत की पत्तियों को खाने के लिए आते हैं?"

"नहीं।"

"तुम जल्दी ही या कुछ देर में समझ जाओगे। यहाँ इन जंगलों में उनका एक झुंड हमेशा घूमता रहता है। वैसे तो वह बिल्कुल भी नुकसान न पहुँचाने वाले हैं, लेकिन हाँ, अगर तुमने उन्हें थोड़ा सा भी मौका दिया तो वह पूरे बागीचे को बरबाद कर देंगे। अच्छा तो, मिस फेयर चाइल्ड उन बंदरों को बिल्कुल भी पसंद नहीं करती

थीं। वह अपने उन डहलिया को बहुत पसंद करती थीं, अपने उन पौधों को लेकर उनका उत्साह चरम पर था; लेकिन वे बंदर रात के समय आते और उन पौधों को खोद डालते तथा बल्ब की तरह दिखने वाले डहलिया के फूलों को खा जाते। स्पष्ट था कि उनको भी फूलों का स्वाद बहुत पसंद था। मिस फेयरचाइल्ड का गुस्सा सातवें आसमान पर होता। जिन लोगों को बागवानी का शौक बहुत अधिक होता है, जब उनके सबसे बेहतर पौधे बरबाद हो जाते हैं तो वे अपना आपा खो बैठते हैं—मुझे लगता है, यह भी इनसानी व्यवहार का ही हिस्सा है। मिस फेयरचाइल्ड अपने कुत्तों को बंदरों पर हमला करने के लिए सदा तैयार रखतीं, यहाँ तक कि आधी रात को भी। लेकिन बंदर बहुत आसानी से अपना काम कर पेड़ों पर चढ़ जाते और कुत्ते नीचे भौंकते हुए नीचे रह जाते।

फिर एक दिन—या यह कहें कि विशेष तौर पर एक रात मिस फेयरचाइल्ड ने खतरनाक कदम उठाया। उन्होंने किसी से एक बंदूक उधार ली और खिड़की के किनारे बैठ गईं। और जब बंदर वहाँ आए, उन्होंने गोली चलाकर एक बंदर को मार दिया।

कर्नल चुप हो गए और बलूत के वृक्ष की ओर देखने लगे, जो कि भरी दोपहर की गरमी में झिलमिला रहा था।

"उन्हें ऐसा नहीं करना चाहिए था।" उन्होंने कहा।

"बंदरों का कभी शिकार नहीं करना चाहिए। केवल इसलिए नहीं कि वे हिंदुओं के लिए पूजनीय होते हैं, बल्कि इसलिए भी कि वे हमारी तरह मानव होते हैं, तुम्हें पता है।"

"अच्छा तो, मुझे अब समझ में आ रहा है।"

"गुड डे!" और कर्नल ने एकाएक अपनी कहानी का अंत कर देवदार के पेड़ों वाले स्थान से स्फूर्ति के डग भरते हुए प्रस्थान किया।

मैंने उस रात कुत्तों को भौंकते हुए नहीं सुना। लेकिन अगले दिन ही मैंने बंदरों को देखा—असली के, न कि भूत। वहाँ कुल मिलाकर करीब बीस जवान और बूढ़े बंदर थे, जो कि बलूत के पेड़ों की शाख पर बैठकर पत्ते चबा रहे थे। उन्होंने मेरी तरफ ज्यादा ध्यान नहीं दिया और मैंने भी बस कुछ समय के लिए उन्हें देखा।

वे मनोहर जीव थे, उनकी खाल चमकीले भूरे रंग की थी, जबकि उनकी पूँछ लंबी और लहरदार थी। वे एक पेड़ से दूसरे पेड़ पर बहुत सरलता से कूद-फाँद कर रहे थे और मैदानी क्षेत्र में रहनेवाले लाल अशिष्ट बंदरों के बजाय वे बहुत विनम्र

और एक-दूसरे के प्रति स्वभाव में बहुत ही सम्मान रखनेवाले थे।

उनमें से कुछ छोटे-छोटे बंदर साथ वाली पहाड़ी की ढलान पर भागे जा रहे थे, जबकि कुछ दूसरे स्कूली लड़कों के समान एक-दूसरे के साथ खेल और कुश्ती कर रहे थे।

वहाँ उन्हें परेशान करने के लिए कुत्ते नहीं थे—और उन्हें कोई ऐसा बाग नजर आ रहा था, जिनके फूल उन्हें अपनी ओर इसलिए लालायित कर रहे थे कि वे जाकर उन्हें कुचल डालें।

लेकिन उस रात मैंने कुत्तों की आवाज को दोबारा सुना। वे पहले से और भी भयानक तरीके से भौंक रहे थे।

मैं इस बार भी उनको समझ पाने में असमर्थ था। मैं बुदबुदाया और चादर को अपने कानों तक खींच लिया। लेकिन उनके भौंकने की आवाज और तेज होने लगी; उसमें कई दूसरी आवाजें, किलकारियों और सरसराहटों की आवाजें भी शामिल होने लगीं।

फिर अचानक एक औरत की रात का सन्नाटे को चीरने वाली चिल्लाने की आवाज जंगल में गूँजने लगी। यह एक रहस्यमय आवाज थी और इसने मेरे रोंगटे खड़े कर दिए।

मैं बिस्तर से छलाँग लगाकर खड़ा हो गया और खिड़की की ओर भागा।

एक महिला नीचे जमीन पर लेटी हुई थी, तीन या चार बड़े-बड़े बंदर उसके ऊपर चढ़े हुए थे, उसकी बाँहों पर काट रहे थे और उसके हाथों को खींचकर उसकी गरदन तक लाने की कोशिश कर रहे थे। कुत्ते भौंके जा रहे थे और बंदरों को उससे अलग करने के लिए खींचने की कोशिश कर रहे थे, लेकिन वे दूसरे बंदरों द्वारा पीछे से रोके जा रहे थे। महिला की एक बार फिर भयानक चीख सुनाई दी और मैं फुरती से कमरे में वापस आया, एक छोटी कुल्हाड़ी उठाकर बगीचे के अंदर भागा।

लेकिन सब—कुत्ते, बंदर और चीखनेवाली महिला—सब गायब हो गए, और मैं कुल्हाड़ी को पकड़े पहाड़ी की ढलान पर अपने पजामे में अकेला खड़ा था, और अपने आपको को मूर्ख बना महसूस कर रहा था।

उस दिन कर्नल ने मेरा अभिवादन अंत्यत भावुक संबोधन के साथ किया।

"उन कुत्तों को अभी भी देख रहे हो?" उसने मजाकिया लहजे में पूछा।

"मैंने बंदरों को भी देखा है।" मैंने कहा।

"अरे हाँ सही, वे आस-पास फिर आए थे। लेकिन वे असली थे, किसी को

भी नुकसान पहुँचाने वाले नहीं थे।"

"मुझे पता है—लेकिन मैंने उन्हें पिछली रात कुत्तों के साथ देखा।"

"ओह, क्या तुमने सचमुच देखा? अजीब बात है, बहुत अजीब!"

कर्नल ने मेरी निगाहों से बचने का प्रयास किया, लेकिन उनके साथ मेरी बात अभी समाप्त नहीं हुई थी।

"कर्नल—" मैंने कहा, "तुमने मुझे यह कभी नहीं बताया था कि मिस फेयरचाइल्ड कैसे मरी।"

"ओह, मैंने नहीं बताया? मेरे जेहन से निकल गया होगा। मैं बूढ़ा हो रहा हूँ। लोगों के बारे में उस तरह याद नहीं रख पाता, जैसे पहले रखता था। लेकिन बेशक मुझे मिस फेयरचाइल्ड, उस बेचारी औरत के बारे में याद है। बंदरों ने उन्हें मार डाला। तुम्हें नहीं पता था। उन्होंने उसके टुकड़े-टुकड़े कर दिए।"

उनकी आवाज बिल्कुल मुरझा गई। और उन्हें देखकर ऐसा लगा, जैसे वे विचारों में डूबे हुए जीव हैं, जो कि छड़ी के सहारे अपना रास्ता बना रहा हो।

"उन्हें उनमें से एक को नहीं मारना चाहिए था," वह बोले, "तुम्हें पता है, एक बंदर को कभी मत मारो—वे कुछ-कुछ इनसान ही होते हैं।"

□□□